青春阅读　幸得相见

有爱的青春陪伴者

初恋的小美好

林返景 著

贵州出版集团
贵州人民出版社

林返景

小花阅读签约作者

江苏人,射手座。
中文系学生,资深追星少女,佛系快乐宅。
性格慢热,反射弧特长,
热爱各地美食。
偏好一切有趣灵魂和可爱心灵。

ZUOZHEJIANJIE

Author's preface
作者前言

——

开始与未完待续

在进入这个故事之前,我有一些题外话想要说。

这个故事构思于2019年年初,最开始我想写的故事很简单,关于少女与少年共同成长的话题,列下大纲后边写边改,并和编辑不断讨论后最终定下了现在的模样。

构思一个故事无异于搭建一个平行世界,但角色本身拥有自己的生命力,当这个世界的根基稳固之后,往后的故事就需要他们自己去写。因为对我来说,更改故事情节是很艰难的事情,我总会有种"它本来如此"的阻碍感,意识到自己不是造物主,只是记录者。

老实讲,对于写故事,我只是一个新手。以前听到过一个说法,一个作者的处女作往往是他(她)今后人生的寓言。我也曾经写过小论文来分析这句话背后的原因。不是没有道理的。我在这个故事里倾注了很多自我的情感和记忆。育淮中学以我的母校为原型,老教学楼漫长而燥热的夏季在每一年的雨季里都会涌入回忆。乔松这个角色的玩世不恭、搞笑话多来自我的老朋友。林枕书对大事粗心大意对小事敏感通透,源于我性格中的一部分因素。还有渝城、建陵……它们是真实地、鲜活地存在的。

　　有人说过,写作的意义就在于写完它。而我善于开脑洞,不善于将它填满。我很高兴,这一次我将一个故事完完整整地呈现了出来,我没有半途而废。尽管因为各种原因,很多隐藏的细节设定没能全部写明白,只希望看到这个故事的人能从字里行间发现那些隐而不答的空白。最初的故事设定比你们所看到的要更加复杂和压抑,我预设了更多交织的命运线和歇斯底里的冲突,那是我过去纠结反复的状态的体现。而当我完成这个故事时,我奇迹般地达到了一个平和的状态,近几年来从未有过的 love & peace,与此同时,这个故事也变得更加舒缓和美好。但是,更加完整的故事是需要读者去二次创造的,如果这个故事能带给你们任何的温暖和回忆,我都会万分感激。

　　故事有句号,但是创作从无终点。我还有很多很多的故事要写,所有的结局都是未完待续。

　　感谢每一个愿意聆听的读者。

　　祝喜乐平安。

2019 年 5 月 1 日
林返景

目录

Chapter 01
漫长夏天
-001-

从前，有个人爱你很久

Chapter 02
少不更事
-021-

在所有流逝的风景与人群中，
你对我最好

Chapter 03
往事重提
-037-

把仰头月色化为潇洒的释然，
把漫长故事变得短暂

Chapter 04
江枫渔火
-057-

少年一瞬动心就永远动心

Chapter 05
姗姗来迟
-073-

我不介意你动作慢，
也不介意这次先擦身而过

Chapter 06
他的单车
-091-

爱你的每个瞬间，
像飞驰而过的地铁

Chapter 07
人非草木
-106-

宁为他跌进红尘，
做个有痛觉的人

Chapter 08
长情陪伴
-121-

那是我们，从还懵懂的青春，
变成最重要的人

Chapter 09
长街与夜
-135-

只一眼就够的决心，
不及喝醉时的勇气

目 录

Chapter 10
流浪玫瑰
-152-

无数时间线，无数可能性，
终于交织向你

Chapter 11
像风一样
-169-

你卷起千层海浪，
我躲也不躲往里闯

Chapter 12
翡翠玉坠
-184-

只要握紧双手就能心安，
无妨濡沫比生死更难

Chapter 13
傲慢偏见
-198-

我不想去触碰你伤口的疤，
我只想掀起你的头发

Chapter 14
新年烟火
-214-

你说，要忘却所有不愉快的片段，
把美好事物纯真地走完

Chapter 15
春风化雨
-228-

你是巨大的海洋，
我是雨下在你身上

Chapter 16
塞纳河畔
-244-

Her and the snow and the
Seine, smiling through it.
（她和雪，还有塞纳河，
微笑着穿过它。）

Chapter 17
他的新娘
-259-

我失去了自己的形状，
我看见远方，爱情的模样

番外
小小谌
-275-

Chapter 01
漫长夏天

———

从前，有个人爱你很久

渝城的夏天炎热又漫长。

开学军训季,大一新生们刚刚迈入大学校门,连宿舍床都还没坐热乎,就被教官们赶鸭似的赶到了操场上集合,顶着毒辣辣的日头开始了军训。

九月份仍被夏天给占领着,骄阳晒红了这一张张稚嫩的脸蛋,凝滞的空气被小火慢炖成了黏腻的盐渍,混合着汗水堵塞住了每一寸毛孔的呼吸。

林枕书坐在不远处的树荫下,左手举着小电风扇,右手握着最新口味的巧乐兹冰棍,腿上还摆着一包刚拆开的薯片。

身为大二学姐的她最近收获了一项新的娱乐——将自己的快乐建立在新生的痛苦之上。

她穿着清凉的短袖和热裤,满足地咬了口冰棍。对面满头大汗的新生们直直地盯着她,投来羡慕嫉妒而又无奈的眼神,为林枕书的恶趣味加足了料。

因为大一在军训,跨专业选修课都还没开课,课表一下子空出不少。在空调房里待到皮肤发干的林枕书纯属闲得发慌,从教育超市走出来后正瞧见附近的军训阵营在"一二一"地喊口号,她索性坐在这里欣赏新鲜的风景。

室友吴玲买了根烤肠也跟着坐了过来。和林枕书的一时兴起不同,

她可是带着目标来的。

"这一届学弟的质量很不错欸,贴吧里好多人在求联系方式呢。"吴玲在手机上来回翻找,任何一个带着"帅哥"字眼的帖子都能吸引她的注意力。

她翻出一张照片,兴奋地展示:"你看这张!好帅一个男的!"

林枕书敷衍地瞥了一眼,那张被放大了无数倍的照片严重失真,只能瞧见一张面目模糊的脸,也不知是怎么瞧出是个帅哥了。

"嗯,好看,衣品很好。"

所有大一新生都穿着一模一样的绿色迷彩服,她净睁眼说瞎话。

吴玲的兴致并没有被影响,她接着在屏幕上滑了一下,下一张图倒很是清晰,图上的男生个子很高,在人群中显得格外突出。但此时的林枕书早已无心去看了,在新校区待了一年后,她早已对本区的男生彻底失望。

新校区在渝城的郊区,有山有水,还有四处乱窜的野生动物,就是没有一片像样的商业区。文学院、传媒学院、外语学院等以女生为主的学院都聚集在这里,直接导致了新校区的男女比例严重失调,被本部的学生戏称为"尼姑庵"。

林枕书满怀着"上大学就可以谈恋爱"的美丽憧憬入校,却被男女比 1:10 的惨痛现实给打败。身为法语系学生的她平日里走在路上都遇不着几个男生,偶然遇上,质量却都极差。

"这个医学院的学弟也太好看了吧!"吴玲看着照片发出猪叫。

在新校区里唯一能给女生带来希望的就是医学院了。医学院的男生不仅人数较多,而且平均质量也都不错,大部分女生也很难抵抗白大褂制服的魅力。

但是僧多肉少,每一个帅哥的身后都跟着几十个喊着"我可以"的女生。林枕书最讨厌竞争了,这样激烈的角斗场,她真的不可以。

正感慨时，被她们讨论着的学弟们终于做完了最后一轮的正步走，被教官放行，整齐划一的队伍在"解散"两个字响起之后立马崩溃成了一摊烂泥，大家一面往操场外走，一面摘下了帽子可劲儿给自己扇风。

林枕书的恶趣味就此打住。

黑压压的人潮迎面走来，远远看去如同缓慢涨潮的绿色大海，很快，这大海的浪头就将她们淹没了。

大部分新生累得不行了，谁也不会对路边坐着的学姐多看一眼，只想快速奔进食堂，安慰咕咕乱叫的肚子。

吴玲仔细打量着每一个从面前走过的小学弟，抻长了脖子、瞪大了眼睛，恨不得装上高清摄像头，回宿舍后放慢镜头慢慢欣赏。

林枕书瞧着室友这副饥渴的模样，饶是她再厚脸皮，也不免觉得不体面，捂着自己的眼睛，在心中吐槽对方。

被吐槽的人并没有就此消停，她突然使劲儿拽住了林枕书的胳膊，如同从混浊的大海里捞到了一颗发着光的宝石，她激动得连声音都在颤抖。

"好帅，你快看啊！"

同样的话从新生入校到现在，林枕书已经听了无数遍了。她嫌弃地翻了个白眼，不耐烦地看过去，心里想着我倒要看看又是哪个丑人出来辣（刺激）姐姐我的眼睛。

顺着吴玲所指的方向，林枕书远远看见了一个男的——个头很高，脊背挺拔，气质很好。但隔得有些远，看不清面貌。

"他叫什么来着……谌珂，对！他就是医学院的那个帅哥吧！"吴玲尖叫了起来。

你说谌什么玩意儿？

林枕书倒吸了一口凉气。

她的表情瞬间从"赏心悦目"转换成了"惊恐万分"。

她们所坐的地方是回宿舍和食堂的必经之路,换言之,那个名为谌珂的人只要不是想回操场再溜达两圈,就一定会从她们面前经过——然后看见她们。

想到这一点,坐在长椅上的两个人同时发起抖来。

吴玲是因为瞧见了帅哥正一点点地朝自己走近而欣喜若狂,林枕书则是因为害怕和心虚。后者着急忙慌地从口袋里掏出了墨镜戴在了脸上,尽管她们所坐的地方背靠大树,傍晚的夕阳根本照不到她的脸。

溜是不能溜的,怎么说也是个学姐,站起来就跑也太跌份了。再说了,说不定人家根本没看见自己,即使看见了,也未必就会走过来,毕竟那个傻子他……

林枕书的心理建设还没做完,她的侥幸心理就在谌珂大步走到她面前的那一刻被彻底击垮了。

"林枕书。"

隔了两米远,谌珂就喊着她的名字走了过来。

他步伐稳健,分明是远远地就瞧见了对方,径直冲着这个人来的。

吴玲震惊到静音,不停眨动的眼睛仿佛涂上了胶水,牢牢地粘在了谌珂的身上。

校内传闻的帅哥有许多都是假的,亲眼见到真人时才会发现对方的脸上长了多少青春痘。但是谌珂显然是个例外,他分明是被照片拍丑了的那一个。

同样是穿着迷彩服,偏偏他穿着就格外合身,宽大的衣服仍藏不住颀长精瘦的身材。谌珂摘了帽子,被汗水打湿的刘海随意地偏在一边,露出浓密的眉毛来。他的五官很立体,鼻梁挺拔,眼窝较深,生着天然的双眼皮和乌亮的眸子,目光显得格外深邃。

真是好看的一个人。

林枕书无心欣赏这张拯救了新校区整体颜值的容貌，她捂着自己的半边脸，装傻充愣："林枕书？谁是林枕书？吴玲你认识林枕书吗？"

吴玲很想点头，但她的眼力见儿使她动也不敢动。

谌珂站在离林枕书只有两步的距离，泰然地站在那里，高个头几乎触及了香樟树向外延伸的枝叶。他微微歪着头，视线往下，注视着前方的女孩。

林枕书梳着高高的丸子头，脚上搭着粉色的凉拖鞋。她比从前白了不少，也瘦了很多，两年的时间里，她已经出落成了身材窈窕的少女。

虽然戴着一副大大的墨镜还强行捂着脸，但是那刻意压低的声音从没改变过。

毫无预兆地，谌珂突然弯下了身子。一双发热滚烫的大手擦过林枕书的指尖，她下意识地缩起胳膊，谌珂敏捷地接住了被她无意中扔下的冰棍。

林枕书诧异地看着谌珂握着自己的冰棍直起了腰，仿佛那才是他的目标，她立马伸手阻止："那个冰棍我……"

话没说完，谌珂一口咬了下去。

我咬过了。

谌珂丝毫没有觉得哪里不妥，他两三口将剩了一半的冰棍吃了个干净，末了擦擦嘴，隔了五米远，将木棍精准地扔进了垃圾桶里。一套动作行云流水。

"巧克力不够甜。"

谌珂面不改色地评价了一句，转身离开，又混入了茫茫人潮。

林枕书的手还僵在半空中，茫茫然说不出话来。

吴玲一脸蒙地问："你俩……认识？"

"不认识。"林枕书下意识否认。

顿了几秒，她又不要脸地问："这学弟算不算是调戏我？"

被学弟抢走半根冰棍的事情,林枕书迟迟没有给出一个像样的解释。

鉴于林枕书当天素面朝天穿着凉拖的造型,吴玲并不想把结论归于林枕书的美貌吸引了帅气学弟这回事——尽管她也无法否认林枕书长得是还不错。

闹了半天吴玲也实在撬不开对方的嘴,只能总结为——军训惨无人道,瞧把孩子给饿成什么样了!

不过从那之后林枕书再也没大摇大摆地出现在操场周围,凡是看见穿着迷彩服的人她都绕道走,再也没见到那个惊鸿一瞥的谌珂。

两周的大一军训对于只待在空调房里的林枕书来说,也无形中成了种折磨。

医学院和外语学院离得很远,连宿舍也不在一个区域,只要林枕书不选修医学院的课,基本没有遇到谌珂的可能。

军训结束后的那个周末,林枕书想着这件事,心情舒畅地睡起了懒觉。

但是室友吴玲却醒得很早,她躺在床上抱着手机,正在观看开学典礼的现场直播。

吴玲和林枕书是对床,她手机开着外放,声音特别大,吵得林枕书早觉都睡不好。

"朋友,你能不能戴个耳机呢?"林枕书用枕头捂着耳朵,十分痛苦地说。

"我耳机坏了啦。"吴玲并没有意识到自己给别人带来的烦恼,"耳机戴久了对耳朵不好呀。"

林枕书气得翻白眼,默念了好几遍"别人生气我不气,气出病来无人替"来维护宿舍友谊,勉强将一股怨气给压了下去。

开学典礼的流程无非是那么几样,怪无聊的,也不知有什么好看的。不就是校长讲话、院长讲话、新生代表讲话吗?

"下面有请,渝城大学2018级新生代表发表讲话。"手机里传出清晰的声音。

吴玲在这时突然激动了起来,林枕书能感受到整个床在微微晃动。

下一秒,她就明白了吴玲这么激动的原因。

清朗浑厚的声音带着轻微的磨砂感,通过手机外放传出时有些许的失真感,而这个声音说的每个字都掷地有声——

"老师们、同学们,大家好。我是2018级医学院的新生,谌珂。"

吴玲惊呼:"怎么在镜头里也这么帅呀!"

林枕书目瞪口呆。

惹不起我总躲得起吧?

被逼无奈,林枕书从床上爬下来,躲进了厕所里,拒绝聆听新生代表的发言。

她也将自己手机的外放声开到最大,玩起了消消乐。响亮的"wonderful""excellent"此起彼伏,掩盖了谌珂好听的声音。

"谢谢大家,希望未来的大学生活,我们共同努力。"

隔着厕所门,林枕书捕捉到了这一句话,终于放下了一颗心高高兴兴地走了出去。

她没预料到的是,发言结束后,谌珂的戏份儿还没完全结束,似乎是他的演讲内容篇幅太短,还不到往年发言的一半,校领导特意让他留下来,多说了几句。

主持典礼的副校长问道:"大家可能还不知道吧,今年谌珂的高考发挥得非常好!虽然J省的高考试卷难度加大了,但是谌珂的数理

化成绩是J省的第一!总成绩更是全省前十!"

台下立刻响起了一片热烈的掌声。

林枕书翻白眼,心里却想着,这小子可以啊。

"我们都知道啊,这么好的成绩去清华北大都是完全没问题的。可是谌珂同学的高考志愿只填了一个学校,那就是我们渝城大学!"副校长骄傲地将话筒递给谌珂,"请问谌珂同学,你如此坚定地选择渝大的原因是什么呢?"

渝大虽也是个"985"学校,但是和清华北大相比还是有距离的。连林枕书听到了,都不免有些吃惊。

副校长问出这话,无非是想从谌珂的嘴里得到一两句夸赞渝大的话,好让全体新生有一种"渝大牛、渝大强、渝大棒"的自豪感。

但是谌珂非要剑走偏锋。

"我的高考志愿只填了渝大一个学校,除了渝大,我并没有想过去其他学校。这是因为……"谌珂顿了一下,"法语系的林枕书同学——我是为了她而来的。"

"咣当!"

吴玲的手机从上铺砸在了地上。

林枕书愣了两秒,又重新躲进了厕所。

刚开学的渝大校友们是真的很闲。

思想政治课上,无心学习的林枕书坐在角落里,手指在手机屏幕上不停地滑动,滑过一个又一个"触目惊心"的帖子。

"渝大爱情故事!医学院院草恋上法语系扛把子!"

"男友还更年轻一些?八卦一下那些著名的姐弟恋。"

"男人靠衣装!谌珂的夏季穿搭你学会了吗?"

"林枕书都不认识?'走进渝大'带你探访外院法语系!"

……

或许是今年的开学典礼实在是毫无新意,没有什么能让人记住的地方,语出惊人的新生代表谌珂一下子吸引了全部人的眼光,校内媒体一夜之间变八卦论坛,不明真相的吃瓜群众都在问——林枕书是谁?

林枕书的微信已经被戳爆了,聊天窗口内无数个小红点,红点内的数字仍在不断地上涨。几乎所有人都在问同一个问题——姐,谌珂是谁?

谌珂是谁?放弃了清华橄榄枝的J省高考第九名,渝城大学近年来捡到的最大便宜。

林枕书是谁?渝大法语系第一名,外语学院辩论大赛最佳辩手,校门口咖啡店的兼职服务员,长得好看但脾气贼大的外院扛把子。

你们俩……认识?

信息时代,一篇名为《君住长江头,我住长江尾》的文章很快就在朋友圈里广泛传播了起来。

这篇文章的内容并没有标题那么古典文艺,全篇只有一个主题——解密谌珂和林枕书不为人知的过往。

文章里这样写道——

据传媒学院的知情人士透露,谌珂和林枕书在高中时就已经相识,两人甚至还是感情很好的同班同学,只因谌珂推迟一年参加高考,这才成了林枕书的学弟。不过因小学入学早晚的原因,在年龄上,两人倒的确相差两岁。

林枕书打开聊天窗口,向来酷爱八卦的陶薇此刻安安分分竟然什么消息也没给自己发,想必所谓的"传媒学院的知情人士",就是这个白眼狼了。

她打出了一个菜刀的表情,想了想,又删掉了。

算了。

她将手机关了机。

林枕书不必抻长了脖子朝四周瞧,但凡她微微抬起头来,就能注意到阶梯教室里不断向她投来的目光。

隐隐地,也有诸如"这就是那个小学弟追的女生啊,听说他高中就喜欢人家了,来咱们学校就是为了把她追到手呢"这样的话。

无聊的课程向来不受学生的欢迎,八卦传闻越是狗血淋漓越是可期。

渝大校风向来保守,加上校区的男女生比例很不协调,蠢蠢欲动的人们总是需要一个澎湃的爱情故事来打动人心。

在那些被描摹得神乎其神的爱恨情仇里,有一件事他们说对了。

林枕书和谌珂的确从高中起就认识了,那时他们的感情也的确很好。

不过最关键的部分却猜错了。

谌珂从来没喜欢过她。

从前不会,以后更不会。

那是高一第二学期,五月的初夏。

劳动节一过,地处江南的襄津市迅速入夏,几场雨将春日的凉气冲得一干二净,绵长的夏天就这样开始了。

育淮中学的老教学楼不配备空调,四把吊顶电风扇从清晨工作到傍晚,吹得零件发烫,仍吹不走四十多个学生共同散发的热气,和无聊课堂催生的昏昏睡意。

林枕书桌上立着一本打开的思想政治课本,课本后面藏着的脑袋小鸡啄米似的不停地点着,终于在听到"当今时代的主题是和平与发展"后彻底倒了下去,热汗打湿的脸颊贴上冰凉的桌面,梦中有一阵凉风拂过她的耳畔。

没多久,安静平和的睡眠环境变得嘈杂起来,身旁响起椅子脚和地面摩擦的声音,乱糟糟的脚步声从四面八方传来,林枕书的梦境变得杂乱不堪。

刺耳的电话铃,孱弱的呼吸,奔向抢救室的纷乱脚步,大片大片的惨白的医用大褂——

"喂,林枕书。"后桌的乔松扯了一下她的马尾辫,糟糕的梦在睁眼的一瞬间被撕碎,身后的男生不耐烦地问,"陶薇的笔记本呢?"

林枕书来不及平复自己慌乱的心跳,她操起手边一本粉红色的硬面笔记本就向身后扔去,睡眼惺忪中爆发强大的起床气:"你瞎啊?"

"啪!"

"嗒!"

回应她的是两声响。

她仍趴在桌上,但抻长了脖子往身后探了探脑袋,左后方站着的乔松仍慌张地抱着自己的头盖骨,等了几秒钟却发现疼痛感没有降临到自己身上。

"嘶——"

乔松的左侧,在过道里走得好好的无辜路人无端被砸了一下,笔记本的尖角磕到了额头上,最是疼得厉害。他反应慢了半拍,笔记本掉在地上后才后知后觉地吸了口凉气。

无辜路人穿着白色印花短袖、淡蓝色牛仔裤和黑白板鞋,衣服搭配上显然没花心思,但是因为个子高、比例好、皮肤白,随意中仍显得清爽明朗。

他什么也没说，捂着脑袋蹲了下去，将笔记本捡了起来，拍了拍上面的灰，放在了乔松的课桌上，然后迈着大步回到自己位于教室角落的位置。

林枕书直起腰来，张了张口想说什么，乔松抢过了她的话头，对着身后说了一句："对不住啊兄弟。"

他嬉皮笑脸的样子，看起来并不真诚。

虽然砸错人的是林枕书自己，但是她仍是朝着身后的乔松开火，往对方的软肋上狠狠插刀。

"一天到晚借人陶薇的笔记本，也没见你政治考及格过。"

乔松朝她吼了几句"滚滚滚"，对着笔记本在课本上勾勾画画起来。

被这么一闹腾，林枕书什么瞌睡都醒了，她揉了揉自己的脸，趴桌上睡了一节课，脸上起了好多条红印。

她捂着脸冷静了一会儿，忍不住朝后头又看了几眼，目光越过乔松，聚焦在了靠近后门的那个位置。

那个无辜的路人安静地坐在位置上，桌上摆着下节课的课本，他额头上泛起了好大一片红色，不停地用手掌轻轻地揉着受伤位置，却连眉头都没皱一下。

他叫什么来着？

连班上一半人都没认全的脸盲患者林枕书回过头去，仔细想了想。

哦，谌珂。

那个长得还不错但是不爱说话的小男生。

林枕书初三那年留了一级，所以比班上的大部分同学都大上一岁，除了乔松这种，正常的清秀男孩，她都称呼一声小男生，听起来颇有几分调戏的味道。

预备铃很快就响了，闹哄哄的教室以极其缓慢的速度变得安静了下来。陶薇赶在生物老师进班的前一秒从后门溜了回来。

陶薇是林枕书的同桌,一个为了争取留披肩长发的权利而敢于和年级主任抗争的女生——尽管她的大部分底气来自殷实的家境。

育淮中学规定女生不准化妆,但是陶薇刚回到座位,林枕书就被她的香水味呛得打了一个喷嚏。

尽管知道陶薇用的香水贵得能按滴算钱,但是林枕书还是忍不住吐槽:"妹妹,你喷这么多香水去见齐城,是准备熏死他吗?"

看见漂亮妹子就喊一句"妹妹",这毛病是从乔松那里传染来的。

"你怎么知道我去见……"陶薇一个跳脚,差点说漏了嘴,她连忙改口,"我刚才只是去上厕所了!"

"哦,行。"

林枕书无动于衷,对于这方面的争论没有非要胜利的执着。尽管对方每到下课就消失得无影无踪,可能是膀胱不好。

陶薇被这种冷漠的反应惹毛了,顾不上是上课时间,再次强调:"我跟齐城是清白的啊,你别瞎说。"

"嗯,好。"林枕书敷衍地应了一声。

"我们真没有!"陶薇拽着她胳膊使劲儿摇。

后头的乔松根本没注意到眼前的情况,他谄笑着将笔记本还给陶薇:"陶薇,谢谢你的笔记本。"

陶薇正烦躁着,一记眼刀扫向他,吼了一声:"说了多少次了不准乱碰我的东西!"

安静的课堂里,她的声音格外突兀。

生物老师抬了抬眼镜,不急不恼地点名道:"陶薇,你上来画一下细胞结构图。"

乔松:"薇薇,别怕,加油!"

陶薇:"滚!"

林枕书转着手里的笔,对于同桌的死活漠不关心。众人都抬头看着黑板前把细胞结构画成了一坨泥巴的陶薇,她却转过头,看向了身后左侧的角落。

谌珂没抬头。

他专心地在课本上写写画画,对于围观同学出丑没有什么兴趣。

林枕书没瞧见他写了些什么,只注意到他额头的红肿很是吓人,鼓起的大包上只贴了一个歪歪扭扭的创可贴。

啧,这小男生怎么没点生活常识呢?

她正这么想着,对面那人正好抬起了头,谌珂睁着一双干干净净的杏仁眼,茫然而真诚地看向林枕书。

处变不惊是林枕书的准则,她虽然尴尬,但不愿意慌张地撤开目光。僵了几秒钟后,干脆坦然地冲着对方回了一个笑脸,眼角弯弯,露出酒窝。

乔松不知道林枕书在看谁,以为她在冲自己笑,打了一个哆嗦,恶心地说:"林枕书你有病吧,笑个屁啊。"

林枕书:"滚……"

生物课结束后有二十分钟的休息时间,大伙基本都趁着这个时候奔向了小卖部。

乔松财大气粗,拎着空书包去小卖部,再背着装满了冰棍儿的书包回来。他潇洒地拉开书包拉链,向还在生气的陶薇献殷勤。

"薇薇,吃个冰激凌吗?特地买了你最喜欢的巧乐兹。"

陶薇瞪他一眼:"不吃。"说完又喷了喷香水,匆匆出了教室。

乔松摸了摸后脑勺,想不明白:"她怎么一下课就往外跑,去哪儿啊这是?"

林枕书欲言又止，看了看书包里的冰棍，决定还是什么都不说为好。

　　乔松是房地产老总的儿子，从小在钱堆里长大，知道物质的好处，但是不知道物质的难得，千根冰棍博不了美人一笑，他失了兴致，随意地把一书包的冰棍扔在了桌上，随便同学们拿，只吩咐了一句巧乐兹给他留着，就追着陶薇的背影跑了出去。

　　林枕书从小蹭着他的油脂汤水长大，这点小零食她跟吃自己家的一样，大方地招呼同学："来来来，吃冰棍了，别客气，随便拿哈！"

　　大伙儿一拥而上，谁也不跟谁穷讲究。

　　林枕书虽然朝着大家讲话，但是目光却在谌珂的身上游走着。

　　她仔细回忆了一节课，相处了快两个学期的高一（3）班里，谌珂这个人实在是没留给她什么印象。

　　一方面是因为林枕书虽然瞧着热心肠，但是对于大部分同学根本不上心，她虽跟谁都笑意盈盈的，但是可能压根不记得别人叫什么。另一方面，则是谌珂这个人太安静了，或者说，太平庸了，不闹腾不犯浑也不十分优秀，一个班级里最容易让人遗忘的就是这种人。

　　之所以能记住谌珂这个名字，完完全全，只是因为对方长得还不错。

　　上学期学校的贴吧上搞过什么校草投票，乔松兴致勃勃地去影楼拍了写真去参赛，结果却在决赛圈被一张路人随手拍的无修生图给辗轧得体无完肤。

　　那是秋天的时候，照片上的男生站在公交车站，黑色高领毛衣外搭灰色毛呢大衣，他戴着白色耳机，安静地在等待什么。他微微低着头，偏瘦的脸颊勾勒出分明的棱角，长长的睫毛垂下，眼神放空，融化了蒙蒙晨雾。

　　的确是很好看啊。

但林枕书并不是会追着帅哥跑的人,如果不是今天不小心砸到了他,她可能整个高中时代都不会关注到对方。

毕竟她害得别人受伤了,哪怕谌珂不是个喜欢讨个公道的人,她也不能就这么不管不顾。

再说了,给帅哥赔礼道歉是应有的美德。

林枕书默默地抹掉最后一个念头,手里拿着冰棍,走到了谌珂的面前。

谌珂正坐在位置上安安静静地看生物书——尽管是下个学期的书。他在笔记本上正仔细地记录着什么,一根未拆封的冰棍突然出现在视线里。

林枕书站在他身后,歪着脑袋,冲着他甜甜一笑。

"之前不小心砸到了你,不好意思哈。这个给你吧。"

谌珂放下了笔,他抬起头看着对方,有些拘谨地婉拒道:"不用了。"

林枕书犹豫了一会儿,指着他的额头说:"那个,这种红肿,贴创可贴是没有用的,用冰棍代替冰袋来冰敷的话,能够减轻疼痛。"

谌珂茫然眨了眨眼,似乎在快速思考。几秒钟后,他终于反应了过来,慌忙捂住自己额头上的大包,接过冰棍时很是尴尬。

"谢……谢谢你了。"

林枕书的笑容变得更真诚了些。

一个爱学习生物的人却没有基本的生活常识,真是奇怪啊。

没等她想太多,身后突然传来一个怒吼的声音——

"谁抢走了我的巧乐兹?"

林枕书面不改色地朝谌珂挥了挥手:"那你慢慢冰敷,再见。"

说完,她撒开腿就往教室外跑。

谌珂看着那个背影快速消失在走廊,似乎意识到什么,他将捂在额头上的冰棍拿下来，翻过来看了一眼包装——

一男一女代言人的上方，五个大字写着"××巧乐兹"。

周五最后的两节课，一节班会一节自习，因为赶上年级组开会，班主任将今天的班会课交给了班长章之远负责。

章之远是个好好学习天天向上的乖小孩，对班级的事情认真负责，但是因为人太老实，总是被乔松这样的老油条欺负，林枕书是全班为数不多敢怼乔松的人，时常替章之远出口恶气。

但是众所周知，章之远主持的班会就等于茶话会，林枕书琢磨着既然开年级大会，那估计全年级的班主任都不在，赶忙收拾起了书包准备跑路。

逃课早退这种事乔松干多了，瞧见林枕书收拾文具袋的模样就知道对方要干吗了，他拽了拽对方的马尾辫，压低了声音问："你干吗？又逃课？"

"我得早点去医院照顾我姐。"林枕书一边收拾作业，一边回他。

"你姐怎么又去医院了？"乔松虽然是个嘴上没数的主，但是对这件事儿却很清楚，他不敢多问，只是仗义地拍了拍胸脯，"行，你放心去吧，章之远那里有我。"

林枕书十分感激："还是我大哥够义气。"

乔松又问："要不要我让司机开车送你？"

"不用了，我自己坐公交车。"

她摆了摆手，心里想的却是，如果被你老娘知道了，又指不定以为我想攀你们家高枝儿呢。

林枕书背好书包，弯着腰悄悄地走向了后门。

她的手刚摸上门把手，身后突然一股力量拽住了她的书包，吓得她门没开成，反而一屁股坐在了地上。正发着愣，从天而降一件宽大

的校服外套，将她整个人都盖了起来。

没搞懂发生了什么的林枕书本能地就要站起来，一只手却按住了她的肩膀。

"嘘——别出声。"

她听见旁边的人这么说。

紧接着，教导主任的声音隔着一面墙传了过来："三班怎么回事？班主任不在你们就无法无天了吗？班长看紧一点，再让我听到一点声音，我立马把你们班主任从会上叫下来！"

喧闹的教室骤然安静了下来，谁也不知道教导主任什么时候站在了窗户口，全都吓得半死。

教导主任站在窗边，犀利的目光扫视着全班，最终，将目光停在了陶薇的位置附近。

林枕书的心怦怦直跳，演惯了三好学生的她生怕被发现无故旷课，辛苦经营的人设一朝崩塌。

然而，主任没有在她的空座位上留意，而是盯住了陶薇的后座。

"乔松，给我出来！"主任大喝一声，"教室是你嗑瓜子的地方吗？"

乔松一个激灵立马站了起来——抖落了一地的瓜子壳。

教导主任揪着乔松的耳朵往办公室走了之后，林枕书终于松了口气。

她将校服外套扯了下来抓在手上，刚抬头，正对上了谌珂看向自己的目光。

刚才是他帮了她？

林枕书欲言又止："我……你……"

谌珂看了看窗外，提示她："走吧。"

她这才意识到自己到底要做什么，打开后门立马朝外跑。

刚迈出去两步，又被人揪着书包给拽了回来。

林枕书退回教室内，谌珂拉着她的书包带子，有些不好意思地提醒道："我的校服……"

"哦哦哦，对对对！"

林枕书刚才走得匆忙，手里还抓着人家的校服呢就直接往外走了。她立马将校服简单地折了一下还给对方，这才安心地出了教室。

教室里的谌珂看着怀里叠得整齐的外套，不自觉地摸了摸自己的额头。

好像已经没那么疼了。

他正发着呆，听见了什么声音似的一转头，窗前露出了一张笑脸。

林枕书还没走，她趴在窗台上，齐刘海被风吹散了，隐隐露出眉毛。她天生一双笑眼，笑起来时总是眼角弯弯，眼睛只露出一条缝，可偏偏又能从窄小的缝隙里透出无限光亮来。

像初夏傍晚难得的凉风吹动一串风铃。

"忘了说，刚才谢谢你啦！"

这便是他们的初次相识。

Chapter 02
少不更事

———

在所有流逝的风景与人群中，
你对我最好

"帅不帅?"

"帅!"

"肯定有主了。"

"不能吧,你看他一个人待了一个下午了,不像有女朋友的样子。"

"赌不赌?"

"赌!他要是有女朋友,今儿晚餐我请了。"

林枕书从后厨端着一摞刚洗好的杯子到操作台时,司悦和司琪正躲在角落里,偷偷瞧着前方的卡座,嘴里还嘟嘟囔囔地聊着天。

"司店长。"林枕书走过来喊了一声,"杯子都洗好了。"

司悦和司琪齐刷刷转过头来,默契地竖起食指立在嘴前,做了一个嘘声的动作。

林枕书不明所以。

司悦看了看时间,笑眯眯地说:"哎呀,都六点了,那你快下班吧?"

"我才是店长,你抢我台词干吗?"司琪瞪她一眼。

"我会烤饼干、做蛋糕,还会给咖啡拉花,当然我是店长啊。"司悦骄傲地抬头。

司琪叉腰:"可是你不会算账啊!"

"那你当会计好了呀,我来当店长。"

"你当店长咖啡店早倒闭了好吧?"

林枕书揉了揉太阳穴，有些受不了这对动不动就吵起来的双胞胎姐妹。

　　这家咖啡厅名叫 Miel Pâtisserie，由一对孪生姐妹司悦、司琪共同经营，林枕书是这里的周末兼职服务员。这里时薪高，工作时间灵活，也不太辛苦。除了有时要成为这对姐妹吵架的炮灰外，可以说是非常完美了。

　　今天的洗碗阿姨临时有事，林枕书在后厨帮了一天的忙，累得腰酸背痛。她没精力去管两个店长又在讨论什么帅哥，也懒得去看一眼，道了一声再见后便扭头去了后方的更衣室，换好衣服后从后门离开了咖啡店。

　　到了下一个周末，林枕书早上来到咖啡店，发现两个店长竟然难得地没有睡懒觉，早早地来开门营业。

　　她们虽然起了个大早，但是操作台上还是什么都没准备，没煮咖啡也没烤面包。她们竟还躲在上次的角落里，看着同一个方位的帅哥。

　　"完了，这个帅哥天天来我们店里，一坐就是一整天，他是不是看上我了？"

　　"你可拉倒。我们俩长得一模一样，怎么就不能是看上我了？"

　　"你没化妆也没喷香水，怎么可能比得过我？"

　　"你……你先把上次输的钱还给我！"

　　"凭什么啊？你都还没问人家呢！"

　　"你既觉得他有女朋友又觉得他看上你了，你到底在想什么？"

　　这一大早的，怎么又来了。林枕书偷偷地翻了个白眼。

　　司悦、司琪虽然性格爱好截然相反，但是在关注帅哥这一点上却是惊人的一致。只有在欣赏帅哥时，她们才像一对姐妹而不是妯娌。

　　林枕书倒是好奇了，让店长们保持了一整个星期热度的帅哥，到底能不能拯救这两个疯狂想要恋爱的女人？

她顺着司家姐妹的目光看去。

一个男子正临窗而坐。

清晨厚重的大雾渐渐散去，只剩下一层似有若无的薄纱，透过薄纱，夏日明媚的阳光像一层轻烟般洒了下来，照在玻璃窗上，好似渲染开的光晕。谌珂就坐在这道光晕之下，侧脸被勾勒出一道金色的轮廓。

谌珂安静地坐在米色的沙发上看书，手边另外摆着一本，全都是极厚的大部头。他是左撇子，左手握着一支黑色水笔，时不时在书上做笔记。他看书的速度不算快，但是极为专注，因而效率仍是很高。

司家姐妹争执了半天也没争出来到底谁去送菜单，为了公平，最后她们将这个光荣的任务交给了看起来对帅哥毫无兴趣的林枕书。

林枕书下意识想拒绝，张了张嘴又找不出个借口，只好装作坦然的模样去了。

"您好，这是菜单，请问想要些什么呢？"她走到谌珂的桌前，将菜单摆在了桌上。

闻声，谌珂从书本的世界里抬起头来，看清了来人后，他的面部表情以一种极其缓慢的速度从茫然冷漠转为了一个笑容。

那个笑容很浅，全靠两颊处微微凹陷下去的小窝来衬托他嘴角的弧度。但是他的眸子变得很亮，如同茫茫无边的灰暗大海上亮起了灯塔。

谌珂并没有看菜单，他问："你吃早饭了吗？"

"吃了。"

话语的迟钝暴露了林枕书在说谎，她一向爱赖床，经常来不及吃早饭。她也有些诧异，时隔两年，谌珂正儿八经跟她说的第一句话，竟然是问她吃了没。

"那就……一杯香草拿铁,一杯抹茶拿铁。"他说。

林枕书本着职业道德,问:"我们上午是可以续杯的,你确定要一个人喝两杯吗?"

谌珂摇头:"抹茶拿铁是给你的。"

她愣了一下,握着笔的手在纸上画出了一道丑陋的斜线。

那是林枕书高中时的喜好。那时她愿意为一切抹茶制品买单。

与她不同,谌珂极度嗜甜。

他最喜欢的是草莓慕斯和香草牛奶,但非常讨厌抹茶味和巧克力味的食物。他不爱吃主食,但又有低血糖,因而经常随身携带着手工做的牛轧糖。最喜欢甜牛奶,可以接受七分以上甜度的奶茶,但无法忍受浓缩咖啡。

你瞧,她也都记得。

林枕书不知被谁的好记性给触怒了,登时冷下了脸:"我讨厌抹茶味的东西。"然后转身而去。

这次她没撒谎。很多东西在不知不觉中改变了,包括她的喜好。

林枕书回到操作台,将菜单重重地拍在了收银台前。本子上第二行的抹茶拿铁,被她用笔狠狠地画去,力气太大,差点把纸给撕破了。

她还是不善于控制情绪,尽管明知喜怒形于色是要吃大亏的。

司悦小心翼翼地问:"怎么了吗?那个帅哥很难搞?"

她没法开口,没法说明。

司琪性子急躁,以为她不说话就是默认了,当即撸起袖子想去教训谌珂一番。

林枕书连忙拉住司琪,憋了半天只吐出一句:"店长,我们点单的方式该改改了,人家店里都扫二维码了好不好!"

司悦不敢反驳,只好连连点头:"好好好,过段时间就改,改!"

之后又过了一段时间,谌珂仍是天天来,直到从店长那里了解到,她只有周末才来打工后,谌珂才又改成了每逢周末必来。

司家姐妹不是没眼力见儿的人,她们也怀疑谌珂来得这么勤是为了追林枕书,因而紧盯着他的动作。却发现谌珂并没有任何的表示,常常捧着一摞书来,看完了这些书便离开,瞧着更像是来自习的。但她们还是把给谌珂点单的任务交给了林枕书。

谌珂往往会趁着这个机会同林枕书说两句话,但是翻来覆去都是那几句"早饭吃了吗""工作辛苦吗""学习忙不忙"。林枕书本来是个忙起来就忘记吃饭的人,被谌珂这么念叨多了,但凡到了饭点,反倒会想起谌珂这个人来,心里颇为郁闷。

司家姐妹虽说酷爱帅哥,但也没真的想跟谌珂发生点什么,见谌珂对林枕书有点意思,总是会八卦地问:"那个帅哥是不是在追你?"

每每这时,林枕书的脸色都不太好看,她总是回答:"不是。他根本不会喜欢我。"

根本不会。说得这么笃定。

起初司悦只以为她害羞,但问多了之后,反而从她的话里听出几分苦涩来,便再不许司琪多问。

"谌珂是不是在追你?"

正值饭点的食堂熙熙攘攘,陶薇穿着淡粉色露肩修身连衣裙,从刚买的名牌包包里抽出餐巾纸,将油腻腻的餐桌仔细擦了又擦。

这学期陶薇在修双学位,平日里忙得不可开交,难得能找个时间和林枕书一起吃饭,没想到刚坐下就问了个最不该问的问题。

林枕书当场把筷子摔在了桌上,摆出一副"你再多说一句我就抽你"的模样。

陶薇只好摆手作罢,给对方夹了一个瘦肉丸赔礼道歉。

可她仍旧想不明白:"你说谌珂在想什么?以前明明是挺内向一小孩,怎么开学做事这么高调,现在又一点声音都没了?"

林枕书斜眼瞧她:"怎么着?没有我们的素材,你的公众号就没法营业了?"

"你太小瞧我了。"陶薇不屑,喝了口汤后,她禁不住又感慨一声,"我只是觉得,你当初就那么走了,谌珂一点反应都没有,我还以为他真的不在乎呢。可是现在看来,他好像也不是那么冷漠。"

林枕书用勺子在混浊的汤里搅拌了一圈又一圈。

"其实我……"

"啪!"

附近突然爆发了剧烈的声响,打断了林枕书的话。

她看过去,不远处声音的源头,一男一女正面对面地站在那里。那女生化着浓妆,打扮得很是精致,可她的脚下却洒了一地的牛肉汤,脚背和长裙都溅上了油腻的汤水。

而那个淡然地端着餐盘的男生,则是谌珂。

食堂里的碗大部分都是塑料的,摔不坏,但是砸在地砖上发出的声音也不小,一时间就引来了很多人的目光。

那个女生很是尴尬,她强撑着笑容撩了撩棕色的长发,嗔怪道:"帅哥,你走路也太不小心了吧,怎么直往我身上撞呀。"

"不是我。"谌珂的语气很严肃,"是你自己往我身上撞的。"

遇上帅哥美女的这种纷争,围观的群众显然很感兴趣,以这两个人为核心,渐渐围成了一个不规则的圆形。

女生见有人围观,当然要反驳,说出口的话却娇滴滴的,好似在撒娇:"帅哥你别开玩笑了,我这条裙子可贵了,我干吗跟自己过不去啊。是你得赔我裙子好不好?"

湛珂无动于衷。他将餐盘放在了一边,从口袋里掏出钱包,抽出了几张钞票:"够了吗?"

"别闹了。"女生没想过他会直接掏钱,自然不可能当着这么多人的面把钱收下,只能说,"这样,我加你微信,我们私下解决好不好,别影响大家吃饭。"

"不必了。"湛珂又抽出了更多的钱,拿着一沓钞票递给她,"现在够了吗?够的话我就走了。"

女生恼了,抬高了声音愤怒地说:"你这是什么意思啊?有钱就能羞辱人了是不是?"她转头看向围观者,撒泼似的哭喊,"你们看看!他把我裙子泼脏了,还拿钱羞辱人!怎么这样啊!"

眼泪有时候并不是悲伤的产物,也可以是一种武器。

看见美女流泪,总有冲动的男男女女不辨明事实真相便信口诽谤。他们忘记湛珂前两天还是他们高捧的"勇敢追爱模范先锋",对着他指指点点,小声议论。

湛珂皱着眉打量了四周的围观群众,他的面上没有任何表情,眼睛快速在路人们的脸上扫过。

"有几个臭钱了不起啊!"不知是谁吼了一声,引发众人哄堂大笑。

而被嘲笑的中心,湛珂却只是沉默地看着众人,不发一言。

陶薇看着不远处的情况,不禁摇了摇头:"这女的真厉害,搭讪不成就泼脏水,好一杯浓浓的'绿茶',枕书你说是……"

她转过头,对面的那个人却不见了踪影。

不知何时,原本围观着的林枕书已经冲进了事件的核心场所,面

朝着撒泼的女生，挡在了湛珂的身前。

"有钱为什么不能了不起？"林枕书大声反问刚才的那个声音，她又往前走了几步，上下打量着眼前女生的裙子，"不然的话，为什么这个人穿了件批量生产的某宝爆款，还非得当个名牌呢？"

"你什么意思啊！你人身攻击！"女生尖叫着跺脚，在牛肉汤的残渣上狠狠踩了几脚。

林枕书冷眼看着她："行，那我们就回归正题，谁都别扯些有的没的。"

她转过头走到了湛珂的身后，一个收拾餐具的食堂阿姨正愣愣地站在那里，谁也没留意她的存在。

林枕书诚恳地握着阿姨的手，恳请道："阿姨，你见多识广不说假话，你给这群人好好说说。刚才到底是谁去撞的谁，你都看见了吧？"

阿姨本有些畏缩，但是林枕书说得这么真挚，把她当作主持公道的人，她自然要说句实话："我刚才都看见了。这个小伙子在我这儿拿餐具呢，刚转身，那个小姑娘就火急火燎地冲了过来，那可不一头撞上了嘛！"

围观的路人本就没几个人真的了解发生了什么，见势头不妙，林枕书又气势很强，一个个都噤了声，生怕惹祸上身。

"大家都听见了吧！"林枕书冲着大伙儿喊了一声，"要是有异议就提出来，没有的话一个个都吃饭去吧。"

匆匆赶来的陶薇也顺势附和她："走吧走吧，没什么好看的，不就是碰瓷嘛！"

被无形地扇了几巴掌的女生又羞又恼，但她哪里杠得过外院的最佳辩手和传媒学院的当家花旦，气冲冲地踢了一脚地上的碗，踩着高跟鞋嗒嗒地跑出了食堂。

湛珂将自己的钱收了回去，空洞的眼神不知何时又闪起了光亮。

他走向林枕书,还没来得及开口,却被对方一把抓住胳膊,硬生生地给拽出了食堂。

走到食堂外的停车场,林枕书甩开他的手,停了下来。

谌珂并不理解她为什么始终拧紧眉头,一副很恼火的模样。明明刚才是她赢了。

他任由林枕书瞪着自己,上扬的嘴角却怎么也下不去。他的双眸不再是一片雾气朦胧,而有了阳光照进来,潮湿冰冷的水汽被蒸干,倒映着灿烂的太阳的影子。

"笑什么笑,你很开心吗?"林枕书啐他一口。

谌珂傻兮兮地使劲儿点头。

"被人碰瓷儿了你还开心,你怎么还这么缺心眼儿啊?"她翻白眼。

"因为,你终于回来了。"谌珂突然张开双臂,像一只笨拙的大熊一样拥抱住了她,"你之前说过的,无论发生什么,你都会在我身边。"

他说,你终于回来了。

林枕书贴着他的胸膛,惊讶地瞪大了眼睛,好似因为这个突如其来的熊抱受惊不小,她听他说着,竟开始恍惚了起来。

谌珂说的,是快四年前的事情了。

高一的一个下午。

课间时分,太阳落山后,凉快了许多,林枕书趴在走廊的栏杆上吹风,比待在教室里要舒服得多。

她刚刚从沈淼那里得知了一个关于谌珂的秘密。沈淼是她姐姐的好朋友,是私立机构的心理医生。

那时的她还不会隐藏秘密，只会因此而满腹心事，不知该如何应对这个称不上好消息的事情。

彼时，林枕书站在二楼，楼下走过一个少年，正是她心里不断念叨的那个名字。

意外是在她的眼皮子底下发生的。

一个穿着淡粉色连衣裙、扎着双马尾的漂亮小姑娘站在谌珂的面前，拦住了他的去路。她害羞地将一封粉红色的情书双手递给了对方。

"谌……谌珂同学，我喜欢你！"

甜糯糯脆生生的一句告白，将周围无聊同学的目光全都吸引了过来。

而男主人公谌珂，茫然地看着眼前的小姑娘，缓了半天，才问了一句："你是谁？"

小姑娘愣了一下，又羞又恼地跺脚撒娇："我是周雯呀，每次你经过我们班，我都跟你打招呼呢！"

谌珂思索了一会儿，仍然没有任何印象，他说得好绝情："我不认识你。"

看着这个人不近人情的表现，楼上的林枕书又想起了那个秘密。她禁不住为这个小姑娘默哀了半分钟，在心里默默安慰对方。

周雯什么都不了解，她只当谌珂是故意找借口回绝自己，一下子就委屈了起来，湿了眼角："我知道你可能不喜欢我，但是你怎么能这样啊。我每天都注视着你，你就连看我一眼都不愿意吗？"

周雯到底也是个长得不错的小姑娘，围观的男生们最见不得好看的女孩子哭了，但是他们又没有资格站出来当黑骑士，只能在谌珂的背后窃窃私语：

"这个谌珂怎么回事啊？不就长得还行吗，人也太跩了吧？"

"就是，哪能这么欺负人家女生啊，多可怜。"

"哎哟,妹妹可别哭了,哥哥瞧着都心疼。"

……

虽说是窃窃私语,但是楼上的林枕书都听得一清二楚,更不用说站在人群中央的谌珂了。她估摸着很快学校贴吧就会有人发帖——"冰山男神人面兽心,欺辱女生为哪般?"

若是换成乔松,他定会拍拍小姑娘的肩,说一句:"情侣做不成还能做朋友嘛,走,哥请你吃冰激凌去。"

但是谌珂小同学,本就是不爱说话性格内敛的主,突然被卷入人群的中心,面前还有一个炸弹似的一说就哭的小姑娘,他心里也百般为难,面上却仍旧毫无表情,连插在袋子里的手都没伸出来一下,只说一句:"抱歉。"

气得人姑娘哭得更厉害了。

原以为面对这种情况,谌珂会紧张到口吃,或者夺路而逃。可是他自始至终都很冷静,或者说,冷漠。

他根本感受不到身边人的感情,误解也好恶意也好,他像是屏蔽了自己的接收信号,感受不到他人的悲喜。

尽管看起来和普通人一样,但是心脏却被毒虫一点又一点地蚕食着。

林枕书忽然就明白了沈淼所说的话。

她清了清喉咙,还是忍不住亲自出手了。

"喂,谌珂!"

林枕书朝着楼下大喊一声。

"让你帮我买瓶可乐怎么这么难啊!你不去小卖部在这儿瞎晃悠什么呢你?你要热死姐姐我是不是?"

天降泼妇,楼下的众人都愣怔了。

谌珂茫然地抬起头看着楼上的女生，只见她拼命朝自己使眼色，却不是很明白她在说什么。

　　"愣着干吗？去帮我买可乐啊！"林枕书瞪他一眼。

　　谌珂明白过来了，林枕书让自己帮她买瓶可乐。

　　他爽快地答应："哦，好。"

　　带着这个从天而降的任务，谌珂完全忘记了尴尬的表白现场，拨开人群，泰然地往小卖部走去了。

　　周雯傻了，她看着楼上的陌生女生，使劲儿跺脚："他这是什么意思啊！"

　　见谌珂已经走远了，林枕书不客气地对着这个任性的小姑娘翻了个白眼："什么什么意思啊。人家不喜欢你，还不明白吗？"

　　"你谁啊你！"周雯飙出高音。

　　"我是谁？你看谌珂那个样子，还不明白我是谁吗？"林枕书贼兮兮地笑，"我说你啊，表白之前先打听打听人家有主了没，别你情我愿的事情搞得像谁欠你了一样。"

　　"再这样故意给别人难堪，我就撕了你的情书。"

　　林枕书故意留下一个凶狠的表情，潇洒而去。

　　"可乐。"

　　小卖部和老教学楼隔了一个广场，谌珂掐着上课时间在这样闷热的天里匆匆跑一个来回，再怎么冰山男神都得给他热化了。

　　林枕书看了眼沾着水汽的冰镇可口可乐，心中百转千回。

　　"你就买了一瓶？"最终，她只能这么问。

　　谌珂点点头，想了想，问："你要喝两瓶吗？"

　　"啊，不是。"林枕书连忙摆手，她看着满头大汗的谌珂，面色不算好看，"你不热吗？"

谌珂擦了擦汗:"是挺热的。"

"那你怎么不给自己也买瓶饮料?"

"啊……"他思索了一下,"我只急着帮你买可乐,没想那么多。"

林枕书抿着嘴,一时不知该说什么。

两天前,林枕书受姐姐的嘱咐,去沈淼的办公室给她送晚饭。她到的时间有点早,沈淼还在给病人做心理咨询,过了十分钟后,办公室的大门打开,谌珂从里面走了出来。

通过沈淼,林枕书才知道,谌珂虽然看起来和正常人并无不同,却从小有着心理疾病。

她起初以为,这个小男孩只是比较沉默内敛罢了,但如果真的花心思去关注谌珂的话,则会发现他的问题不只是这么简单。

沈淼说,谌珂四岁时被诊断为儿童孤独症,从小就很难在正常的环境中与人相处。虽然此后一直奔波全国各地治疗,却一直无法治愈。

这也就意味着,谌珂不会去关注别人的情绪,对于喜怒哀乐缺乏天生的感知能力,有严重的社交和沟通障碍。但同时,他又是极为简单的一个人,为了集中注意力去关注别人,可能连自己的需求都不会留意。

谌珂接受治疗的态度很积极,也一直按时用药。尽管目前他在生活上已经越来越像正常孩子了,但他精神上的孤僻状态仍没有解决,同时还有严重的精神后遗症。一旦他再受到什么刺激,病情随时都有加重的可能。

"好可怜的孩子。"这是姐姐听说了谌珂的事情后所说的话,姐姐握着林枕书的手嘱咐,"既然他跟你是同班同学,那你一定要多帮助帮助人家,知不知道?"

"知道了,姐姐。"

林枕书看着谌珂,忽然就理解了姐姐的嘱咐。

她的姐姐下肢瘫痪,一辈子都无法站立起来了。只有真正值得可怜的人才能懂得"可怜"这两个字的含义。

站在制高点是无法体会的,你必须跌下去,才能以平视的态度产生同理心和同情性。

所以,当林枕书看着他傻傻的只记得给她买饮料,而顾不上自己,跑得满头大汗时,她相信谌珂是配得上怜惜和同情的。而这份怜惜和关怀并不能是施舍,而应当是平等的关切。

林枕书将可乐推到他的面前:"喂,你拿去喝吧。"

谌珂挠了挠头:"你为什么不喝?"

"可乐我只喝百事的。"

她昂着下巴站了起来,居高临下地看着仍处于迷蒙状态的谌珂,不知被什么原因引诱,没头没脑地说了这么一句话。

"喂,谌珂,以后呢,再遇到什么没法解决的状况,你都别害怕。"

"相信姐姐我。不管发生什么,我都会陪在你身边的。"

少年人的承诺总是来得这样容易。

却又这样真心。

林枕书已经记不清,当年的她说起这句话时,到底有几分自信能够陪伴对方。她甚至想要质疑,或许她只是被自己无谓的英雄主义冲昏了头脑,愚蠢地想要做个见义勇为的女侠罢了。

可是对谌珂来说,那不只是,也不能是少不更事的一句话。

"我一直都记着你说过的话。"他拥抱住她时,那样温暖,那样柔情。

林枕书却一把推开了他,仿佛贴得越近,心口的那根刺就扎得越深。

"以前不懂事,说过的话,早就不算数了。别太当真了。"

她说得云淡风轻,转身就要离开。

可她没能走得了,谌珂及时扣住了她的手腕。

他的手掌很大很有力,拇指紧紧地按压在林枕书手腕的动脉处,能感受到心脏跳动。他那样用力地留住她,却叫她血流滞缓,连手掌都发麻发冷。

"那你从前说喜欢我的话,也不算数了吗?"

林枕书缓缓闭上眼睛,仿佛耗尽了浑身的力气。

她说:"全都不算数了。"

之后的那周林枕书跟咖啡厅请了假,等到下个周末再去时,却再没看见谌珂的身影。听司家姐妹说,谌珂已经一个多星期没来了。

可她的生活并没有什么不同,咖啡店不会因为少了这么一个顾客就倒闭。

没有人再揪着她的一日三餐不放,林枕书很快又回到了过去不规律的饮食生活,倒也觉得更加自在。

只不过隔了半个月后,林枕书忽然感到胃痛难当,她将衣柜翻了个底朝天才找到了胃药,捂着肚子独自蹲在更衣室的角落里许久。

她从高中起就有胃痛的老毛病,医生嘱托过不少次要规律饮食戒油戒辣,可她从来都不肯听,只有当胃酸泛滥,痛到站都站不起来时,才想起医生的话来。

原来是真的很疼啊。

她竟才醒悟过来。

Chapter 03
往事重提

把仰头月色化为潇洒的释然，
把漫长故事变得短暂

今年的国庆假期，林枕书仍旧留在学校度过。大部分学生或回家或旅游，渝大的校园空荡荡的，回到宿舍时一片黑暗，一个人也没有。

林枕书靠着在咖啡厅打工混完了两天的假期，第三天的下午，乔松一通电话打了过来，劈头盖脸地说："快，去你们学校附近最好的饭店订一间包厢，哥哥我来渝城了。"

电话里的杂音很多，林枕书愣了半天才反应过来，那是机场的嘈杂声。

乔松和林枕书相识已久，她并不愿意用青梅竹马这四个字来形容他们的关系，尽管他们还穿着开裆裤的时候就已经在一起闯祸了。

乔家和林家从上一辈开始就是至交好友，听说当年乔父真的为这一对小儿女定过娃娃亲，但是林父走得早，林家从此败落，这件事也就再没人提了。也不知是幸还是不幸。

渝大附近的火锅店里，乔松包下了一个十人的包厢，点了满桌子的菜和全店最贵的酒，乐得服务员频频献殷勤，恨不得把菜烫好了喂到他们嘴里。

他今天特地梳了个大背头，发胶抹得油光锃亮，从头到脚一身名牌，手腕戴着上万的名牌表，乍一看还以为是从外地来的暴发户。

高考那年，乔松挂在了一本的尾巴上，高不成低不就，又死活不肯出国留学。听说陶薇和林枕书都报考了渝大后，乔松也闹着要来渝

城，但是老家襄津和渝城隔着大半个中国，他妈妈死活不同意，一哭二闹三上吊，逼着儿子报考了本省的大学。

说来也惭愧，乔松作为一个实打实的富二代，在大学交了一堆狐朋狗友，但正经想找个人说话的时候，却只能飞来渝城找这两个姐妹。

这大好的假期，乔松不留着跟女朋友享受享受，偏偏独自跑来渝城吃火锅，林枕书明白他肯定是出了什么事儿。

陶薇回襄津陪父母去了，今天只能由林枕书来扮演知心大姐姐的角色。

林枕书给他倒了杯酒："说吧，你又出什么事儿了？"

火辣辣的油锅咕嘟嘟地煮着，乔松却没有任何的食欲，他举起酒杯一口干了，郁闷的五官都拧到了一起。

"你说你们女人都什么毛病啊？"几杯酒下肚后，乔松终于开了口，"本来说好了我昨天陪她回家的，但这不赶巧了，正好最新款的球鞋也是在昨天抽，那我肯定是要去抽鞋的啊。"

林枕书听到最后才明白，那个"她"指的是乔松的现任女友。

乔松越说越生气，脸都涨红了："结果，她就非缠着我闹，问我鞋重要还是她重要。"

"你怎么回答的？"

"这不废话吗？当然是鞋重要啊！"乔松猛拍大腿，"她不过是我第十一任女朋友，那鞋可是联名的限量款欸！"

"就为了这点破事，她就要跟我分手。"

你活该！

林枕书翻了个白眼，一脚踩在他最新款的联名限量球鞋上。

乔松把感情当儿戏也不是一天两天的事情了，这种破事儿听多了，林枕书也变得淡定多了。

她将肥牛下锅，淡定地问："你都分了十一个女朋友了，不至于特地为了这点事儿跑来渝城吧?还有什么事情,你别藏着掖着了。"

刚才还拍着桌子大喊大叫的乔松瞬间安静了下来,支支吾吾了半天,吐出一段不太连贯的话来:"苏晓冉……听说……来渝城了……"

停顿了半分钟后,林枕书确定自己没有听错。

乔松说的那个名字,的的确确是苏晓冉——他的初恋。

她当即就冷笑了一声,讽刺地说:"大哥你没毛病吧?这都快三年前的事情了吧,你还真是够长情啊。"

"这不才三年嘛!"乔松啐她,"那人家谌珂不也来找你了吗?你以为个个都跟你一样冷血啊?"

蓦地听到谌珂的名字,林枕书拿筷子的手顿了一下,煮熟的肥牛滑了出去,又消失在了红油锅底里。

乔松还在叨叨个不休:"你说人家谌珂当年对你不挺好的。我就记得那年你被我妈给骂了,不都是人家帮了你吗?"

林枕书抬眼看他,一双眼睛似是被辣椒熏红了一般,她冷哼:"哟,您还记得啊,那年要不是你,我至于被你妈骂个狗血淋头吗?"

若非要旧事重提,当年那件事,的确都是乔松的错。

那时的乔松不知道抽了什么邪风,不仅帮林枕书带了一周的早饭,每日下午还准时备上冰镇可乐,任打任骂没有一句怨言。

林枕书原本以为他抄了自己好久的作业感到良心不安,没把他当回事。

直到那个周末,林枕书被乔松约出来吃什么下午茶,这才发现,这小子又在坑她。

乔松约的地点在市中心的一家咖啡馆,林枕书走到门口时看着招牌上认不出的法文字母,一时感到奇怪,毕竟按照乔松的脾性,半夜约出来吃路边烧烤才更符合他的品位。

林枕书满腹疑虑地走到了咖啡厅的二楼,在靠窗的卡座上发现了乔松。

乔松难得地换下了运动服,穿上了白衬衫和西装裤,头发竟然还用发胶仔细打理过了,看起来人模狗样的。

他的对面坐着一个穿着白色小洋装的女孩,女孩瞧着十七八岁的模样,但是和普通校园里素面朝天的高中生不同,她长发微卷,化着精致的桃花妆,指甲也是新做的。

这两位正在聊天,表面上瞧起来也还算投机。

"喂。"林枕书走到乔松面前,敲了一下桌面,"你这什么情况?已经约了别人?"

乔松听见声音,立马感到救星降世,眼睛发着光朝林枕书看去:"枕书!"

下一秒,他却又立马变出嫌弃脸:"你这穿的什么东西?"

乔松邀约的信息上特地附了一句话——务必穿上你最贵的衣服来!

但是很显然,林枕书根本当作耳旁风了。

她穿着去年打折买的白色 T 恤衫搭牛仔裙,脚上一双小白鞋,扎了个丸子头,素面朝天。她浑身上下加起来都没有乔松这一顿下午茶花的钱多。

林枕书不耐烦地翻白眼:"你搞什么幺蛾子?"

然而下一秒,乔松已经迅速调整了作战方针,拽住她的胳膊,单膝跪地:"枕书,你听我解释啊枕书!不是你想的这个样子!"

正在喝咖啡的"小洋装"手抖了一下。

乔松拍着胸口深情地说:"枕书,我也不想这样的,但是我妈非逼我和她见面,我也没办法啊!我妈要是把我的卡给停了,我拿什么给你买衣服啊?你看看你今天穿的这个样子,真是让我心痛啊!"

林枕书龇牙:"心痛什么!还嫌姐姐我给你丢人了是不是!"

她甩手就要走,却又一把被乔松拽了回来,看起来仿佛真的是一对小情侣在闹矛盾。

乔松抹了抹根本不存在的眼泪,痛心疾首地对"小洋装"说:"莉莉,对不起,但是你也看到了,我不能失去枕书。咱俩这事儿,你还是跟叔叔说算了吧。"

林枕书明白过来了,乔松怕是又被他亲妈逼着来"联姻",迫不得已,就把她给叫过来当挡箭牌了。

"小洋装"冷哼了一声,保持着淑女的风度懒得跟这两个神经病计较,掉价!她拎着粉色小包包,踩着高跟鞋嗒嗒嗒地走下楼了。

"演完了吧?演完我可以留下来好好吃顿下午茶了吧?"

林枕书虽然也想拂袖而去,但是还是舍不得这满桌子的精致甜点。

乔松拍了拍膝盖上的灰,点头哈腰:"吃吃吃,不够再点!随便吃!"

他还没从半跪着的状态站起来,一个身影一阵风似的冲了过来,一把推在了林枕书的肩膀上。

乔松抬眼,眼前站着的这个穿着黑色长裙、体态丰腴的妇人,正是他本应该在家里撸猫喝茶却坐在一旁观看了全程的亲妈。

乔母满脸怒火,气得脖子通红,她叉腰瞪着林枕书,怒不可遏地吼道:"怎么又是你!你们林家人怎么阴魂不散的!"

林枕书抹了抹满脸的吐沫星子,实在是没搞明白这算是个什么反转。她不就想蹭个下午茶吗,怎么这对母子挨个来给她洒狗血呢?

沉默显然并不能让乔母熄火,她接着骂道:"你妈是个戏子,你姐姐是个残废,没想到你小小年纪,也学会勾搭别人的儿子了!我可警告你,现在的乔家不是你们攀得起的!别以为你用点手段就能进我们乔家的门了!做梦!"

"这位阿姨,你搞清楚状况!"林枕书用尽毕生修养忍住没有骂脏话,"你儿子跟我半点关系都没有,请你说话尊重一点。"

愣在一边的乔松立马站了起来,他使劲儿把自己亲妈拉到一边,慌张地解释:"妈你听我说,枕书就是来帮我演戏的。我只是不喜欢那个莉莉而已!我俩真没有什么!"

乔母甩开他的手:"你不喜欢莉莉?人家莉莉有家世有修养你不喜欢?那你喜欢什么?喜欢这种贱货吗?"

那时的林枕书不过是一个高中生,她忍无可忍,却只会嘶吼:"你凭什么这么骂人啊!"

"就凭没有乔家,你们家那个废物早就死了!"

乔母愤怒地抓起桌上的杯子,想也不想就往林枕书的脚下摔去。玻璃杯子瞬间四分五裂,飞溅的碎片划破她的小腿,几道划痕迅速渗出了鲜血。

刺痛感令林枕书顿时清醒了。

咖啡厅的二楼一片死寂,服务员和围观群众沉默地看着这场闹剧,没有一个人愿意上前阻止。所有人的目光都落在她的身上,鄙夷、讽刺、嘲笑,无孔不入。

乔松奋力将失控的母亲控制住,他愧疚又后悔,万万没想到母亲会藏在角落里监督这场商业"联姻",更不知道她会如此迁怒于林枕书。

不,与其说是迁怒,不如说是积怨已久。

林枕书本应该拔腿就走,但她好似呆住了一样,被腿上的疼痛和尖厉的言语伤得体无完肤。她每动一下,玻璃扎进皮肉的痛苦就数十倍、数百倍地被放大。

她没期望过任何人会来帮她。

可没料想过那个人会是他。

"你受伤了。"

熟悉的声音响在耳畔,谌珂不知为何出现在了这里。

他仍是穿着很随意的白色外套加牛仔裤,但是识货的人则会知道这身瞧着普普通通的衣裳其实是某个品牌的联名款,脚上的帆布鞋更是新出的限量款。

谌珂无论出现在哪里都无比泰然,仿佛是自家的场子。他根本不在意现场混乱的状况,只顾着蹲下查看着林枕书腿上的伤口。

"附近有药店,我带你去处理一下吧。"谌珂皱了皱眉,拉住了她的手腕。

乔母瞧着这个不知从哪里冒出来的帮手,心中更为光火,抬起手就想挥下一个巴掌。

谌珂眼疾手快,当即挡在了林枕书的身前。他个头很高,站在矮胖的妇人面前很具威慑力。

乔母当即怔住了,她抬起头瞪着这个毛头小子,准备连他也一起骂。可刚张了张嘴,上方一道冷冽的视线扫下来,她竟不自主地哆嗦了一下。

饶是身经百战的乔母,也从没见过这样不带丝毫情感的一双眼睛,冰冷如浮尸遍野的枯河。

就像是死人或毒蛇。

谌珂并不知晓此刻自己的可怕,更没意识到他本就不多的人情味早已被强烈的敌意所包裹,没有人敢随意靠近他。

趁着对方发愣的片刻,谌珂护着林枕书,先一步离开了现场。

林枕书失魂落魄,她麻木地看向身边的人,任由谌珂搀扶着自己一步一步地走下楼。

她的大脑像是被冻住了一样,一切的感知能力都被抽空了。只有

小腿的疼痛提醒着自己还活着。

她在那一刻忽然就明白了谌珂,明白了他为什么想要将自己封闭起来不去感知他人的情绪。

因为太难受了,他人带来的伤害,实在是太难受了。

林枕书坚持不肯去医院,只好在附近的一家快餐店坐下,谌珂跑去药店买了双氧水和创可贴来。

她的伤口不算太严重,只是有一两片玻璃碴扎进了肉里,清理起来很困难,消毒时更是如撕扯皮肉般痛苦。

可能因为一直质疑谌珂的智商,看到对方虽然笨手笨脚但是好歹能完好地处理完伤口,横七竖八地贴了五六个创可贴时,林枕书竟然有一种欣慰的感觉,显然忘记了这次智商测试的小白鼠是她自己。

伤口处理完后,两个人看着对方,大眼瞪小眼,一时无话。

林枕书已经从突发状况中回过神来,她寻思着自己不开口的话,谌珂估计是不会找话讲的,便主动问了句:"你为什么会在那里?"

谌珂:"这是我妈妈开的店。"

林枕书敲了敲自己的头。

她那时还不知道,谌珂的妈妈是专门搞餐饮的,全襄津市不少的饭店餐馆都有她的投资。

"刚才的事情……"林枕书欲言又止。

在人家的店里被人指着鼻子骂了一通,说她不尴尬肯定是假的,虽然她不是太在意别人看法的人,但是连着全家都被泼了这样的脏水,怎么可能毫无知觉。

不过,如果是谌珂的话,也许情况会大不相同。

果然,谌珂想了想,皱着眉评论道:"那个阿姨太过分了,那个杯子很贵的。"

林枕书目瞪口呆。

"还有……"谌珂很小声地说,"你受伤了,这很不好。"

林乔两家那些鸡零狗碎的事情他根本不在意,别人的世界光怪陆离,在他黑白一片的世界里,只有林枕书一个人是彩色的。

那些心灵的伤口他看不见,但是至少,身体的伤口,他明白那会很痛。

林枕书从未觉得如此安心。能遇上这样一个人可真好,用不着费力解释,也不需要装作若无其事。他只在乎你,而不是其他。

"不过,你竟然能学会处理伤口了,进步很大啊。"她想起之前不懂冰敷的谌珂,觉得很惊讶。

谌珂将剩余的双氧水仔细收好,解释:"之前你告诉我要用冰敷之后,我就仔细查阅了一下不同伤口处理的资料。之前没有人告诉过我这些,我不太懂,但是你提醒我之后,我才意识到要了解一下才行。"

林枕书根本没留意他的良苦用心,她的关注点在于:"哇,你一次说了好多话啊。"

谌珂挠头:"我以前说话很少吗?"

"没听你一次讲过这么多话啊。"

"那我以后多说一点好了。"他暗自握拳。

"噗……"林枕书被他逗乐了,"不是说你一定要多讲点话。你想说多少就说多少,无所谓的。"

谌珂看着她,思索了很久:"可是以前从没人这么跟我讲过。"

他们都说,谌珂,你应该多笑一笑,你应该对同学友好一点,你应该学会像正常人一样生活,你应该……

可是和大部分人一样的生活,就是正常的生活吗?

尽管他没有把这些话全部说出来,可是林枕书一下子就听明白了,

她明白那些他隐而不提的内容,因为她也经历过。

在那一刻,她忽然有一个念头,有心理疾病的人不只是谌珂一个人,她,或者是这世间许许多多的人,都有这样那样的病痛藏在身体里,一颗心千疮百孔。

从前,她听姐姐的话,想要去帮他,可那时候她站在道德制高点上,以为自己是了不得的健全人。直到她的骄傲被人一把掀开,露出血肉模糊的内里来,她才学会了以平等的视线去看待谌珂。

不是她在帮他,而是他们在黑暗中相互扶持、共同摸索。

"小蓝……小蓝……我错了……对不起……"

林枕书从回忆里抽回思绪时,乔松已经把自己给彻底灌醉了,他倒在桌子上,舌头都捋不直了,却还在不依不饶地念叨着苏晓冉的名字。

她过去经常骂他无能,连自己喜欢的人都保不住,但是直到自己也走到那一步,她才知道这种无能是所有普通人的通病。

林枕书用苏晓冉的生日解开乔松的手机密码,又拉着不省人事的乔松的手指,用指纹付款把这顿饭的饭钱给结了,在服务员们异样的眼光下,拖着这个身高一米八的大汉走出了火锅店。

约的出租车停在了马路边上,离火锅店还有一整个商业广场的距离。林枕书一六五的小身板根本撑不住双腿打软的乔松,磕磕绊绊走到一半时终于耗尽了力气,手上稍微松了松,乔松便直愣愣地倒在了地上。

这么狠狠地摔了一下,醉成一摊烂泥的乔松终于恢复了一些神志,他虽然身体不能动弹,但是一张嘴仍旧那么能说,他双臂紧紧抱住了林枕书的小腿,神志不清之下,把她错认成了苏晓冉。

"你别走啊,你别丢下我一个人。这些年你不在我身边,你知道我都过的什么日子吗？"他撕心裂肺地哭喊了起来。

假期的商业区本就有不少人，乔松扯着嗓子这么一喊，周围路人的目光立马被吸引了过来，瞧着这一男一女窃窃私语了起来。

林枕书被他气得头晕，甩了两下腿却愣是甩不开乔松："你给我起来！耍什么酒疯呢你！"

"除非你答应以后再也不离开我了，不然我就不起来了！"就算是醉了，乔松泼皮耍赖的本性还是一点都没改。

围观群众越来越多，还有人掏出了手机偷拍他们，准备上传到朋友圈和大家分享今日趣闻。

乔松哭得可怜，眼泪鼻涕一把抓，拖着昂贵的新衣蹭了一地的灰尘，不给自己半点体面。

林枕书实在拿他没辙，更不想她的这张脸再次风靡朋友圈，只好蹲下了身子，好声好气地同他商量："行行行，我不离开你。现在可以起来了吗？"

终于得到了自己想要的答案，乔松立马打了鸡血，一个鲤鱼打挺站了起来，他憨憨地笑了两声："那你再亲我一下。"

亲你的头！

林枕书克制住内心的脏话，赔着笑脸道："这么多人看着呢，有什么事我们回家说哈，先回家。"

"不行！你现在就亲我一下！"乔松撒娇似的抖了两下肩膀，不管不顾地就朝着幻觉中的苏晓冉奔了过去。

"你干吗！你不准过来！我最后一次警告你啊！"

醉鬼不断向自己逼近，林枕书举着包挡在自己面前，双脚不住地往后退。

尽管她大声呼喊着，但只因方才她做戏搭理了乔松，围观的路人只当是小情侣吵架闹矛盾，谁也不想上前多管闲事，任由这个醉鬼朝

着林枕书不断逼近。

乔松体格健壮,林枕书打不过他,只能正面提防,后面逃跑。广场的路灯昏暗,夜里本就看不清路,倒退着往后走更是脚下不稳,只能一步一步地慢慢往后退。

而神志不清的乔松穷追不舍,他蓦地张开双臂,一面嚷着一面朝前扑了过去:"来抱一个!"

林枕书被他吓得惊慌失措,一脚磕在了身后的花坛上,登时重心倾斜,整个人向后倒去。

"小心!"

先是一个清朗的声音响起,随后一只坚实有力的手臂在下一秒托住了她的腰。隔着薄薄的一层衣料,温暖的手掌贴在了她的腰侧,护在身后的肌肉猛然收缩,左臂同时发力,将她一把拉进了一个宽阔的怀抱里。

一切发生得太快,乔松醉后反应迟钝,还没意识到发生了什么,眼前的人突然消失,他一把扑了个空,面朝下,整个人栽进了花坛里。他的胡言乱语在刹那间静音。

所有的荒唐闹剧在这一刻戛然而止。

渐渐从方才的天旋地转中回过神,林枕书安静地倚靠在谌珂的怀抱中。她已经太久没有靠近过对方,几乎快要忘记他身上那股熟悉的淡淡药香,泛着薄荷的清凉,嗅进肺里却带着暖意。

她的脸颊贴着谌珂上下起伏着胸膛,对方的心跳声近在咫尺,如同浑厚悠长的钟声,一下又一下,却蕴含着令人心安的力量。

不过……为什么心跳变得越来越快?

林枕书仰起头,谌珂在对上她目光的第一秒便立刻偏过头去。黑夜藏住了两颊的可疑红晕,他的面色还算勉强镇定,只是声音却露了怯。

"你……靠我太近了……"

谌珂伸出两个手指小心翼翼地推开林枕书的肩头。天气已经开始转凉,她却仍穿得单薄,浅色的卫衣焐出了身体的温度,他只是轻轻碰一下就觉得指尖发痒。

林枕书瞧见了他的小动作,却更不安分地往他怀里蹭了蹭,毛茸茸的丸子头扫过他的颈部肌肤,谌珂慌忙后退了两步,与她拉开了距离。

"你男朋友,你不管管吗?"

谌珂嘀咕了两声。尽管他扭过了头,习惯性双手插袋,但紧咬的牙关、鼓起的腮帮子,却叫人瞧出几分委屈来。

林枕书伸脚踢了踢身边半死不活的乔松:"男朋友?你是在说乔松这个傻子?"

他愣了几秒,在听见"乔松"这个名字时将头转了回来,眼眸中点亮了一盏灯,驱散了那阵复杂难言的浓雾。

乔松被这两脚踢出了反应,抽搐了两下,突然"哗"地吐了出来,给花坛施了肥。

洁癖患者谌珂咬着牙说:"我的确没认出来这个……是乔松。"

省略掉的那两个字,可能是想说傻子。

在谌珂的帮助下,林枕书终于将乔松送回了酒店。

乔松自从吐了一场后就变得昏昏沉沉,但凡逮住身边的人就搂搂抱抱。上出租车时,谌珂见他酒醉对林枕书动手动脚很是不快,刚上前阻拦,乔松就转移了目标,一把搂上了谌珂的腰。直到回了酒店,林枕书把抱枕塞进了他的怀里,谌珂方才解脱。

"小蓝……小蓝……"

白色的被子将乔松裹了一层又一层,活似真人紫菜包饭。即便是

这样了,他的嘴里仍不停地念叨着别人的名字。

湛珂走出卧室前看了他一眼,昏暗的灯光中似乎瞧见他的眼角闪着泪光。

乔松住的是间套房,除卧室外还有一个大阳台,正对着洪江的无限风光,遥望长江夜景。

热水壶在客厅里煮着水,往外翻腾的腾腾白色水汽发出呜呜的鸣叫。阳台门大开,夜风鼓鼓地吹着,对岸灯火透过米白色的窗帘,将阳台上独立的人影拉得极长极长。

林枕书从冰箱里掳走一瓶啤酒,倚着栏杆望着江景,"刺啦"一声拉开了易拉罐。

身后的脚步声轻缓靠近,湛珂与她并肩而立。

渝城的夜景一向很好看。那不是用高楼大厦强行堆砌的冰冷工业,也不是万家灯火晕染的江南红烛,而是山与水、自然与人的相合,高楼建在山里,行人走在崖上。江水倒映着两岸光亮,荡漾着无限荧光。

湛珂陪在林枕书的身旁,远眺对岸风光,彼此沉默了许久。

蓦地,他从她手里夺过喝了半罐的啤酒,动作不紧不慢却很突然,就着她方才喝过的窄小的罐口,啤酒咕嘟嘟下肚,他仰起头,喉结上下起伏,颈部的线条像流动的山脉。

林枕书撑着头,侧过头看向湛珂。瞧见他紧皱眉头的目光便能猜到,他喝不惯啤酒的味道。可她又偏偏喜欢看湛珂这副勉强自己的模样。

其实她也说不准这是为什么,就好像她不明白为什么湛珂总是要把她喜欢的东西都尝试一遍,然后发现他们的口味一点都不相投。

湛珂将空的啤酒罐搁在阳台上,偏过头望着她,一双眼睛像星子一样闪着光。

他问:"小蓝是谁?乔松一直在念这个名字。"

"不是小蓝,是苏晓冉。"林枕书叹了口气,"他听说苏晓冉在渝城,特地跑了过来。"

谌珂回忆了几秒,记起了这个名字。

苏晓冉曾经是他们的同班同学。她是高二那年转来的,彼时乔松早就对讨陶薇这个大小姐的欢心感到厌烦,一眼相中了乖巧内向、长相清纯的转学生,使劲浑身解数来追苏晓冉。又是弹琴又是送花,闹得全年级都知道他们的关系,包括两耳不闻窗外事的谌珂。

两个月后,苏晓冉终究松了口,答应了乔松第三十三次的告白。

"其实我一直都不太清楚,乔松和她,到底是为什么分手的。"谌珂疑惑。

过去的他对身边的事情毫不上心,原先他谁也不关心,遇上林枕书之后便只关心她一个人,只因林枕书和乔松关系好,他才多少知晓一些这些消息。

提起旧事,林枕书仍止不住地摇头:"还不都是因为乔松的亲妈。"

具体的情况她并不知道,不过从当年乔松的哭诉中了解了一二。

虽然曾被林枕书搅黄过一次"联姻",但是乔母从没放弃,逼着乔松去见各家富商的千金。原先,乔松虽不情愿,但是好歹也会去应付应付,但是不知怎的突然变得非常抗拒,惹得乔母生了疑。

乔母四下打听后,得知儿子竟然在学校喜欢上一个女孩,苏晓冉。

"苏晓冉从小父母离异,跟着妈妈过,家里条件也一般。乔松他妈妈肯定看不上。"林枕书嘲讽道,"原本以为她之前骂我已经很过分了。没想到她竟然还能更过分,直接冲到了苏晓冉的家里,当着街坊邻居的面将她们母女骂得狗血淋头。这谁能忍啊?肯定要分手了啊。"

不是每个人都是灰姑娘,也并非每个故事都能圆满。乔松再怎么在家闹得天翻地覆,终究不过是一个尚未独立的学生,只能眼睁睁看着心爱的初恋转学他地,而他仍要留在乔家,继续做他顽劣的公子哥。

"竟然是这个原因。"谌珂慨叹,"那他是不是还喜欢着苏晓冉?"

林枕书看着他,不置可否地道:"很多人其实根本就分不清,什么是舍不得,什么是不甘心。"

她将易拉罐捏在手里,轻轻用力便将它压扁变形。

"都三年了,现在的苏晓冉变成了什么样他根本就不知道。也许不过是因为当初分开的理由无法让他接受,所以他才会一直念念不忘——可是,这难道就是所谓的喜欢了吗?"

若是放在几年前,谌珂断然听不懂林枕书这话的意思。这些年他早就学乖,明白了所谓的正常人比精神患者要复杂得多,不爱将真心话直言说出。

她是在问他自己,到底是舍不得,还是不甘心?

谌珂笑了笑,温柔而清朗。

"高一的时候,我第一次出国看医生,临走前你同我说的话,我一直都记得。"

谌珂幼年被诊断为孤独症,他母亲带着儿子在全国各地找过不少专家,大部分也都按这个结论治疗,虽说病情的确逐年好转,但是近年来则陷入了瓶颈期。一是恢复的速度大大减缓,二是长期用药带来的后遗症也日渐显现。

高一那年,谌珂的心理医生向他推荐了一位美国的专家。那位专家是医生的研究生导师,写过不少关于自闭症的重要论文。最近他转而研究艾斯伯格症候群,这对于谌珂来说,或许是种福音。

林枕书了解情况后,自然为他高兴,可是谌珂却明显地在忧虑什么,忧虑着一种连他自己也未必说得清的情愫。

她原本揣测他是害怕或是想家,劝说了一番后对方却仍是紧蹙眉头。

最后,她才听见他说——

"可我会见不到你的。"

他往日说话极度温和,语速不紧不慢,语调没什么起伏。可他方才脱口而出,如同直接把心底的想法给倒了出来,加快的语调里透露着十二分的不情愿。

林枕书呆呆地看着他。

谌珂垂下了头,他眉头微蹙,牙关紧咬。他说不准这种难耐的情绪到底是什么,只觉得心脏好像变成了一颗皱巴巴的柠檬,酸涩的汁液随着跳动流进了血管。

那个人说的每一个字,林枕书都清晰记得。

谌珂说:"出国、治疗,这些我并不害怕。但是要离开一个月,要一个月见不到你。一想到这些,我也不知道为什么,就是觉得很难过、很难过。我已经很久没有体会过这种难过的感觉了。

"可是……我为什么会这样?"

傻子。

林枕书偏过头去,想要嘲笑这个人的愚笨,却怎么也笑不出来。

这世上的难过分为千万种,其中的一种,名为不舍。

"别难过了。"

最后,林枕书抬高了手摸了摸谌珂的脑袋,她的身高只到对方的肩膀,却把对方当作家养小狗一样亲昵地揉着软乎乎的头发。

"你可以跟我打电话、发短信啊。不过一个月而已,我会留在这

儿等你回来的。"

谌珂并不抗拒被摸头的动作,他觉得林枕书的手心很温暖,甚至微微弯下腰,好让她不用太累地举着胳膊。

"你一定要等我回来。"

他恳切而真诚地请求。

时过境迁,四年后的渝城月光下,谌珂目之所及,是江潮拍岸、灯火万千,是清风晓月、佳人在畔。

他握着林枕书的手放在自己的胸口,四肢百骸的血液都集中在这跳动的心脏。

"你告诉过我的——这,叫作舍不得。"

风将她的双唇吹得干涩,林枕书只觉得喉咙干涩,苦涩的唾液和腐蚀性的胃酸从腹部往上翻腾,她心头烧着一团野火,被这肆意的江风吹又复生。

隔着血肉和体温,她的手掌能感受到来自胸腔的隐隐震动。

"咚、咚、咚……"

与她的心跳相合。

"你之前问我,当初说喜欢你的话,还算不算数了。"林枕书注视着他,"那你能不能先告诉我,这一次,你明白什么是'喜欢'了吗?"

——"也许你对谌珂是喜欢的,但是谌珂会懂得,喜欢的意义吗?"

沈淼的话如流星般闪过林枕书的脑海。

——"他长期被家人保护着,没有独立的自我。你所看到的,不过是他的依赖性人格。"

一遍。

——"他依赖你,对你好,可是,那和真正的喜欢,是没有关系的。"
又一遍。

——"你明白我的意思吗?"

林枕书抽回自己的手。

"等你想清楚了,再来找我吧。"

Chapter 04
江枫渔火

少年一瞬动心就永远动心

陶薇是在第二天早上知道乔松的情况的。

林枕书正在咖啡厅里洗杯子，趁着没什么顾客的时候，给她打了个电话，对昨天的闹剧一顿吐槽。

然而电话那头的陶薇却陷入了深深的沉默中。

过了好久，当林枕书以为对方已经挂了电话时，陶薇才支支吾吾地吐出一句话。

"苏晓冉在渝城的事情……是我告诉乔松的。"

林枕书有些无语。

"我只是告诉他我在路上看见了一个人长得挺像苏晓冉的！我不知道他会跑来找人呀！"陶薇大声辩解。

可她随便的一句话，却触动了乔松那根几乎被遗忘了的心弦。

"万一真是我看错了可怎么办……他会不会雇凶'杀'我啊？"

"你放心好了。"林枕书安慰她，"乔松顶多把你的包包全剪烂了而已。没什么大不了。"

电话对面传来一阵惨叫。

日上三竿，乔松的卧室仍旧一片昏天黑地，鼾声如雷声般滚滚不息。

"I love you, I need you, I want you……（我爱你，我需要你，我想你……）"

十一点的闹钟准时响起,手机里传来日本女偶像甜美而欢快的歌声,将宿醉的乔松从无尽的纷乱的梦境中唤醒。

他挣扎着挪动身子,伸手关掉了床头柜上的手机。又闭目养神了好一会儿后,他才渐渐恢复意识,双臂举高,伸了一个大大的懒腰。

右手好像敲到了什么物件,乔松睁开惺忪的双眼,黑暗中,一个高大而模糊的人形轮廓近在咫尺。

"啊!"

他惨叫一声,裹紧了被子连连往角落里缩去。

那个黑色的影子按了一下遥控器,身后的窗帘缓慢地拉开,明亮的午间阳光刺得乔松睁不开眼。

"睡醒了吗?"

光芒驱散阴霾,照亮了谌珂略显苍白的面庞。他黑眼圈极深,嘴唇和下巴上长出了青色的胡楂。

他说:"你帮我一个忙。作为交换,我帮你找到苏晓冉。"

"虽然苏晓冉的事情我不太确定,不过我这两天回襄津,倒是确定了一件事情。"

陶薇从恐惧中找回理智,终于想起了一件大事。

林枕书洗完了杯子又开始洗蔬菜做沙拉,对于这个不靠谱的大姐要说的事情,她一点也不期待。

"我昨天特地回学校看望了一下以前的班主任,跟她聊了不少事情,顺带着就说到了谌珂。"陶薇难得地认真了起来,听起来不像是谈无聊八卦的口吻,"其实高三那年,谌珂没跟我们一起上学。那时候他已经离开了襄津,我们以为他转学了,也就没跟你提起。"

高三那年发生的种种事情,让所有人的人生轨迹都发生转变,即使两年过去了,再提起时,她仍然记忆犹新。

"谌珂为什么会推迟了一年高考,成了我们的学弟。这件事情,你不奇怪吗?"

林枕书关掉了水龙头,流水声蓦地停止,整个世界都跟着变得安静了。

陶薇说:"班主任告诉我,你走之后没多久,谌珂就请了很长的病假,一直到最后直接申请了休学。整整一年时间,音信全无。直到一年之后,他又回到了育淮,申请重回高三。"

手里的菜叶被撕得粉碎,青色的汁液染了一手,林枕书故作轻松:"他本来就有病,休学也正常。"

"这次不一样!"陶薇厉声强调,"谌珂回来之后就像换了一个人一样。他后来的班主任评价他,成绩优异、热情友善,难得的理科天才。我的天啊,你相信这说的是谌珂吗?"

林枕书勉强一笑:"人都会长大啊,说不定他……"

陶薇啐她一口,打断道:"你没明白我的意思吗?以前的谌珂是什么样啊,说话都不敢大声,半天蹦不出一个字的人,只知道跟在你后头跑。可是现在呢?"

"他真的变了很多,你要不要试着再相信他一次?"

"丁零零……"

店门被不知名的客人推开,风铃摇动,泠泠作响。犹如回忆在远方召唤着她。

林枕书回过头,恍惚间,她看见玻璃大门被推开,穿着白色衬衫的男生迈着大步走了进来——2015年的夏天,时隔一个月,出国治病的谌珂背着书包,回到了她的身边。

"谌……珂?"

她记得自己犹疑地喊出他的名字,以为自己看错,远在天边的人,

竟回来得这样突然。

不待她走上前去,谌珂已经迅速地来到了她的身边。没有任何预兆,他张开双臂,一把将林枕书揽入了怀中。他一路跑着过来,还隐隐喘着粗气。

"我回来了。"他抱着她说。

林枕书瞪大了眼睛。

结实的双臂扣住后背,她被男孩紧紧地搂在怀里。她半侧的脸直贴着谌珂宽阔的胸膛,隔着单薄的一层衣服,对方有力的心跳声近在眼前,叫她的耳朵瞬间红得发烫。

"咚咚咚!"

她简直分不清,这样快速的心跳声到底来自哪个人。

谌珂的下巴贴着林枕书的肩膀,下颌骨抵着肩胛骨,他犹如猫的幼崽一般轻轻蹭了蹭,磨人又微痒,叫她的每个毛孔都战栗了起来。

如果可以,如果可以,她也想就这么回抱住他。

林枕书闭上眼,两分钟后终于鼓起勇气推开了谌珂。

"你干吗呢?"她再次睁开眼,仍是那个暴躁的林枕书,"去了一趟美国就敢对我动手动脚了?"

谌珂唰地红了脸,立马手忙脚乱地放开了她,往后退了一步,生怕对方会生气。

"在美国大家就是这么打招呼的。"谌珂挠了挠头,"如果你不喜欢,我下次就不这样了。"

林枕书最受不了这个了。明明谌珂顶着一张冷漠的脸,说出的话却总是乖巧得不行,叫她没来由地就软下了铁石心肠,只想伸手摸摸他的头。

她没正面回答,而是转移话题,问:"为什么这么着急?在美国玩玩不好吗?"

其实林枕书一点也不希望对方多待在美国玩几天，之所以这么问，只是刻意地引诱对方说说心里话。

"我不想待在美国了。"谌珂果然跳进她的陷阱，那样真诚地说，"我想立刻回来见你。"

他的一双眼睛干净明澈，唯有看向她时格外目光深邃，好像目之所及都融入了他的眼眸，熬成了浓郁而黏稠的糖浆。

"你知道这叫什么吗？"林枕书笑了起来，像一只温柔的小狐狸。

谌珂瞪大了澄澈的眼眸，听着她说。

"这叫想念。"

他不懂得"舍不得"，不懂得"想念"。每一份细腻的情感，都由她牵着对方的手去触摸、去体验，然后镌刻进心底。

她曾是他的挚友、老师，是他在这个世界所能看见的唯一颜色。

耳机里，陶薇的声音传来："你总觉得他是不懂得喜欢的，可你为什么不去试着相信一下，他是可以爱人的。"

江畔观光塔的顶层，透明玻璃制作的地面好似巨大的黑洞，一脚踩下去却好似身在云端，膨胀的视觉让触觉的感官变得极不可信，仿佛随时都有可能被弃置在地、粉身碎骨。

乔松倚着栏杆坐在玻璃栈道上，往下看去，一个扎着马尾辫的女导游正用随身麦克风向游客们介绍渝城的著名景点，洪江观光塔。

"你确定不要下去看一看吗？"谌珂问。

他昨天花了一晚上的工夫，用尽人脉，终于在渝城师范大学的大二学生名单中找到了苏晓冉的名字。

那天陶薇没有看错，苏晓冉半工半读，国庆假期没回襄津，留在

渝城做兼职导游。

乔松伸手摸了摸玻璃地面，仿佛指尖触及的冰冷的、坚硬的被玻璃折射后的影像，就是苏晓冉本人。

他想起早上谌珂说的话，莫名地嗤笑了一声，不知是在讽刺自己还是他。

"你问我怎么才能让林枕书相信你是喜欢她的，我可能帮不了你。因为我也没法让别人相信，这么多年，我从来没忘记过她。"

江面上掀起一阵浪潮，用望远镜看着江面的小孩子吓了一跳，扑进了身边导游姐姐的怀抱里。

苏晓冉温柔地抱起了小男孩，轻轻地为他拭去眼泪："别怕别怕，浪打不着你的。姐姐抱抱，我们不哭了好不好？"

她还是如以前一样，温柔善良，即便是唯我独尊的不良少年都不愿意伤害她一分。

乔松没能众里寻她千百度，没有机会自我感动。喝得烂醉、一觉醒来，他所谓的了不起的愿望就这么轻易地实现了。

他找到她了，可那又怎样呢？

乔松拍拍谌珂的肩膀，叹了口气："我过两天就回建陵，以后林枕书的事情，只能麻烦你了。"

谌珂明白，他已然放弃了。

并没有再劝阻对方，谌珂只点了点头，不做伤感状："林枕书本来就是我的事情，不用你废话。"

"行啊你小子，可比以前有魄力多了。"

乔松站了起来，拍了拍裤子上的灰尘。

"那你就千万别放弃。"他把头转向一边，在别人看不见的视角轻轻擦了擦眼泪，"不要以为多的是时间弥补。狗屁。喜欢就去追，相爱就要在一起——兜那么多没用的圈子干什么？"

谌珂转过头去看滔滔江水，只当没有留意到他的小动作："我明白。"

乔松抽了抽鼻子，戴上墨镜，逆着人流往外走去："走了老弟，回见。"

他双手插袋，大步向前迈，走了几步后举起手朝着身后挥了挥，始终挺胸直背，在所有人都只敢小心挪动的栈道上走得极快，好像什么都不惧怕，洒脱得不得了。

而楼下，苏晓冉领着游客们继续往前走去，自始至终都没有留意到，在她的上头，有人曾用那样伤感的目光凝视过她。

谌珂看向窗外，混浊而辽阔的洪江将渝城一分为二，滚滚浪潮汇入长江，又与千万条同样的支流一起朝着大海奔腾。

他站在长江之源头，却好似看见江尾的故乡。

Miel Pâtisserie，这个谌珂自始至终都不知道应该如何发音的咖啡馆，时隔几周，他再次踏入时，却怀抱着截然不同的心情。

"欢迎光临！"

大门被推开，门前的风铃发出叮叮当当的响声，司悦微笑着招呼了一声，待看清来人时，不免有几分惊讶。

"林枕书呢？"一路奔跑着前来的谌珂喘着粗气问了一句。

他快速地扫视四周，临近饭点的咖啡店几乎满座，纷扰的人群中却寻觅不到他所期待的身影。

司悦很是奇怪："枕书她下午请了假，很早就走了啊。"顿了片刻，又问，"原来你没有看见她吗？"

谌珂赶来之前做了很多的心理建设，考虑过很多种意外。他有很多的话想要告诉她，却没想过会见不到她。

匆匆朝着周围张望了一圈，谌珂突然将司悦手中点菜用的便利贴

和水笔夺了过来,利落地写下了一串数字,他拜托道:"如果您知道林枕书去了哪里,麻烦您告知我一声,拜托了。"

话音刚落,谌珂放下纸笔,迅速地消失在了门外。

司悦瞧着便利贴上的电话号码,愣了许久。一向处变不惊、不紧不慢的一个人,竟然还有这么慌张着急的一面?

她疑惑着回到收银台,拿出手机准备给林枕书打个电话。

司琪却从更衣室走了过来,她举着一个黑色的手机,问道:"姐,这是不是枕书的手机啊?怎么落在更衣室了?"

闻言,司悦立马奔出了咖啡厅,可推开门,傍晚的人潮里,哪里还有谌珂的踪迹。

十月份刚刚入秋,枯枝败叶却已然吹落了一地,薄薄的一层金色铺在大地之上,连水泥街道也渲染出了几分柔软。

假期的校园里鲜能看见人,谌珂站在女生宿舍的楼下,身边只有一只毛色微深的橘猫做伴。

方才司悦打电话来,遗憾地告知他,林枕书的手机丢在了店里,她们也不知她去了哪里。他无奈之下只好从乔松那里要来她的宿舍号码,但是女生宿舍门禁很严,舍管阿姨不听解释,严厉地将他关在了门外。

天色渐暗,气温骤然下跌,阵阵凉风卷起落叶与沙尘,四周安静得只能听见风声。

谌珂不知道该去哪里才好,他在这一刻才意识到时过真的会境迁,这偌大的渝城不再是他所熟悉的襄津,陌生的城市没有告诉他,林枕书可能会去向何方。

但她总会出现的。而他也总会等到她。

坚定的信念在落日之后也不免变得犹疑,可谌珂仍旧固执地立在原地，站在花落尽的玉兰树下，站在无名的流浪猫的身旁。

柔软而多毛的动物总是容易让人变得柔软。即使是天生洁癖的谌珂也忍不住伸手揉了揉橘猫的脑袋，隔着细腻的软毛感受到它的温度。橘猫"喵"地叫了一声，亲昵地在他的小腿上蹭了蹭，似乎是某种惺惺相惜的回应。

即使是一只猫也能感知到，在这样一个山雨欲来的夜晚，它不是唯一孤独的生物。

黑暗来临的速度比预料的还要快。谌珂一直守在楼下，偶尔有一两个女生带着异样的目光从他的面前走过，却没有一个是他等待的人。

先等到的，是秋天的第一场雨。

渝城是终日被雾气笼罩的多雨城市，当第一滴细雨落下时，敏锐的橘猫就已经感知到天气的变化，它再次"喵"地叫了一声，像是道别一般，随后便蹬起四只短腿跑回了它的小窝。

最初的细雨只是浅浅地试探，没过多久，黑色的积云盖过了残月的光辉，真正的暴雨铺天盖地般袭来。

宿舍楼下真正能避雨的地点并不多，只有宿舍大门外有一片短短的屋檐，即使谌珂在此处躲避，密集的雨珠仍能凭借强劲的风肆意扫荡。

谌珂的衣服穿得单薄，只有一件灰色的卫衣，没多久便被打湿了大半，雨水渗透进衣料，留下残缺而凌乱的印迹。冰冷的风贴着敏感的肌肤，刺激着四肢百骸，每个毛孔都战栗起来。

他不知站在此处被雨打风吹了多久，裹紧了衣服、蜷缩着身躯。守在门内的宿管阿姨到底是看不下去了，冷着脸打开门叫他进来时，只瞧见一张湿漉漉的苍白的脸庞。

一个男生待在女生宿舍毕竟不成体统，舍管阿姨也不知是嫌他麻烦还是觉得他可怜，仔细问了问他到底在等谁，从宿舍名单里找到了

林枕书的名字,替谌珂去敲了敲这个女生的宿舍门。

过了几分钟,阿姨回到了大门口,带着几分本地口音说:"她宿舍没得人呀!你别在这儿等了,赶紧回去吧!有什么事明天再说好了呀!"

林枕书不在这里。这么大的雨,她一时也未必能回来。

谌珂反应了好久才明白过来这个道理。

他被阿姨半劝半推着走出了宿舍大门,仍下意识地道了一声"谢谢",回应他的却只有雨打落叶之声。

两分钟后,舍管阿姨终于找到了自己的备用雨伞,可当她打开大门时,门外除了茫茫的雨幕,再也看不见其他。

朦胧的水雾和倾盆的大雨淹没了整个城市,路人们行色匆匆,撑着各种颜色的伞匆匆往归处奔跑。人们只有在不被淋湿的时候才有闲情逸致去欣赏美景,否则只会被浓稠的不安吞没。

谌珂却是这滂沱大雨之中的意外。

他毫无掩护地暴露在大雨中,从头到脚已经湿了个透彻,连同他的一颗心。他仅剩的清醒的意志驱动着他的双脚,拖动着麻木的身躯往公寓挪动。

因为精神疾病的原因,谌珂没有办法和陌生人同住宿舍。开学前向学校递交过申请后,谌珂很快就在校外临近的小区租下了一套公寓,独自居住在这里。

小区不算太大,住户大部分是教师和学生,居住时间都不短,很少会有陌生人。

门卫坐在安保室内,望着大雨发着呆。一个浑身湿透的青年人突然从窗前走过,门卫没有第一时间认出这个奇怪的人,等到他回想起来什么,打开窗子大喊那人的名字,可对方却好似什么也听不见一般,兀自往前走去。

谌珂住在顶楼，第十八楼，不是一个好数字，同一层里的住户很少，平日里也没什么人来这里走动，他也算讨了个清净。

电梯门"叮"的一声打开，谌珂如同从一场荒唐的梦境里被唤醒，慢了好几拍后才走了出去。

楼道里是声控灯，本就不太灵敏，谌珂的脚步又极轻，笨拙的感应系统没有察觉，一路都是漆黑。他却无心去在意这些，只凭着记忆一路摸黑走到家门口，伸手摸向门把手时却无意中触及了什么物件，那"物件"蓦地叫嚷了一声。

灯光大亮。

骤然亮起的橙色灯光刺得谌珂下意识捂住眼睛，待他睁开眼，从指缝中看过去时，却见睡眼惺忪的林枕书扶着门缓慢地站了起来。

"喂。"如从前一样，她总是喜欢这样称呼谌珂，"你怎么现在才回来啊？"

陶薇的消息来源多，不知道从哪里打听到谌珂不住宿舍而是住在校外的公寓，早上打电话时也顺带着将这个消息告诉了林枕书。虽然林枕书嘴上说着"关我屁事"，但还是忍不住有话要问，便按着地址找了过来。

门卫小哥起先是不让她进的，但是林枕书作为一个面容姣好的女孩子，看起来也没什么杀伤力，再软软地撒个娇，门卫小哥丢盔弃甲，不仅让她进来，还帮她查到了谌珂的门牌号码。

只是林枕书蹲在谌珂家门口守了半天也没等到他回来，临走时太匆忙，手机也忘带了。可是她不敢轻易走开，生怕错过了谌珂。没承想，蹲的时间久了，直接睡了过去。

林枕书伸了个懒腰，赶走了一身的瞌睡。她这才注意到，谌珂这

副模样，颇有些狼狈。

他受了几个小时的冷风，又在雨里淋了一路，体质本就不好，如今更是一张脸冻得苍白，双手也透着绛紫色，浑身的肌肉都变得麻木。他的头发湿漉漉地贴在额头上，雨水沿着脸颊流下，浓密的眉毛和长长的睫毛湿漉漉的，一双眸子也是刚洗涤过的模样，溢满眼眶的液体叫人分不清是雨滴还是泪水。

林枕书怔了很久，她看向楼外才知道外头下着大雨，却不清楚谌珂这么大一个人怎么会把自己搞成这个样子。

"你没带伞吗？没带伞你为什么不……"

责怪的话还没说完，眼前人突然的拥抱令她一时语塞。

即使浑身都被冰冷的雨水包裹着，即使他动作笨拙，长手长脚像一只春日的熊，死心塌地地抱住他所认定的主人。而这一次，林枕书没再推开他。

她回抱住他，轻轻地抚摸着他的后背。尽管不知道他是为何而悲伤，但是如果可以，她想要替他驱散这片阴霾。

谌珂的身躯不可自制地颤抖着。起初，林枕书以为这是寒冷所致。直到她听见耳边传来的，沉闷的呜咽声。

直到很久之后，谌珂那一日的心情，她才真正明了。

那个被冷风和暴雨侵蚀的下午，那片渺无人烟的空旷街道，那份茫然无措的求而不得，像是一场卷土重来的噩梦，越是时间流逝，越是不停下坠，直到将谌珂再一次扔回被梦魇纠缠的那两年。

而这一刻，谌珂什么也没有说，他唯一做的，是把怀中的人抱得更紧。

"38.2℃。"林枕书看着温度计，皱紧了眉头，"这算高烧了吧。"

谌珂换了一身干净的衣服，刚刚坐在沙发上，就被她用一条厚厚的毯子裹得里三层外三层。他挪动了几下，伸手想抢过温度计，却被林枕书敏捷地躲开。他只好说："不严重，吃点药就好了。我以前经常……"

"经常生病你很骄傲是吧！"林枕书故意凶他，像一只张牙舞爪的小狐狸。

谌珂慌忙摇头。

"行了。你回卧室躺着，我给你烧点水，等会儿把药喝了。"这个家里连口热水都没有，她为对方的生活默默叹气。

"我可以自己……"

他想要张口说什么，却被林枕书一记眼刀给瞪了回去，只好乖乖闭嘴，裹紧小毯子，一步三回头地往自己的卧室走去。

谌珂家的药箱很大，里面有各种各样的药品。然而这跟他是医学院学生没有什么关系，只是因为他从小体质就很弱，尽管这些年靠着锻炼增强了不少，但是病根不是轻易就能祛除的，因而家中备了很多药，以防万一。

林枕书打开药箱，看着被摆放得整整齐齐、几乎带着强迫症倾向的各类药物，深深地叹了口气。

她最初认识的那个谌珂，连基本的医疗常识都搞不懂，后来他不断地学习，学会了为她处理简单的伤口。而现在，他成了医学院的学生，甚至连祛疤的日常药膏都存放在药箱里。

至少从这一方面来看，他很好地成长了。

——"可你为什么不去试着相信一下，他是可以爱人的。"

陶薇的话又回荡在耳畔。

烧开的水壶发出了刺耳的鸣叫，林枕书猛然回过神来，关掉了电水壶。

卧室内装饰简洁，以黑白灰为主要颜色。房内被收拾得很干净，所有东西都收纳得有条有理，只是过分冷清，像是没有生气的样板房。

谌珂很听话地躺在了床上，盖着厚厚的棉被。或许是因为一天的劳累，他的脑袋刚刚沾上枕头，就觉得眼皮沉重，不自觉地犯起困来。

林枕书端着热水和退烧药进来时，正看见谌珂安静侧躺着的模样，满腹的唠叨顷刻间咽回了肚子里。她轻手轻脚地坐在床边，将盘子放在了床头柜上。

谌珂习惯侧卧，手肘枕在脑袋下面，双手紧握成拳。他有失眠症，即使入睡了也仍是浅眠状态。他今日难得地提早休息，胸膛随着呼吸的节奏一起一伏。

林枕书不愿打扰他，静静地端详着他的睡容，伸出手轻柔地抚摸着他刚吹干的发丝。他发色偏灰，甚至夹杂着几根银发，鬓角之下藏着一道淡淡的红色印记。她望得出神，过了好一会儿才收回思绪。

她正准备起身，收回的手臂在半途被截住，睡梦中的人不知何时已然醒来，从背后揽上了她的腰，瘦削的下巴贴在了她的肩胛骨上。

谌珂的脸颊紧贴着林枕书的脖颈儿，他灼热的呼吸喷吐在她的肌肤上："别走……"像是梦呓一般，那含混而黏着的声音里透着几分倦意，"能不能……陪着我？"

他像只可怜的小猫一样倚着她的脸颊蹭了蹭，叫人不能不心生怜爱。

林枕书微微别过头，余光里瞧见那个拥抱住自己的人竟仍闭着眼睛，半醒半梦一般。

"你……在撒娇？"她嘴角噙着笑，"再跟我说一遍听听。"

身高一米八五的大男生对着你撒娇，这谁能顶得住？

谌珂兴许真的是烧糊涂了，没有半点反抗，又轻柔地说了一句：

"你不要走。"这轻柔声音几乎是从气管里发出来的,每一个字都好像是亲昵的私语,凑在她的耳边,轻轻吐出一团火苗,烧得她脸颊发烫,丢盔弃甲。

"好,我留下来陪你。"

林枕书的手掌覆上了谌珂的手背,揽在腰间的手臂翻转方向,纤长的手指便滑进她的指缝,与她十指紧扣。

有了这句保证后,谌珂才终于安了心,压在林枕书肩头的力道越来越重,平稳的呼吸声渐渐在她的耳畔响起。

直到确定对方安稳入睡后,林枕书才以极其缓慢的速度将贴在后背上的人给安放在了床上,仔细地为他盖好被子。

偏偏他即使睡着了也留了个心眼,紧扣的手指半分也不肯放开。林枕书不忍心强行抽身,便索性绕到他身边的位置,躺在了床的另一边。

窗外的雨仍旧不息,在漆黑的城市荡漾出一片又一片的涟漪。

橙色暖光的小夜灯亮在床头,潮湿阴冷都被挡在了身后。

谌珂翻了个身,与心上人相拥而眠。

Chapter 05
姗姗来迟

我不介意你动作慢，
也不介意这次先擦身而过

清晨的浓雾还未散去，细雨似有若无，廊桥的玻璃窗上覆盖着一层薄薄的水汽。

午夜的航班刚刚驶过，早班机已在航线等候，行人们推着沉重的行李箱，匆匆踏入渝北机场。

林枕书一直惦记自己落在咖啡店里的手机，趁着谌珂睡得正酣，起了个大早去店里取回了手机。刚刚打开屏幕，乔松的消息便跳进了视线。

「我一个小时后的飞机」

言简意赅，不加标点，林枕书一个激灵，突然意识到自己一整天没联系过他了。

匆匆赶到机场的时候已经过去四十分钟了，她几乎狂奔着冲进机场，却在星巴克外的椅子上看见了早该进了关内的乔松。

他戴上了墨镜穿着风衣，悠闲地喝着星冰乐吃着三明治，没有半点赶飞机的急躁模样。

林枕书气喘吁吁，一屁股坐在了乔松的对面，很快就意识到自己又被这个家伙给骗了。

她将手提包猛地拍在桌上，质问道："你到底几点的飞机？"

"嗨！Homie（哥们）！"乔松瞧见来人张开双臂，热情地打了声招呼，他毫无愧色地解释，"我怕你赶不上跟我饯别，特地改签了。是不是很贴心？"

林枕书气得翻白眼。

她生气地抢走最后一块三明治,两三口快速地咽进肚子里,饥饿感和愤怒很快便消退了。

"为什么走这么急?"她问,"起码要先找到苏晓冉的下落吧。"

乔松愣了一下,摘下墨镜认真地观察她的表情,直到确定对方不是在说反话后,他才奇怪地问:"你们家谌珂昨天带我见过她了。他没有告诉你吗?"

这回轮到林枕书吃惊了,她对这两个人之间发生的事情一无所知。

乔松解释:"就是你们把我扛回宾馆那天。他好像一宿没睡吧,也不知道动用的什么关系,竟然真的帮我找着她了……我远远地瞧了她一眼,足够了。"

这几天的故事情节有些紧凑,林枕书一时间转不过弯来,呆了很久后才问了句:"谌珂为什么要帮你?"

她终于问到了关键之处,乔松靠着椅背,却故意卖关子,双手抱臂不说话,只盯着她看。

过了半晌,他故作寻常地开口:"说来也逗,谌珂想让我帮忙说服你,让你相信他对你是真心的。"他嗤笑一声,"可是那小子几斤几两我们能不知道吗?情情爱爱他懂个啥啊?就一榆木脑袋,谈啥恋爱啊。"

"你怎么说话呢?"林枕书登时就急了,一掌拍在了桌上,"你对他尊重点行不行,谌珂他其实……"

"其实什么?"乔松挑眉。

这反倒把她给问蒙了。

刚才那一瞬间,她到底想说什么来着?

乔松坐直了身子,卸下了嬉皮笑脸的伪装:"你其实都明白吧。谌珂对你到底是什么感情,全世界有谁比你更清楚吗?"

他方才故意嘲讽谌珂，就是为了逼林枕书自己把实话讲出来。他时至今日才真正明白，只有置身事外的人，才能看得最通透。

林枕书哑口无言。

从前她最是冠冕堂皇，高高在上地认为谌珂是不会懂得真正的感情的。可是当旁人也这样说时，她却下意识地想要为他辩解。

不，不是这样的。

他所给予的情感，才是最纯粹的。

林枕书的五官拧到了一起，像一张皱皱巴巴的纸。她只觉得踏入了一片泥淖之中，无数种纷乱的情绪裹挟着她的四肢，越是挣扎越是沦陷其中。

乔松看着她的表情，不禁叹了口气。

"林枕书，你别挣扎了。"他惯常爱戳人痛处，"你就是胆小、自私，所以将痛苦都推到别人身上。"

她恍惚地抬起头。

"不就是之前被拒绝过一次吗？"乔松恨铁不成钢地敲着桌子，"可那是两年前的事儿了。那时候别说谌珂了，我们俩就做对过什么事情吗？人家既然千里迢迢地回来找你了，你怎么还对自己这么没信心？"

她张了张口想要回应，却怎么也发不出声来，如鲠在喉，刺得她浑身发痛。

乔松看了眼手表，站起身，留给她最后一句话。

"你知道我再次看见晓冉的时候，最后悔的是什么吗？

"我后悔我没有再来一次的勇气，我跟你一样，我们都摔得太惨了，所以再也不敢站起来。

"可是谌珂他敢。他不仅有站起来的勇气，还有胆量，不管发生什么，也要再走到你身边。"

语毕,乔松重新戴上墨镜,提起行李箱,径直朝着安检口走去。

林枕书趴在桌上,缓慢地、缓慢地,将脸埋进了臂弯里。

第一缕阳光冲破沉沉雾霭的封锁线,延误多时的航班终于开始陆续起飞,飞机滑行时发出的巨大轰鸣声直冲云霄,也震得人的耳膜隐隐作痛。

——"你就是胆小、自私,所以将痛苦都推到别人身上。"

环境再嘈杂,她也全都听不到了,只有乔松的话一遍又一遍地循环在耳畔。

她终于不得不承认,终于不得不和过去的自己打个照面。

林枕书和乔松的确是一对"难兄难弟",即使是失恋,也总是彼此牵连着。

大约是在和苏晓冉分手后一个月的初夏,乔松一蹶不振,对内无法舍弃初恋女友,对外却无法和父母抗争。在家中大闹了一通之后,他陷入了自我放弃。

他一整个星期都没有来学校上课,林枕书实在无法眼睁睁地看着他这样沉沦下去,几乎把全襄津的网吧都跑了个遍也没有发现乔松的身影,最后竟然在一家夜店里发现了他。

作为一个三线小城市,襄津的很多治安管理都是不完备、不严格的。网吧也好,KTV也罢,尽管门外贴着"未成年人禁止入内"的标牌,但是没有老板会真的不做生意把人给赶出去的。

乔松一向在外混得开,认识不少社会人士,往日里还会约束自己,如今却百无禁忌,但凡是玩乐的,对他而言都是麻痹自我的良药。

听说消息后,林枕书在夜店门口蹲了他三日,终于在第三天放学后,亲眼瞧见乔松在一群大哥的环绕下进了店里。

她那时也没吃过太多的亏,仗着初生牛犊不怕虎,什么地方都敢闯。门口的姑娘们瞧见她扎着高高的马尾辫,稚嫩的一张脸,俨然一副学生模样,拦着不让她进去。

但林枕书既然来了,哪能轻易地就走呢?她叉着腰骂骂咧咧,一路飞速往里闯,穿着高跟鞋的姐姐们根本拦不住她,待叫来其他人帮忙时,她已经在角落里找到了独自喝闷酒的乔松。

酒到底有什么好喝的呢?那时候的乔松也未必知道。但是大家都说酒能消愁,他也跟着灌下去,迷迷糊糊的,倒也觉得的确有几分作用。

乔松如烂泥一般不成人形地瘫在沙发上,桌上的八九瓶酒已经喝空了一半。林枕书瞧见他这副德行,气不打一处来,二话不说将他手中的酒瓶给夺了过来,"啪"的一声给砸在了桌上。

乔松懒懒地抬眼看过去,问:"你来这儿干吗?回去写你的作业。"

"你能来我怎么不能来了?"林枕书坐到了他的身边,将酒瓶拿到自己跟前。

"这是你该来的地方吗,你在这儿遇上什么我可不会管!"他怒斥了一声,醉生梦死了几天,难得显现了几分情绪。

林枕书毫不示弱,逼迫道:"要么你跟我一起走,要么我就陪你在这儿一起喝。"

"知道这酒多少度吗?你再闹我就让保安把你带走了!"

他劈手就要抢回酒瓶,不料林枕书动作更快,仰头就灌了一大口。她咕嘟咕嘟,一口干完了剩下的半瓶。

"你能喝,我就不能了?"她擦了擦洒在脖子上的酒,挑衅似的将空酒瓶倒扣过来,故意做给对方看。

隔壁桌几个已经喝高了的酒鬼走了过来,他们瞧着这个有个性的小姑娘,调笑道:"哟,松哥今儿还带了妹子来?瞧这小脸嫩的,叫声哥哥来听听?"

乔松到底还算清醒,看了看倔得要死的林枕书,又瞧了瞧不怀好心的酒鬼们,骂了几声脏话,拽着身边姑娘的胳膊就冲了出去。

酒吧门口,谌珂正站在大树下,抻长了脖子朝店内张望着。

他是偷偷跟着林枕书过来的,知道这里不是一般的地方,即使被勒令再三不准跟着她,但谌珂到底还是不放心。

没多久,乔松连拖带拽地拉着林枕书走了出来。

他将这个烫手的山芋推给了谌珂,恶狠狠地说:"建康嘉园7号楼402!"

"啊?"谌珂扶住东倒西歪的林枕书,茫然地看向乔松。

"这是她家地址!打个车把她给送回去!"乔松大吼。

"哦。"谌珂点了点头,又问,"那你呢?"

他没好气:"关你屁事。"

"如果你再回去的话,她明天还会再来的。"谌珂诚恳地劝说。

乔松咬牙切齿:"知道了!我也回家!这样总行了吧!"

对方满意地点点头:"路上小心。"

乔松懒得跟缺心眼一般见识,骂骂咧咧了几句,甩手而去。

林枕书的确是不知道,那酒到底有多少度。她一向做事毫无分寸,没承想这次真的踩了个大雷。

这酒上头的速度很快。刚走出夜店那会儿,她尚且精神亢奋,到了出租车上时却变得反应迟钝,谌珂问了她好几遍,才从她口袋里找到了家门钥匙。等回了家,倒在沙发上,林枕书已经开始胡言乱语了。

"你知道吗?一个人要是老咬舌头,他可能是中风了。你看我从来不……哎呀……我咬到舌头了……

"我跟你说,考拉一天要睡20个小时!但它还是特别困。知道为什么吗?因为它新陈代谢特别慢。

"人类的大脑由 1000 亿个神经细胞构成,相当于银河系内的恒星数量,总重量和一个罗马甜瓜差不多……你吃过罗马甜瓜吗?我也没吃过……"

诸如此类。

林枕书家里一个人也没有,谌珂不放心让这个醉鬼自己待在家里,只好暂时留在这里陪着她,等到她的家人回来再说。

也不知道林枕书到底从哪里看来的这些乱七八糟的知识,她越说越兴奋,甚至站到了沙发上,激情澎湃地向谌珂讲述近代医学发展史,点评最新的医患关系新闻……她说得天花乱坠,怎么劝都不停。

她耍酒疯的模样并没有让谌珂产生厌恶,他反而觉得这样的林枕书又真实又可爱,全然摘下了在家长和老师面前的乖巧面具。

他站在沙发前,含笑看着高谈阔论、挥动臂膀的林枕书,甚至还认真地回答她的问题、附和她的议论。

也不知说了多久,林枕书终于把自己给说累了。她踩着沙发踱来踱去,双腿却渐渐发软,脚步凌乱,走几步就一个趔趄。

生怕她把自己给摔着,谌珂张开了双臂挡在她身前、跟着她走动,不停地念着:"坐下来慢慢说……你小心点……这儿不能踩……你往后退……"

"嘭!"

林枕书一脚踩空,下意识地抱住前方的人,全身的重量都往前压了过去。

谌珂一屁股坐在了茶几上,幸好木质的茶几还算结实,除了自己尾椎骨有些痛,并没有连累其他。

而待他从疼痛中缓过神来,一睁眼,面前便是林枕书放大的面容。

分不清是什么时候,林枕书已经从沙发上跳了下来,她双臂揽着谌珂的脖子,整个身子都倚在他的身上。鼻尖对着鼻尖,近得能感受

到对方的呼吸。

"你……"谌珂不安地抬高手臂，不知两只手该放在哪里。

她的瞳孔透着微微的红色，迷离的双眼隐藏着不可言说的情愫。或许是酒的后劲儿上来了，她的两颊红得能滴出血来，双唇却分外干涩，上牙齿轻咬着下嘴唇，如一轮孤月照耀漫天赤霞。

"我……"林枕书喉咙沙哑，她瞧着眼前的人，那样的近，那样的动人。

胸腔里一时翻涌出无数的情绪，那些压在心里的秘密也被酒后莫名的冲动给挖了出来。

许是体内激素分泌过多，她凝视着谌珂的眼眸，脱口而出——

"我喜欢你。"

在无数个瞬间——听他诉说不舍的瞬间，被他拥抱住的瞬间，她都好想好想告诉他，这种喷薄而出的温暖甜腻的情绪，叫作——我喜欢你。

而她终于说出了口。

这四个字脱口的一瞬间，他们两个人都通通清醒了过来。

林枕书这才意识到自己在做什么，她慌张地抽回了手臂，退后了两步，后知后觉地害怕了起来。

她不应该说的。至少不应该是在这个时候。

谌珂目光闪躲，他别过头看着地上，许久许久，一言不发。

那漫长的沉默的五分钟，对于林枕书而言，每一秒都是一根扎进胸腔的刺。

她开始迅速地思考补救措施，拼命地组织语言想要向他解释。她曾经无数次在这个边界徘徊，无数次她抵挡了诱惑，始终保持在警戒线之内。这次她一定也能够做到，当作只是同学间的普通话语，以后仍可以同他自然地相处。

可是……

谌珂垂下了头,半晌,他说:"对不起,我不能。"

六个字,言简意赅,却将她仅剩的希望劈了个粉碎。

这一次,不用她来解释,谌珂也听明白了。

正是因为明白了,他才那样为难,像一个做错事的小孩,却无法违背自己的本心,不得不同她说一句实话。

对不起,我不能喜欢你。

林枕书预料过这个时刻,却不知道会来得这样快。脑中的信号被切断,只剩下一片苍白的雪花。

谌珂很快就离开了这里,临走时,他仍旧绅士地将杂乱的客厅收拾好,替她好好地锁上了大门。

这个空荡的家庭里,又只剩下她一个人。

这就是,她人生第一次的告白。掏心掏肺,却以这样惨淡的方式草草收场。

两年之后,她仍旧困在那一日的泥淖里,将自己搞得满身污渍,自私又懦弱。

即使那双手再次伸向她,她又怎知那是要帮她逃脱束缚,还是将她推进更深的深渊?

林枕书重新抬起头,雨后天霁,越来越多的乘客涌入了机场。

服务生来到跟前收拾了餐盘和空杯,店内也排起了长队。没有消费而霸占了座位的她有些许窘迫,匆匆拎起包离开了休息区。

她大概是要回去的,这里没有她的归途,也等不到她的归人。只是刚刚踏入人潮之中她便彷徨了起来,所有人都知道他们要去的地方,只有她逡巡不前。

一个旅行团在这时从面前经过。

大概有不到二十个人,不论男女老少都戴着旅行团统一发放的明黄色的鸭舌帽,举着小小三角旗的导游站在他们的最前方领路,麦克风的小喇叭别在腰间,导游被放大的声音在嘈杂的环境中仍那么鲜明。

"今天是我们渝城之行的最后一天了,很高兴这几天能与大家友好相处,希望你们回去之后还能够记得这几天的美妙旅程。"客套的导游词由她说出来却是那样真诚,"大家托运完行李之后就可以去安检了,回去的路上一定要注意安全!"

林枕书被人群裹挟着,几个小孩一蹦一跳地从她身边走过,口中甜甜地喊着"导游姐姐,导游姐姐"。

她转身看去,被孩子们包围住的那个亲切温柔的女导游,仍留着高中时的齐肩短发,她瘦了不少,娇小的身形和甜美的笑容透着自然而然的亲和力。

苏晓冉真的在渝城,林枕书这才对这个消息产生了真实感。

她很想要大喊一声对方的名字,却不知道在这样的公共场合下是否合适。仔细考虑了一番,她意识到自己绝不是那个合适的人。

林枕书从口袋里拿出手机,屏幕上显示的时间距离方才乔松的离开不到半个小时——或许他还没登机。

电话打过去,乔松很快就接通了,他嚷嚷着:"干吗呢,我这刚上廊桥。你有什么话赶紧说,我等会上了飞机就得关……"

"苏晓冉在这里。"她打断他叨叨的废话,开门见山地问,"你要不要过来?"

乔松一下子就蔫了:"我去干吗,我去了她也不见得想理我,我去……"

"你就打算一辈子都倒在同一个地方吗?"林枕书问。

之前乔松说的话刻薄却精准。他们曾经都摔得血肉模糊,好了伤疤也忘不了疼，所以再没有勇气站起来，再也不敢往前。

可是——

"反正已经摔进谷底了，就算再糟糕也不会糟糕到哪里去了——这一次，你要不要站起来？"

她在问乔松，也在问自己。

旅行团的游客们拖着箱子去托运行李了，只留下几个小孩子依依不舍地对苏晓冉说再见，她半蹲着身子，嘱咐了他们几句话，也使劲儿地朝他们挥手，用笑容来结束这段偶然相逢的际遇。

说什么只求曾经拥有的话都是骗人骗己，人们总是习惯把悲伤粉饰得冠冕堂皇。

可是曾经有一个人真诚地告诉她，如果见不到你的话，我会很难过、很难过。这种情绪，人们称之为什么呢？

是不舍，是想念，也是我喜欢你。

林枕书没有去听乔松又说了什么，她果断地挂掉了电话。

既然已经在谷底了，既然不会有更糟糕的境地，那么就算再挣扎一下又如何呢？

她想要拥有同谌珂一般的勇气，重新站起来，去迎接他的归来。

晴岚透过明净的玻璃窗，大理石瓷砖的地面泛着点点金光。机场的广播越发繁忙，甜美的女声提醒乘客尽快登机。人们操着各地乡音，结伴走在宽阔的大厅，喧闹而富有活力。

裂开了一道缝隙的冰山，离崩塌只差一阵风。她身体里的某根神经在沉睡多时后渐渐苏醒，贪婪地汲取着外界的色声香味触。

仿佛这一刻才意识到自己是活着的。

谌珂的睡眠时间一向很少。

即使每晚按时服用助眠的药物,也要到凌晨时才能入眠,而到了清晨六七点时,楼外的轻微声音就会将他惊醒。

他总是会做很多混乱而糟糕的梦,刚醒来时总会保持着梦中消极负面的情绪,但却记不太清具体的内容。

但是这天,也许是身旁有人作陪,也许是药物作用使然,谌珂难得睡得安稳而绵长。一觉醒来,没有丝毫挣扎的痕迹。

他醒来时,身旁的人已不知道身处何方,连她的余温也被空气稀释干净。如果不是床头柜上那写着"按时吃药"的便利贴,他大概会以为昨晚的一切是一场梦。

而事实上,谌珂的确做了一个好梦,与往日截然不同的梦。

梦里,谌珂似乎还是当年的那个高中生,坐在那个没有空调的闷热的老教学楼里上着枯燥的课。

这旧时光的开头很是混乱,充满着交织变换的光与影,犹如一场刻意追求艺术感的眼花缭乱的朦胧电影。

他隐约记得,周围的环境很嘈杂,教室内、走廊上,充满活力的高中生们嬉笑打闹,吵嚷着欢笑着,青春的模样比阳光还耀眼。

谌珂仍坐在教室角落的位置里,桌上摆着课本,视线却总是不经意地朝着前方飘去——整个上午,林枕书都无力地伏在课桌上,很是没有精神。

他很想去问问她到底怎么了,是不是身体不舒服。可是踌躇许久,书本的页角被他揉搓了一遍又一遍,却仍旧鼓不起勇气走上前。

下了课的乔松实在无聊,站在林枕书的桌边,跟狗皮膏药似的,反复地问着"我怎么跟苏晓冉告白比较好""她是不是下个月过生日啊""你们女孩子一般都喜欢什么……哦,对了,你不是女孩子"。

被乔松搞得实在不耐烦了,林枕书猛地拍了下桌子,想把对方给吓走。可刚直起身子来，腹部却突然针扎般刺痛，疼得她下意识地抽了口凉气。

乔松拍了拍对方的肩膀，见她的右手一直捂着肚子，调侃一般地问："咋了？痛经还是胃痛？"

林枕书甩开他的手："不关你的事。"

嘴上虽然强硬，但是腹部的疼痛一阵强过一阵，她皱紧了眉头，脸色也渐渐泛白了。

"你今天吃早饭了吗？"乔松见她不像是假装，反倒真的担心起来。

"吃不吃关你屁事！"她啐了一声。

其实就是没吃。

别说今天了，整个一周她都没怎么按时吃过饭。

乔松看林枕书这么糟糕的状态，差不多也猜到了几分。他问："你带药了没有？"

林枕书沉默不语，隔了几秒后摇了摇头。

"那咋整啊？你如果不吃药的话怎么解决啊？"他天生是个少爷，根本不会照顾人，手足无措地来回走动。

刚才听见了乔松的话，谌珂知道林枕书这是犯胃病了，他这次终于忍耐不住了，三两步就走了过来，一把拽住慌张的乔松。

谌珂有条有理地说："乔松，我去打水和买吃的。胃药我不清楚要买哪种，就麻烦你跑一趟药店吧。辛苦你了。"

乔松愣了一下，一是没想到这个人会突然站出来，二是被他拜托的语气给惊住了。

怎么搞得，好像他才是照顾林枕书的那一个？

来不及想那么多，乔松只能点了点头，往教室外跑去。

谌珂弯下腰蹲在林枕书身边，轻声地说了一句："你等一会儿，

我很快就来。"

他是那个时候第一次知道林枕书患有胃病。并不是什么不得了的大病，但是一旦饮食不调、吃了生冷辛辣就容易发作，很是恼人。

因为无法看懂小说，谌珂这段时间阅读的书籍全都是科学性的，其中不乏关于医学基本知识的讲解和阐述。他只能记住生硬学术语的好记性，在这一刻派上了用场。

谌珂用自己的玻璃杯子灌满了热水，给林枕书焐在肚子上，又去小卖部买来了热牛奶，喝完暖一暖胃，她脸上的气色明显就好多了。

这时候，体育课已经开始了，教室里的人基本上都去了操场，只留下林枕书和谌珂两个人在教室里。

林枕书坐在椅子上，整个人蜷缩成了小小的一团，她饿得不轻，大口大口地吃着食物。

谌珂蹲在她的面前，因为本就个头比较高，即使蹲下来，也和此时的林枕书在一个水平线上。他什么也没说，只是认真地看着面前的女生。他如同质地柔软的绸缎一般，即使脸上没什么表情，仍然细腻而温和。

林枕书吃完东西后，才发现对方的目光一直注视着自己，忍不住尴尬地咳了两声。

谌珂不懂她的意思，反而担忧地问："你还感冒了吗？怎么又咳嗽了？"

她一口牛奶差点呛死自己。

"不是……你……这么盯着我看，不太合适。"林枕书伸出手遮挡他的眼睛。

谌珂歪着脑袋，不明就里："为什么不合适？我不能看你？"

"也不是这个意思……"

"不看着你的话,我就没办法知道你气色有没有变好。"

"原来你是在看这个啊……"

林枕书更加尴尬了。

"不过你长得很好看,所以也想要看着你。"他诚实作答。

"咳咳咳!"

没想到他会突然这么直白地说话,林枕书又剧烈地咳嗽了起来。

谌珂慌忙拍了拍她的后背,担心道:"你没事吧?"

"看看看你个头!你动物园看大猩猩呢?"

林枕书啐了他一口,眼神却闪躲不安。

谌珂注视着她表情的每一个细节,奇怪道:"你怎么脸上有点红?发烧了吗?要不我还是带你去医务室吧。"

"滚滚滚!"

高中生谌珂有很多事情无法理解,为什么女孩子会脸红,为什么林枕书总喜欢摸自己的脑袋,为什么他的心跳会在某刻漏拍……

这些情愫他全然不懂,可这并不妨碍彼时彼刻,他那样真切地在乎着一个女孩。

大学生谌珂躺在床上,双眼看着白色的天花板,记起了方才的梦境。

这不是一次虚构的梦境,而是某段记忆的倒放。就好像再次聆听一首耳熟能详的老歌,总是能后知后觉地品味出过去所不懂得的味道来。

心理医生曾经为难地劝导谌珂,要勇敢地去面对那些过往,哪怕是可怕的和残忍的。医生用最极端的手段去刺激、逼迫他,却总是收获甚微。

因为医生从最开始就搞错了,那不是一段可怕和残忍的过往。

相反,谌珂是因为那段过去,才苦苦支撑着孱弱的身躯,毅然地走到了今天。

吃完药后,谌珂坐在客厅里发了好一会儿的呆,昏昏沉沉的脑袋才逐渐清醒了过来。

搬进这套公寓的时候,他没有添置太多的家具,之后也很少待在家里,白天都在学校,晚上也要留在实验室,只有深夜才会回来睡一觉。

前一个月的生活他当作寻常,直到现在,环顾着被冷色调包围的客厅,谌珂才忽觉清冷寂寥,竟感到了些许落寞。

门口传来窸窸窣窣的声音,很快大门被打开,提着一个纸袋的林枕书走进了玄关。

"谌珂,起床了吗,我买了早饭回来!"

她喊了一声,换上了拖鞋走了几步,才发现谌珂正端坐在沙发上。

"你傻坐在这儿干吗?"林枕书奇怪地看着他,提起袋子,问,"饿不饿?我特地打包了小面回来。"

谌珂看着她,愣怔了很久,几乎分不清这是幻境还是真实。

他以为她不会回来了,就像他未曾料想她昨日会突然出现。他以为这个冷清的房间里又只会剩下他一个人,就如一觉醒来枕边人不在般失落。

林枕书没有意识到他的不对劲,还在热情地介绍着:"渝城的小面特别好吃,你吃过没有?特别是这家店,味道可正宗了!整个西南找不出第二家来。你等着啊,我给你拿筷……"

还没来得及迈出脚去厨房,谌珂忽然站起来,握住了她的手腕。

林枕书眨巴眨巴眼睛,茫然地看着他。

昨天他被各种巧合与意外所耽误,准备了满腹的话,一个字也没能说出口。直到以为自己真的等不到了，以为她真的离开了时，他才意识到自己有多迫切地想要告诉她——那些未完待续的心事。

"我……我喜欢你。"

毫无预兆地，谌珂望着她，脱口告白。

这不是最好的时机，甚至不是对的地点和对的方式。这只不过是一个再普通不过的上午，没有任何浪漫的铺垫和深情的说辞，他却在此刻对她告白。

谌珂又重复了一遍："我喜欢你。"

这一次，他说得更加笃定有力，每一个音节都铿锵饱满，短短的四个字，却如宣誓一般郑重而不可亵渎。

他不在乎形式和时机，曾经有无数个好的氛围和最好的年纪，只怪他年少愚钝，才姗姗来迟。

林枕书只觉得鼻尖泛酸，刹那间就红了眼眶。

原来她一直等待的，如何也割舍不下的，不过就是这一刻罢了。

她心中百转千回，无数的话语在脑海中翻滚，一个"也"字根本不足以诠释她此刻的心情。

最后，她这样说。

"你迟到了。"

Chapter 06
他的单车

爱你的每个瞬间,
像飞驰而过的地铁

林枕书回到了咖啡店上班,谌珂又成了店里的常客。

"面包还是蛋糕?"
"蛋糕。"
"巧克力还是草莓?"
"草莓。"
"草莓蛋糕还是我?"
"你。"

林枕书爱好恶趣味,点单时总是找各种话来调戏清纯男大学生,偏偏谌珂什么都敢说,脱口而出一句"我想要你",面不改色、不知害羞。

一向厚脸皮的林枕书也经不住闹了个大红脸,白了他一眼,丢下一句"想得美",抱着菜单就走。

草莓蛋糕是谌珂的旧爱,这么多年来从没改变,对食物的爱好和对人的偏爱,同样的专一不改。

然而,安静享用下午茶的谌珂没能清闲多久,司悦就哭丧着一张脸走过来,双手合十,可怜兮兮地问:"同学你好,请问你能帮我一个忙吗?"

咖啡店的生意一向很好,特别是在假期,常常要招上几个临时工。

然而今天的两个兼职服务员恰巧都请了假,眼看着就要到饭点了,顾客越来越多,忙得晕头转向的司悦实在是着急。

谌珂系上咖啡色的围裙走出更衣室时,林枕书这才意识到他就是司悦所说的"好帮手"。正在洗碗的她手上一滑,差点把盘子给打碎了。

林枕书阻拦道:"店长,你再着急也不能找他呀,他就是个绣花枕头什么也不会做,你这样会……"

"哎呀,行啦行啦。"司悦打断她,"你干吗对人家谌珂这么大偏见啊?以前你都对人家爱理不理的,现在干吗管这么多?"

昨天刚被告白了的林枕书一时噎住,不知该如何向店长解释今时不同往日……可想到司悦、司琪对谌珂的好感度,她只好选择闭嘴。

司悦憧憬地看向谌珂,问道:"弟弟,你会做咖啡吗?"

谌珂诚实地摇头。

"会用收银台吗?"

谌珂再次摇头。

"会洗碗吗?"

"洗过。"他顿了一下,"但是打碎了。"

司悦这才相信了林枕书的话,只能抚额说:"那麻烦你端盘子吧,你能做好吧?"

谌珂点了点头,握紧拳头:"我会努力的。"

尽管林枕书忧愁满满,但是事实证明,在这个看脸的社会里,绣花枕头也并不是全然无用的。

来咖啡厅的顾客以女性居多,谌珂这么好的一副长相,往咖啡店那么一站,哪个女生的购买欲望不会噌噌噌地上升呢?

谌珂本人并没有意识到自己的样貌有多么吸引人,他只是觉得能跟在林枕书身边工作,不管做什么都是令人愉悦的。

唯一的麻烦就是，接二连三地有女顾客跟他搭讪，难以摆脱。

"小弟弟，有女朋友了吗？要不要姐姐给你介绍一个？"

"帅哥，可以加个微信吗？"

"小哥哥，哪款甜点比较好吃啊？你推荐哪个我就买哪个。"

诸如此类。

林枕书原先觉得自己并不在意，能给店里增长销售额，是挺好的一件事。不过是店里客人太多，叽叽喳喳地说个不停，吵得她头疼罢了。

她抽空去洗手间洗了把脸，回来时正撞见谌珂跟一个梳着双马尾的漂亮少女说着话，他们聊了许多话，他甚至还伏在桌子上写了张便笺递给了那少女。

一向淡定的林枕书顿时火冒三丈。

少女笑意盈盈地点完了单，谌珂记好菜单转身要走时，她还不忘朝对方眨眨眼，放着电。

谌珂丝毫没有意识到自己已经快被眼刀给戳成窟窿了，他神色如常地回来，按着菜单上的内容从甜品柜里小心翼翼地取出蛋糕。

而林枕书却不知为何阴沉着一张脸，迟钝如谌珂，也能听出对方语气中的浓浓不爽。

她冷哼一声，问："喂，刚才你给人家写了些什么啊？聊得这么开心。"

谌珂如实相告："她说想了解更多咖啡店的事，跟我要了个电话号码。"

了解什么咖啡店啊，那是想了解你！

林枕书把心里的怒骂给憋了回去，忍耐着没有发飙，只问："那你就把电话给她了？"

"我觉得自己对咖啡店的了解没有店长多，"谌珂盖好笔盖，说得坦然，"所以我就把店长的电话给她了。"

"电话能随便给人吗,你也不……"

林枕书准备好了一肚子要训斥这个"二百五"的话,然而说到一半忽然反应了过来:"等等,你给的是店长的电话号码?"

谌珂点点头:"之前店长给我打过电话,我看了一眼就背下来了。"

林枕书语塞:"行,非常好。"

原来没勾搭别的小姑娘啊……她后知后觉地感叹,心中的郁结化解开,一时舒坦了许多。

"不过,"谌珂歪着头看她,"你刚才为什么一副不开心的样子,是工作太累了吗?"

"没……没有啦。"林枕书慌张地摆手,"你看错了,看错了。"

她差点忘了,谌珂特别会观察人的表情变化。但她可不想让对方发现自己为了莫名其妙的小事吃醋。

林枕书急忙转移话题:"那什么,我这边缺点咖啡豆,你去后面拿一些来吧。"

谌珂没有异议地点了点头,但离开前仍不放心地说:"累的话不要勉强自己,我可以和你换班。"

"知道啦,知道啦。"她催促对方离开。

过了晚饭时间后,咖啡店的顾客明显少了很多,忙了一个下午,大家终于可以清闲片刻。

司悦、司琪将甜品柜里剩下的蛋糕拿了出来,过夜的甜品不新鲜,扔掉又太可惜,大多是内部给消化掉了。

谌珂是重度的甜食爱好者,并且没有吃多了发胖的担忧,非常欣喜地扫荡完了一大盘香草慕斯。

林枕书的口味与他不同,她喜欢火锅、烧烤,爱吃辣和酸,对添加了过量味精的零食上瘾,但对甜食却不屑一顾。盘子里的蛋糕动了一小块就不大想吃了。她转了转眼珠子，不知又想出了什么鬼点子，将自己的盘子推给了谌珂。

"是不是还没吃够？我这块也给你吃吧。"她故作体贴大方，笑得狡黠。

谌珂本想点头，待看清楚盘子里的绿色三角是一块抹茶千层后，举在半空中的叉子却顿住了。

唔，是他很不喜欢的抹茶。

Miel Pâtisserie主张低卡健康，甜品的甜度一向较低，不过度甜腻。但抹茶口味本就偏清苦，糖分减少后往往会影响口味，因而青睐抹茶千层的人很少，更不用说谌珂这样极度嗜甜怕苦的人了。

林枕书明知这一点，却偏偏装作不知道，歪着头故作天真地问："怎么了？是不是我尝过了一小块，你就不想吃了？"

谌珂的脑袋摇成了拨浪鼓。他虽有洁癖，但是哪儿敢嫌弃她不是。

"那你快吃啊。"林枕书催促他，"我可是特地留给你的呢。"

尽管眉头紧蹙，但是谌珂向来无法拒绝林枕书，只好用叉子叉了一块边角，勉勉强强，好似上刑场。

林枕书仍旧不满足："怎么吃东西慢吞吞的啊？干脆我喂你好了。"话音刚落，她就从对方手里抢过了叉子，一挖一大块，将满满当当的绿色抹茶送到了他的嘴边。

方才那一小口，嘴里的清苦味还没散开，谌珂下意识地身子后仰，第一次意识到讨厌的口味竟然可以如此可怕。

但是林枕书不依不饶，噘着嘴嘟嚷着"我喂你你都不吃你是不是嫌弃我"之类的话，垂着眼帘委屈巴巴，反而叫他的心里生出愧疚感，只好一鼓作气大口吞下，两个腮帮子鼓鼓囊囊。

然而，他显然低估了林枕书的恶作剧。

"噗！"

谌珂刚嚼了两口,一股苦辣麻涩的味道突然在口腔中弥漫开,从舌尖冲击到肠胃,直叫他一口吐进了垃圾桶里。

恶作剧得逞,林枕书拍着桌子笑得前仰后合:"哈哈哈!"

她悄悄地往千层里加了芥末,净欺负谌珂是个老实人。

谌珂漱了好几口水后,才迟钝地意识到自己被林枕书给整了。他本应该生气,可是看着林枕书咧着嘴大笑的模样,却突然想到,这是他们重逢以来,第一次看见对方这么开心的模样。

大概笑声是有感染力的,莫名其妙地,谌珂也忍不住扑哧一声,跟着她一起傻笑了起来。

他们好像一瞬间挣脱开了成年之后的束缚,放声大笑,放肆撒野。

隔壁桌的司悦、司琪看着这对旁若无人的男女,心中升腾起不祥的预感。

司琪问:"姐,他们俩是不是……"

司悦也很怀疑:"是……吗?"

前两天谌珂突然冲进店里时,她们俩就隐约感知到了一些苗头,但是林枕书和谌珂又并没有做出什么类似小情侣恩恩爱爱的动作,又叫她们迷惑了起来。

最后,还是司琪大胆地打断了这两个傻子的傻笑,严肃地问:"我说你们俩,现在到底是什么关系?"

林枕书打了个嗝儿,笑声呛在了嗓子里。

说实在的,尽管终于等到了谌珂的那句告白,可是……她似乎还不是很清楚,要怎么以情侣的身份,和谌珂一起出现在旁人的面前。

好像什么都没变,又好像什么都变了。

"我们……"她一时不知该如何诉说。

看出她的彷徨和迷茫,谌珂在桌下握住了她的手。

"我们在一起了。"他回答司悦、司琪,目光却凝望着林枕书,"我们在一起了。"

他那样笃定,好像一艘终日漂泊的船只终于找到了属于他的港口,即便有再大的风浪,他再也不会丢失自己的方向了。

骨骼分明的五指紧扣住她的手掌,林枕书渐渐微笑了起来,像胶片中缓慢绽放的花。然后也用力地,回握住他的手。

"真好啊。"司悦不自觉地感叹了一声,"如果你姐姐知道的话,一定也会为你高兴的。"

同样作为一个姐姐,她感同身受。

可无人知道,在那一瞬间,林枕书却似被点醒了什么,笑容渐渐凝固。

国庆假期过去的第一天,林枕书就睡过了头。

放假时将早起的闹铃给关掉了,她一觉睡到九点,睡眼惺忪地看了眼手机,惊得从床上坐起,掀开窗帘才发现,宿舍的其他三个室友早就走了。

林枕书迅速地洗了把脸,随手拿了两件衣服换上,一边扎头发,一边往宿舍外跑。第一节课已经结束了,运气好的话还能赶上第二节。

食堂就在宿舍楼的对面,门口人来人往,飘着鸡蛋饼和包子的香味。林枕书饿了一晚上腹内空空,但也只能眼馋地看一看,加快了步伐奔向教学楼。

"丁零零!"

清脆的车铃声在路口响起,谌珂骑着单车绕到了她的面前,修长的双腿从踏板上放下来,连人带车停靠在路边。

林枕书跑得匆忙,脚下生风,顾不上周围的情况。前方突然窜出一辆自行车来,她来不及缓冲,一个趔趄直直往前扑了过去,直愣愣

地压在那人身上。

好在谌珂脚下有力,只略往后退了几步,上身向后倾斜了三十度,生生地接住了迎面冲来的风火轮。

撞得发蒙的林枕书下意识地紧握住他的臂膀,缓了半晌才抬起头来,瞧见谌珂那张精神饱满的脸,又是一愣,问:"你怎么会在这儿?"

谌珂没正面回答她的问题,只将挂在车把手上的小袋子递给她:"两个奶黄包,趁热吃吧。"

"你怎么知道我没吃早……"

"还有十分钟就上课了,快上车吧。"他看了看表,打断她的话。

"你怎么又……"林枕书惊讶连连,最后一问连话都没说完,就半推半就地坐上了自行车的后座。

谌珂重新踩上踏板,镇定自若地如同一位先知者:"你高中就总是迟到,昨天那么晚还在发微博,我担心你匆匆忙忙来不及吃早饭,就特地过来等你。"

新校区占地面积很大,学生宿舍和教学区在学校的两个对角线上,离得很远,如果是徒步走过去,就要花上十来分钟的时间。

林枕书问:"那你等了我多久?"

"不久。"他摸了摸鼻子,说得含糊。

"十分钟?半个小时?一个小时?"林枕书越问越没底气。

谌珂只淡淡笑道:"没关系。我早上没课。"

她感动又愧疚,竟不知自己的粗心大意会惹得他苦等这么久。她不免陷入了沉默,大口咬着还有余温的奶黄包。

谌珂骑车很稳当,速度不算太快,很少颠簸和绕弯,经过路障时会放慢车速并提醒一声"小心",细致至极。林枕书坐在他的后座,一手拿着包子,一手紧握着他白色外套的衣角,宽阔而坚实的后背近在咫尺,凑近时还能闻见薰衣草洗涤剂的味道。

早晨的暖风阵阵吹拂,轻柔地掀起谌珂的刘海,露出饱满的额头和浓密的眉毛。林枕书从侧后方望着他,下颌如雕刻一般,白皙的颈部有一颗小小的黑痣。

原来阳光可以这样美好,照得整个世界都温暖动人。

不自觉地,林枕书侧过脸倚在了谌珂的后背上,双手环绕在他的腰间。她轻轻闭上眼睛,连呼吸里都弥漫着初秋的清新味道。

将林枕书送到教学楼下后,谌珂本想跟着她一同去上课,却遭到对方的极力劝阻,无奈之下只好先去图书馆,等会儿再来接她。

林枕书比预计早了几分钟到教室,她顺利地在教室的后方找到了舍友们,刚刚坐下,上课铃便打响了。

她匆忙拿出课本,问道:"上节课讲到哪里了啊?老师点名没有?你们走之前怎么不喊喊我啊?"

然而坐在隔壁的吴玲什么也没有回答,她从手机前抬起头,冷不丁地问:"你和谌珂在一起了?"

"我……"林枕书呆了两秒,竟发觉自己不敢果断承认他们的关系。

而用不着对方多说,吴玲已将自己的手机推到了她的面前,屏幕上竟是林枕书和谌珂的照片。

方才他们在校园骑车的几分钟里,竟不知被谁给拍下了照片,并且传到了网上,在朋友圈和聊天群里疯狂转发,前段时间刚刚消下去的八卦之火重新被点燃了。

这条朋友圈的下方有不少人在评论,说的话却不太客气:

「他们竟然真的在一起了?果然老牛最爱吃嫩草。」

「我还以为林枕书有多好看呢,原来不化妆不修图也不过如此啊。」

「笑死了,这鲜艳的搭配,跟我奶奶的品位一模一样。」

林枕书禁不住低头看了自己一眼。今早出门太匆忙,头没好好梳,更没化妆。最惨痛的是,她不知怎么就选中了一件红色卫衣和橙色的外套,配上她因熬夜而放大的黑眼圈,简直惨不忍睹。

再和谌珂的整洁清爽一对比,美丑差距过大,怨不得议论纷纷。

她忍不住龇牙回怼:"这些人都怎么说话呢?谁还能天天化妆啊!好像他们就都很好看似的。"

然而吴玲却没有为林枕书伸张正义的打算,她又问了一遍:"你和谌珂是不是在一起了?"她的情绪很是激动,"可你明明告诉我你们只是普通同学!"

林枕书翻阅课本的手僵住了。

她在大学里没交上几个新朋友,本以为吴玲还是关系最要好的那一个,朝夕相处,从没亏待过对方。可是在自己被键盘侠们群起而攻之的时候,对方真正关心的人却并不是她。

真是心寒啊。

林枕书扬眉看向她,挑衅般不服输地说:"对。我们在一起了。不可以吗?"

吴玲愤怒地转过头去,再也不看她一眼。

大学生上课使用手机的一个弊端就是,无聊的情绪会推动舆论飞速发酵。

林枕书这一身搭配实在太过惹眼,哪怕下课上个厕所都能被无数双眼睛盯得死死的,躲都躲不开。上午剩下的三节课,她几乎全都浸没在陌生人的注目礼中。

最后一节课终于结束,林枕书背起包就要往外冲。可是这一次,出现在她面前的不再是陌生人,而是见过一次的老面孔。

教室门外，穿着米色长裙卡其色针织衫的女孩子迎面走来，后者回忆了很久才记起这个人是谁——上次在食堂碰瓷谌珂的那位。

碰瓷女想必一直对上次的事耿耿于怀，这次揪住了机会故意来找她的碴儿。

刚下课的教学楼还算安静，碰瓷女一眼辨认出了穿着橙色外套的林枕书，她装作跟别人说话，尖细的嗓音却响彻整个走廊："哟，这不是林枕书吗，我刚才还听说她'泡'上学弟了呢！"

林枕书翻了个白眼，懒得和她争执，只当没听见，自顾自往前走。

碰瓷女却没有就此打住，她呵呵一笑，接着说："我还真想向她讨教讨教，就凭她的资质，到底用了什么手段，竟然把人家小学弟迷得神魂颠倒的？"

林枕书开始觉得荒唐了。她虽然有时会把自己搞得邋里邋遢，但是好歹也是法语系的年级第一，一年里拿过的奖也不算少了。怎么随便谁都能来踩自己几脚？

她不惹事但是也不怕事，转过身直视着眼前人，昂起下巴，问："说完了没有？你早上是不是没刷牙，嘴巴怎么这么臭？"

碰瓷女故作害怕，捂着嘴后退几步，拧紧了八字眉委屈地说："你干吗这么凶啊？我随便说两句都不行啊？"

林枕书冷哼一声，从一旁围观群众的手上抢过一瓶喝了一半的水，想也不想就往碰瓷女的身上泼了过去。

"呀！你干吗！"碰瓷女尖叫一声，几乎要蹿上了天。

"你干吗这么凶啊？我随便泼你一下都不行啊？"林枕书冷哼一声，将空空的矿泉水瓶塞回了路人的手上，甩手而去。

越过层层人墙，她走到楼道口时，才发现在此处站了很久的谌珂。

谌珂双手插袋，双唇抿成了一条线。他的眉头紧蹙，看向她的目光里有很难参透的情绪。

林枕书没想过他会在这里,更没预料到方才的一幕幕被他尽数看在了眼里。她向来撒泼闹事毫不顾忌,这次却仿佛踩了雷,竟慌忙地遣词造句想要解释。

可是最终他们什么也没说,彼此沉默了很久很久。

直到林枕书的手机响起电话声,她才如抓住了救命稻草一般,丢下一句"别等我了",抱着手机匆匆下楼离去。

湛珂站在原地,他背着光,脸庞上一团阴影,只听得他深深地叹了口气,便再无其他。

电话是沈淼打来的。她刚从国外回来,途经渝城,便顺路来看看林枕书。

挂掉电话后,林枕书连衣服也来不及换,脱下外套挂在手臂上,匆忙打了辆车,直奔市中心。

沈淼曾经是林枕书的姐姐林丹青最好的朋友,从高中起就和她形影不离,如果有以后的话,甚至会是她一辈子的朋友。

林丹青在二十四岁那年乘坐父亲的汽车,在归家途中遭遇交通事故。父亲抢救无效后离开人世,他拼死保护的女儿,却从此再也站不起来了。

她曾经也是天之骄女,样貌和能力都出类拔萃,性格又好,极温柔的一个人。从前,没有一个人不爱她。双腿瘫痪之后,她一度消沉,终日将自己锁在房间里。直到沈淼辞掉了在上海的工作,为了她回到襄津,她才终于从无形的桎梏中挣脱,重新变回了那个温暖的林丹青。

林枕书比姐姐小十二岁,最初发生变故时她什么也不懂,只知道一夜之间什么都变了,从前和睦的家庭四分五裂,她几乎每个夜里都会被母亲的哭声吵醒。

沈淼的出现,不仅挽回了姐姐,也救助了这个摇摇欲坠的家庭。

近一个小时的车程后，林枕书在渝大的本部校区下了车。

本部校区建在半山腰上，虽然校内设备有些老旧，但是风光却很是好看。特别是宿舍楼不远处的观光台，可以俯瞰渝城壮丽的江景。

沈淼就坐在靠着栏杆的位置上，面朝江面，齐耳短发被风吹得飞扬。她一身黑衣皮裤，背着个大大的旅行包，远看着竟像个年轻的学生。

林枕书一路小跑着走过去，坐下时还喘着粗气，她嗔怪道："你怎么说来就来，也不通知我一声？"

两年前，沈淼辞了职，去了欧洲深造，之后就很少有人知道她的去向了。

"我听说了你和谌珂的事，特地过来看看你们。"沈淼的笑容很是欣慰。

透露这事儿的人不是陶薇就是乔松，但林枕书此刻倒没心思去管谁是那个大嘴巴，一想到一个小时前的尴尬场面，她的表情跟哭一样难看。

沈淼瞧出了她的不对劲，奇怪地问："发生什么事了？我本来是要恭喜你的，可你却没我想的那么开心。"

她苦笑："我之前以为，两个人在一起的最大障碍就是不相爱。现在我才知道，很多小事都能轻易地把人打败。"

沈淼调侃道："听你这语气，倒不像是恋爱了，像是出家了。"

林枕书瞪她一眼，噘着嘴埋怨："我就是觉得很烦，明明是我跟他在一起，为什么要牵扯上那么多乱七八糟的人和事呢？"

"我不清楚你为什么事情烦恼。不过，我跟你讲一个故事，你听完可能会知道是不是还要坚持下去。"沈淼望向前方，午间阳光正好，江面一片粼粼波光，"你还记得谌珂高中的时候，患的是什么病吗？"

林枕书茫然地回答："社交恐惧症、人群恐惧症、失眠症，还有

什么自闭倾向来着?"

"对。"沈淼点点头,"而所有的这些病症合起来,就是他真正的病因——艾斯伯格症候群。"

艾斯伯格症候群主要特征——

一,有社交和沟通上的障碍;二,极度热衷于特定的事物或兴趣;三,智力表现和正常人一样,或高于正常人的平均智力。

沈淼说:"我在欧洲的研讨会上遇到了金斯伯格博士,他告诉我,湛珂曾在美国待了整整一年的时间,吃尽苦头,只为了克服病痛,做个正常人。"

林枕书勉强装作不以为意的模样,反问:"他想要治好自己的病,跟我又有什么关系呢?"

沈淼叹气:"如果你知道他那一年里过的是什么日子,你就不会这么说了。"

Chapter 07
人非草木

宁为他跌进红尘，
做个有痛觉的人

　　谌珂的课表排得很满,上完晚课回到公寓洗了个澡,已经接近晚上十点。

　　他刚吹干头发,换上了深蓝色的睡衣,肩膀上还搭着条毛巾,正准备去书房继续读书时,门铃声却在耳边连绵轰炸开来。

　　他疑惑地打开门,却见林枕书正倚在门外,她身上仍是那件红色的卫衣,橙色的外套却随意地扔在了地上。

　　自从上午之后,谌珂再也没联系上林枕书,本担忧着她会继续闯祸,却没想到她跑来了自己家门口。

　　"这么晚了,你怎么来了?"他奇怪地问。

　　林枕书连踢带踹把自己的外套给弄进了房里,踩着极不稳的步伐走了进来,整个人东倒西歪,走到玄关时被拖鞋给绊了一下整个人栽进了谌珂的怀里。

　　"你喝酒了?"他嗅到了她身上的味道。他了解她的酒品,这不是一个好的征兆。

　　"喝了。"她老实地点了点头,又补充道,"但是我没醉,真的。"

　　林枕书抬起头,两颊浮动着若隐若现的红晕,一双眼睛却清明得很。

　　谌珂将她扶到沙发上,明显地感受到她浑身发烫,很是不寻常,他坐在一旁,关切地问:"你还在为早上的事情生气吗?再怎么说也不能一个人乱喝酒。"

她却避而不答，视线盯着他的胸膛，刚洗澡的谌珂穿着闲适，最上头的扣子没扣上，露出一片肌肤。

"哇，你这是不是在勾引我？"林枕书伸手就要扒他的衣服，活似一个胆大包天的登徒子。

谌珂慌忙捂紧自己的衣服，慌张害怕却甚过害羞腼腆，好像衣服下藏着的是什么了不得的秘密。

"别害羞，让姐姐看看，就一点点。"她故意语调暧昧，趁醉耍酒疯。

"别这样。"对方却连连后退。

林枕书一把抓住要逃跑的谌珂，紧紧攥住他的手臂，神情却一下子变了，笑容消失得无影无踪。

"我其实一直好奇，为什么再热的天气，都没见过你穿短袖？"她抬眼看他。

谌珂紧抿双唇，目光闪躲。

"还有，你的药箱里，怎么那么多祛疤的药膏？你哪里受伤了吗？"她看似不经意地一问，却字字正中要害。

"我体质偏寒，什么药都备着，我也不知道那是祛疤的。"谌珂移开目光，低头看着瓷砖。

"何必呢？"林枕书戳穿这拙劣的说辞，"你不是擅长说谎的人。为什么不能跟我说实话呢？"

话毕，她迅速撩起谌珂的衣袖，直捋到肘关节。苍白的手臂上，青色的血管像一条纵横的河流，而十几条长短深浅不一的黑色疤痕像丑陋而狰狞的毒虫一般遍布他的手臂。

哪怕已经做了心理准备，真正看到这一幕时，林枕书的胃部却一阵痉挛，痛得厉害。

这该多疼啊？她在心里问。

你以为治疗十多年的创伤是一件容易的事情吗？

沈淼这样说。

身体的创伤需要割开皮肉、鲜血淋漓，精神的创伤就不用了吗？那些痛苦不会因为看不到而不存在，只会因为不被理解而越发溃烂。

林枕书死死咬着嘴唇，几乎渗出血来，她诘问："你为什么要这么做……为什么这么做了之后，又不告诉我？"

几个小时前，她大言不惭，只当他治病是为了他自己。现在才明白自己何其残忍，竟把那段炼狱般的日子当作他的福气。

谌珂双拳攥紧，极力地隐忍着什么，颈部青筋凸出，僵硬的身躯几乎无法动弹。他浑身的伤疤似乎同时钝钝地发起痛来。

他的面前恍惚间闪现几幅过去的画面，他几乎以为又回到了那无数个瞬间——药瘾发作时如同无数蛆虫爬上身躯的瞬间，被催眠到分不清现实和幻觉而怀疑一切的瞬间，用一切尖锐物品拼命刺向自己的瞬间……

那无数个瞬间里，他几乎以为自己再也熬不到第二天。只有赤红的鲜血和深度的痛楚能激活他麻木的神经，好叫他意识到，原来疼痛也是活着的一种证明。

而此刻，谌珂却只轻描淡写地说一句："生病了，总是要治的。"

他才不害怕这些伤口，可他不忍看见她为自己落泪的样子，他现在才真正懂得，眼泪是多么尖锐的利器。

林枕书蜷缩成小小的一团，胃部的疼痛越发地厉害，她翻来覆去地问着同一句话："为什么啊……你为什么非要这么对自己……"

她不是傻子，谌珂有更好的选择。他如果真的只是想治病，大不了出国疗养个几年，何必殊死一搏，非要选择时间最短却最痛苦的疗法。

谌珂蹲下身子，倚靠在她的身边，他叹息一声："因为我不想再毫无情感地活下去。我想要去体会喜怒哀乐，想要去懂得你的快乐和悲伤,都是为了什么。"

两年前,他最后一次见到林枕书,是在林丹青的葬礼上。

那一天的襄津下着滂沱大雨,乌云覆盖了整片城市,只留下黑色的丧服和白色的祭礼花。林枕书抱着姐姐的黑白相片哭得撕心裂肺,这漫天的雨水都如眼泪般咸涩。

什么都不懂得的谌珂茫然地被带来参加这场痛苦的仪式,生与死对他而言太朦胧了,只不过是电视屏幕里的一场悲喜剧罢了。

他前不久刚刚获得物理竞赛的二等奖,欣喜的父母给了他很多的奖赏。他忘记了前不久拒绝对方告白时给予她的难堪,也忽略了周遭所有人肃穆而悲伤的神情——他才不在乎。

谌珂愉悦地奔向林枕书,他想讨好她,想同她和好,因而他说:"枕书,仪式结束后我们去吃西餐好不好?你不是特别想吃市中心的那家店吗,我请你。"

可林枕书甚至不愿看他一眼,一言不发。

他只当这些还不够,又接着说:"之前的事情对不起,我跟你道歉。你别生气了,我带你去游乐园玩吧。"

一旁的乔松见情况不对,匆忙地拉开谌珂:"今天是葬礼,有什么事以后再说。"

而谌珂却回复了最致命的一句——

"葬礼只是仪式而已,可我真的有很重要的话要说。"

半数神经都被悲痛摧毁掉的林枕书,在听到这句话后渐渐抬起了头,冰冷的雨水打着她苍白的脸庞,什么理智和冷静都被这雨滴冲刷殆尽了,她几乎是暴怒地对谌珂厉声嘶吼着。

"只是仪式?我姐姐死了,你却跟我说这只是仪式?那你告诉我,在你心里有什么事情是更重要的呢?你从头至尾只在乎你一个人

罢了！你就是什么感情都没有的冷血动物！"

陶薇惊慌地抱住失控的她，却完全拦不住她的歇斯底里。

"你懂什么是情感吗？你伤心过吗？你除了会把别人的真心踩在脚下你还会什么！我、我们，对你而言都只是一个玩偶而已，你高兴了就陪我们玩玩，不高兴了就抛到一边。今天是我姐姐的葬礼，就算在这个时候，你还是只想着怎么去玩吗！大、少、爷！"

她肝肠寸断，赤红了双眼、握紧了双拳，颈部的青筋都乍现。陶薇和乔松合力才拉住她没有冲上前动手，可她的每一个字都是最残忍的凌迟。

那时的谌珂哑口无言，他不知道林枕书为什么骤然愤怒如斯，为什么周遭所有人看向他的目光都怜悯而又鄙夷。他只能感受到寒意从脚尖弥漫到心脏，冻结住他所有的神经元，像是没有生命的干枯草木。

他连伞都握不住，只知道仓皇逃跑，不敢回头再看向那人一眼。

葬礼之后，林枕书毅然跟随母亲离开了襄津、来到了渝城，没有人敢告诉她任何关于谌珂的消息。

一别就是两年。

这段回忆像一场久久无法挣脱的噩梦日夜缠绕着谌珂，在美国治疗时，每一次的催眠，他无论做得再怎么好，也永远会败在这个时刻。

他从前以为只有自己的世界才是正常的，他如正常人一样吃喝和上学，他富裕的家庭对他没有一分一毫的亏待，他甚至比很多的孩子还要幸运。

直到林枕书横冲直撞闯进了他的世界里，她的关怀、她的引导让他动摇，她的那句"我喜欢你"甚至叫他害怕——从来没有人涉足过他偏安一隅的领土。

直到最后，她又亲手击碎他的保护屏障，将他赤裸裸地扔在充斥着危险与伤痛的现实世界,叫他即使遍体鳞伤,也不得不去找回另一半失落的自己。

谌珂说:"我唯一的希望就是,下一次再看见你哭的时候,我能明白你是为什么伤心,然后拥抱住你。"

人非草木。

那场大雨中,他被浇灭被摧毁的一颗心,在很久之后才后知后觉,原来那种滋味,不是不舍也不是想念,是求而不得。

"我想要见到你,但更想堂堂正正地站在你面前,告诉你,我全都明白了——你的心意,和我的真心。"

谌珂拥抱住泪流满面的林枕书,用自己的怀抱去抚摸她颤抖的身躯。

这一次,他再也不会后退了。

哭过闹过之后,两个都精疲力竭地坐在沙发上。

林枕书往谌珂的怀里蹭了蹭,说:"沈淼回国了,我就是从她那里听说你的事情的。你竟然……瞒了我这么久。"

"对不起,我本来是不打算告诉你这些的。"谌珂握住她的手,真诚地抱歉,"我从美国回来后,就立马回到了学校,因为我想考上和你一样的大学,名正言顺地来见你。"

她翻了个身,正对着身边的人,她小心翼翼地问:"你的胸口……也有伤口吗?我能不能看一看?"

谌珂有些抗拒:"都是些很可怕的印记,没什么好看的。"

林枕书却坚持:"我不害怕,真的,我只是想知道你都经历了些什么。"

他这才妥协,放开了捂着衣领的手。

她伸出手,微微撩开衣领的一角,在锁骨的下方,一道长而细的

刀痕已结了厚厚的疤,疤痕周边的皮肤透着隐隐的红色。除此之外,还有其他深深浅浅的、在不同时期造就的旧伤。

她缓慢地抚摸着这些伤疤,用指尖感受着坚硬而粗糙不平的质地,似乎能通过这些勋章,体会到谌珂曾经如何挣扎着想要战胜那个深陷病痛的自己。

谌珂第一次前往美国接受沈森的导师——金斯伯格博士的精神检查时就已经确诊为艾斯伯格症候群,博士曾多番提议让谌珂留在美国接受长期治疗,但是谌家并不想让儿子放弃好不容易获得的正常生活,仍是选择保守治疗。

然而不到一年之后,谌珂却主动请求再度前往美国。

"治疗"两个字听起来平淡又温和,但是对于患者而言,真正的操作过程却往往痛苦难当,有时甚至比身体上的病痛更加残酷。

精神疾病的治疗本是一个循序渐进的缓慢过程,而谌珂却执意要求金斯伯格博士在短时间内达成疗效,为此他愿意承受一切风险。博士疑惑却又兴奋,如果真的在短期内治好一名艾斯伯格症候群的患者,对他的研究一定具有重大价值。

而这为期一年的治疗过程,却令谌珂饱受折磨。

根据金斯伯格博士的计划,治疗的第一阶段是加大药量,通过药物控制患者的身体和精神。这期间,患者因为各种激素的刺激会产生身体浮肿、大量脱发、反应滞缓等副作用。

而一旦患者的精神恢复到正常水平后,则开始逐步减少药量或使用替代药品。这一过程是最难熬的,适应期被极度压缩,减药的速度超出身体所能承受的范围,具有上瘾和依赖性的药物哪怕只停掉一天,对患者而言也是非人的折磨,几乎如瘾君子毒品发作般痛苦。但凡患者的意志不够坚定,治疗就可能功亏一篑。

而熬过第二阶段后,药物的治疗进入瓶颈期,病症的表层虽治好,但是病根却没有除尽。金斯伯格博士选择采取催眠和物理疗法。

至今在很多不正规的私人机构,很多人采取这一疗法进行强制性的精神压迫。患者在强大而反复的物理攻击之下,被迫回忆起他们所害怕和逃避的事物,每回忆一次就受一次攻击,直到最后麻痹了神经,失去了对恐惧的感知。

整整一年的时间,三个治疗阶段,三百六十五天。

林枕书心疼地问:"这些伤口是怎么来的?"

"有时候太痛苦了,就会……控制不住自己。不过也还好,伤口一点都不深。"他说得轻描淡写,可她光是听着,眼泪就不自觉地流下来了。

谌珂握住林枕书的手,掌心贴着她的手背。他风轻云淡,微笑着说:"都过去了,我现在真的很好。"

他没什么可埋怨的,这世界上多的是付出一切而没有回报,他求仁得仁,只觉得心满意足。

林枕书擦了擦眼泪,突然噘着嘴说:"我今天晚上不回去了,我留下来陪你。"

"为什么?我可以送你回去。"他奇怪。

"我眼睛都肿成这个样子了,别人看到了肯定以为我跟你闹分手呢。我不回去。"她揉了揉哭成桃子的眼睛,"而且我留下来,能帮你好好上药。我明天就去给你买最好的祛疤膏!"

谌珂轻笑了一声,曾经最痛苦的时候,他正是靠着想念那个古灵精怪的林枕书,才努力撑到了最后。

"你可不能跟我闹分手,我现在知道伤心是什么了——我会很伤心的。"他将脑袋埋进她的颈窝里,说得温柔又委屈。

林枕书摸了摸他的脑袋,傲娇地说:"看姐姐我的心情吧。"

"那你一定要天天开心。"谌珂将她揽入怀中,"这样我也会很开心的。"

这世间的喜怒哀乐,对他而言,都抵不过这一人的一颦一笑。

"不过,我还是很抱歉。"晚安之前,谌珂说,"有机会,我一定要向你姐姐,说声抱歉。"

林枕书听见他深深地叹息。

谌珂的这套公寓有两层,顶层是一个小阁楼,有一间卧室被用作客房。不管林枕书怎么劝说,谌珂仍然坚持把主卧室让给她,自己到楼上睡客房。

他将主卧室简单收拾了一下,抱着一床被子去了楼上。

整理房间时,林枕书就趴在客房门口,她左一个问题右一个想法,说个不停。

"你真的不跟我一起睡主卧吗?你别害怕啊,我不会对你动手动脚的。

"楼上好阴冷啊,要不要我来温暖你?

"万一半夜下雨怎么办?你一个人都不害怕吗?人家好怕怕!"

谌珂被她逗得哭笑不得,他推着她的后背就往外走:"我一个人睡客房真的没问题,你就不要再担心了。去睡觉吧,很晚了。"

林枕书仍旧不死心,可怜巴巴地抱着他的胳膊,像是被主人抛下的小狐狸:"那你要是想我了就来找我哟,千万别害羞。"

她越是这么说越逗得对方报尴尬,谌珂不自在地咳嗽了两声,说了最后一句"晚安,早点睡",然后猛地关上房门。

林枕书在门外跺了跺脚,抱紧自己的枕头,无奈地下了楼。

第二天没有早课,林枕书一觉睡得极安稳,一点都不认床。

醒来时阳光大好,透过落地窗照得满屋子暖洋洋,谌珂特意从小区楼下买了林枕书爱吃的豆奶和米饼,还捎了些新鲜的苹果,在厨房里笨手笨脚地削果皮。

伸着懒腰走出房门的林枕书,在这一个瞬间被无形而又磅礴的舒适与安逸填满胸腔,她愣了好久才意识到这样自然的生活场景不是一场空梦,而是她许久未曾重逢的归属感。

谌珂将一盘形状怪异的苹果块摆到了餐桌上,他懊恼地挠了挠头,不解地问:"削苹果皮怎么比解剖小白鼠还难啊?"

尽管果皮肉眼可见地没削干净,但是林枕书也不嫌弃,一块接一块吃得很开心,边吃还边夸甜。

渝城的本地人不大吃米饼,谌珂跑了好多地方才买到,带回来时还是热腾腾的。他自己叼了一块在嘴上,又递给林枕书一块。

偏偏林枕书总是剑走偏锋,送到面前的不要,凑到谌珂跟前咬了一口他嘴边的。

纯情小白兔被她逗得满脸通红,连退两步,话都说不全:"你……你干吗?"

"抢过来的才好吃。"林枕书挑眉一笑。

小白兔这才意识到自己已经被盯上了,紧张地抱住了自己。

优哉游哉地吃完早饭后,他们仍有课要上。

两人并肩步行,越往教学楼走,来往的学生们越多。谌珂望着逐渐汹涌的人潮,想起了昨天早上的事情。

他停下了脚步,握住林枕书的手腕,忧心地问:"就这么去上课没关系吗?那些人对你很不友好。"

林枕书差点忘了昨天同别人吵架的事情,提起这事儿,似乎确实

有些迟疑。

"不如我和你一起去上课吧,有什么意见都冲我来。"谌珂说得很果决,挺直了脊背,随时能抵挡在她的前方。

"不用啦,我都能应对的。"她被他可爱的模样逗乐了,反而毫不担心。

上节课的老师还在拖堂,教室一时半会儿进不去,谌珂陪着林枕书站在外头等待。此时正值课间休息的人流高峰期,教学楼内外进进出出的学生很多,路过这两个话题人物的身旁,都不免多瞧上几眼。

这栋教学楼的设计极其注重采光,头顶和身后都是大块的透明玻璃,日积月累,渐渐爬上了密密麻麻的藤蔓,正对着南面的阳光,映照出斑驳的光影。谌珂就站在这面巨大的玻璃墙下,逆着光,勾勒出曲折的剪影。

林枕书不知怎么就想出了一个鬼点子,她凑到谌珂的耳边,悄声说:"如果你真的想帮我的话,有一件事你倒是能做到。"

"什么事?"他疑惑。

"亲我。"

"什么?"

"我说亲我!"

她主动把脸贴了过去,近得鼻尖贴着鼻尖。

谌珂下意识地身体后仰,亲密的距离实在教他无所适从,脉搏紊乱,体内激素的分泌都要失调。

"你这什么意思?"林枕书噘嘴瞪眼,"你是不是嫌弃我啊?"

他矢口否认:"我不是!只是周围这么多人……"

她故意刺激他:"你就是嫌弃我!是不是觉得被人看到很丢人?"说着说着,她又呜咽了起来,"呜呜呜,昨天你在床上可不是这么说的。"

谌珂目瞪口呆。

奈何小白兔明明知道这是一个圈套,却完全没有招架的能力,只能眼睁睁地往坑里跳去。

他只好妥协:"亲……那就,亲一下……"

谌珂缓慢地凑近林枕书,柔软的双唇在她的脸颊上轻轻一吻,蜻蜓点水一般吻了一下,然后立马抽身。

这个亲吻实在又稚嫩又纯情,林枕书眨巴眨巴眼睛,意犹未尽。

体谅到对方是个除了数理化什么也不懂的清纯少年,阅历更为丰富的林枕书只好主动担起重任。

她勾着嘴角,娇俏一笑:"笨蛋,接吻还要我教你。"

话音刚落,她踮起脚,左手迅速地揪住了谌珂的衣领,右手钩住了他的脖子。眼前的大高个被突如其来的一股力量拉了下去,身体不自觉地前倾。回过神来时,他已覆上了那人粉嫩的双唇。

不同于先前的浅尝辄止,林枕书来势汹汹。她灵巧的舌头一下就撬开他毫无防备的牙关,与他唇齿厮磨。从容不迫地,诱他漫游仙境。

谌珂实在毫无经验,还没准备好便被一只树袋熊给缠住。他心跳急速加快,连呼吸也忘记了,茫然地瞪大了眼睛,却只看见林枕书闭上双眼,睫毛微颤,痴醉入迷好似梦入太虚。

他们先前的动作还没引得人注意,而现在这热烈又莽撞的吻却一下子引来了所有路人的视线,犹如置身于聚光灯下。

谌珂并非是一块愚木,他如何能无动于衷。

她的亲吻如射入心脏的利箭,冲破层层荆棘,唤醒沉睡的灵魂。

他懂得强烈荷尔蒙催生一见钟情,懂得多巴胺的分泌会使人意乱情迷。但他不知道的是,当她的五指紧贴滚烫的脖颈儿,灼热的气息在鼻尖交缠,那抵着他的骨血急欲喷薄而出的不是肾上腺素,是植根于血脉的浓稠爱意。

谌珂仿佛在这一瞬间被点醒,四肢百骸被悉数打通。他将林枕书

拥入怀中，揽住她纤细的腰肢，从肩胛骨到手肘，从前臂到指尖，与她相触的每一寸的肌肤都在悬崖上燃烧。他笨拙地回应她，撞上她的鼻梁又磕到她的虎牙，绵长而动情地亲吻。

他学会了闭上眼，风和花瓣似铺天盖地地从天而来。

被困在教室许久的学生们终于下了课，拎着包迫不及待地冲出教室。而那往日从未留意的玻璃墙下，那片洒满金光如朦胧诗篇的景色里，一对恋人正相拥而吻。

喧闹的课间莫名安静了几分，人们头一次在围观时不再肆意发声、指指点点，连讨论和感叹都那样轻轻悄悄，好似在影院观看一场爱情电影，生怕大声喧哗会吵醒了一旁入戏极深的影迷。

"是谌珂和……林枕书？他们感情好好啊！"

"该死的秀恩爱……我也好想谈恋爱啊！"

"不知道为什么，'柠檬'它围绕着我。"

"这才是青春啊！不说了，我回去写高数了。"

……

这一次，就算再多的人拍照上传网络，也没什么可让人害怕的了。

直到快喘不上气了，谌珂才缓缓放开了林枕书。

她早已满脸通红，嘴唇更是如熟透的樱桃，鲜红欲滴。原本是她想逗一逗谌珂，没承想到最后，反而是她被对方给戏弄了。她又羞又恼，完全丢掉了从前张牙舞爪的架势。

两个人沉默了好一会儿，一时都不知道该说些什么，最后林枕书选择逃走为上，丢下一句"我去上课了"就嗒嗒嗒地往教室跑。

"等一下！"谌珂下意识地喊住她。

林枕书羞涩地侧过身子，问："干……干吗？"

谌珂摸了摸脖子,傻乎乎地说:"我……我下课来接你。"

"知道啦!烦人!"她一溜烟地躲进了教室。

虽然嘴上说着嫌弃他,但是背过身时,嘴角却不可抑制地上扬,仿佛在这一天,全天下的好事都落在了她的头上。

林枕书找了个靠窗的位置坐下来后,久久都不能平静下来。

这是……初吻啊。

从前总是吐槽自己是单身狗,在无数次想要草草交出自己的时候又犹豫了下来,无论如何都不能接受和不那么喜欢的人在一起。

尽管等待的时候酸涩,但越是晚熟的果实,越是甜美可口。

林枕书轻轻摸了摸自己的嘴唇,害羞得不得了,却又不可抑制地偷偷开心。

她转过头看向窗外的蓝天,在心中默默地说——

姐姐,如果你能看到这一天的话,你会替我开心吧。

Chapter 08
长情陪伴

那是我们,从还懵懂的青春,
变成最重要的人

"校园情侣诞生！新校区的希望！"

由陶薇亲自操刀文案、多机位拍摄图片的一篇公众号文章以最权威的校内媒体身份向全校宣布了这一重磅新闻。

尽管文末的那句"本文章经当事人授权后发布"不过是在微信上给林枕书发了一则语音消息："你们真的在一起了！我不管！这个新闻只能由我来发！"

可当事人回过神来时，全朋友圈都被这篇文章刷屏了。

当林枕书结束晚课时，全校的态度已经从"哇，他们竟然在一起了"变为"看看看，就是他们俩"，又最后转为了"哦，不就是他们俩嘛"。

确凿的官方消息显然没有扑朔迷离的小道消息有意思，吃瓜群众的热情没坚持多久，很快就转向了毕业学姐的分手大戏。林枕书和谌珂这对校园情侣在全校的见证下修成正果，并成了新校区一道固有的、见怪不怪的风景线。

回到宿舍时，两名舍友热情地对林枕书送上祝福，恭喜她终于脱离了单身，顺便旁敲侧击地打听医学部的其他帅哥。

而从前关系最要好的吴玲却只是看着她，一言不发。

林枕书一直知道吴玲最爱犯花痴，也从没把她对谌珂的感情放在心上。但是想起昨天的吴玲愤怒的模样，恐怕这次是真的对谌珂上

了心。

左思右想,林枕书还是决定对吴玲道歉。

"玲玲,不好意思。我和谌珂的事情不是刻意瞒你的,只不过事情发生得太快,情况也比较复杂,所以暂时没和你说。我确实有做得不对的地方。"

她不是会轻易服软的人,但是仔细想想,她确实不够坦荡和真诚,除了老朋友,很少再向身边的人倾诉衷肠。她活成了一只寄居蟹,缩进自己的壳里,不愿涉足外界。

经过一整天的缓冲,吴玲也不再如刚刚得知消息时那么冲动,她有些僵硬地弯了弯嘴角,仍掩饰不住巨大的失落。

"没……没关系。本来……本来我也是没机会的。"她凝视着林枕书,说道,"既然你接受他了,那你一定要好好珍惜他。"

她甚至还没资格成为对方的情敌,就已经输在了起跑线。

林枕书点了点头,全无成为胜利者的喜悦——这种事情,要怎么分个输赢呢?

第二天晚上,林枕书去找了沈淼喝酒。

本部校区的地理位置极好,周边生活设施齐全,方圆几公里就有好几个大型商场,方便得很。沈淼在这周边租了个民宿,暂时住了下来。

校区附近有一条小吃街,小门面挤挤挨挨,冒着烟火气,火锅店、烧烤店的霓虹招牌在晚上灯火璀璨,一派橙红。

林枕书在一家烧烤店外找到了沈淼。最近天气还不算太凉,门外仍摆放着简易的折叠桌和塑料凳子,沈淼正吹着路边的晚风,吃着热辣的烤串。

"谌珂怎么没来?"沈淼抬了抬下巴,算打了个招呼。

提起这事儿林枕书就忍不住叹气,自己开了瓶啤酒倒了一杯,无奈地说："忙啊，忙点好啊。"

说什么大学可以享受恋爱都是骗人的，她和谌珂在各自学院都是年级前列的好苗子，被各位教授盯得死死的。这厢林枕书刚翻译完法语原文，那厢谌珂就开始练习解剖兔子。想要抽个时间吃顿饭都难得很。

沈淼问："谌珂不是才大一开学吗，怎么都学解剖了？"

林枕书得意地说："他可不是普通的新生。入学前谌珂的专业水平就已经达到了大二的要求，他们院长特别给他开绿灯，可以提前修高年级的课程。"

"都说艾斯伯格症患者里容易出天才，看来谌珂这病也不算完全吃亏。"沈淼很是欣慰。

"话又说回来……"林枕书犹疑地问，"你以后还会继续做心理医生吗？"

林丹青去世之后，沈淼再次放弃了自己的职业，回到了学术研究上去，放弃了与病人直接接触。

很难说，是不是朋友的去世给她带来的打击太大，让她再没有治病救人的信心。

沈淼并没有直接回答她的问题，而是说："你知不知道，我为什么会来渝城？"

"不是为了见我和谌珂吗？"

"才不是。"她不客气地翻了个白眼，"从前丹青和我在渝大上学时，就常常来这里吃饭。"

林枕书如醍醐灌顶。

沈淼给自己倒了杯酒，接着说："谌珂是我的最后一个病人，说起来也算是我主动放弃了他的，我那时只顾自己悲伤，根本管不了他。所以，当我从导师那里得知他的情况时，我真的很愧疚——是我推着

他走到了那一步。"

林枕书一时哑然,这话实在太熟悉了,几乎是她的内心独白。

"我这才开始清醒过来,发觉这两年过得浑浑噩噩,一事无成。"沈淼苦涩地笑了笑,"我不知道该怎么办,只是觉得来到我们曾经生活过的地方待一段时间,或许会有点答案。"

"你……"林枕书张了张口,想要说的话噎在喉咙里,却什么也讲不下去。

最终,她只是举起酒杯,一饮而尽。

都不重要了。她这样想。有些秘密只适合留在过去,不必再问。

一个小时后。

"师父好!有什么我能帮师父的吗!"

一个穿着运动外套、戴着发带的愣头青来到了烧烤摊,他朝着沈淼毕恭毕敬地打招呼,恨不得九十度弯腰鞠躬。

沈淼看了眼对面睡死过去的林枕书,揉了揉太阳穴,头疼地说:"那什么,我记得你也是新校区的学生吧?你回去的时候顺路把这家伙送回去吧,她宿舍号我等会问一问发给你。"

愣头青看了看这个喝得满脸发红的女生,揉了揉脑袋,呆呆地问了句:"师父,这是你朋友?"

沈淼斜眼冷哼:"再问一句试试?你是不是不想读研了?"

"不不不!我这就送她回去!"愣头青慌忙闪到一边,又问,"那师父你怎么办?"

"我?"她挑眉,"我的夜生活才刚刚开始。"

愣头青:"师父威武!"

"低调低调。"她谦虚一笑。

林枕书根本不知道发生了什么。

一觉睡醒,全宿舍看自己的眼神都不太对劲。但是不管她怎么问,都没人愿意告诉她到底发生了什么。

她不就是昨天跟沈淼出去喝了酒吃了串吗?然后她就回来了啊。

对了……她是怎么回来的?

她宿醉后实在起不来上早课,原本以为同一节课的吴玲会帮她点个到,没想到回笼觉一睡醒,辅导员就发来消息质问她为什么旷课。

林枕书奇怪地问吴玲:"你今天怎么没帮我点到?我……"

"你自己不上课关我什么事?我为什么要帮你?"吴玲抢过她的后半句话,怼得她脑子发蒙。

什么情况?这个姐妹你怎么又开始阴阳怪气地讲话?

林枕书被噎得无话可说,沉默了半晌后还是忍不住问:"昨天晚上谁送我回来的?"

听到这个问句,一直冷漠脸的吴玲终于抬起了头来,她眼中明旺旺地一团火瞬间被浇了一把油。

"你问我?你不应该最清楚吗?"吴玲冷笑,"你多厉害呀。有大一学弟做男朋友,还要去勾搭大四的学长。"

林枕书捕捉到了奇怪的词语:"大四的学长?什么学长?"

吴玲只当她故意装傻,懒得搭理她,戴上耳机背过身去。

见对方不理,林枕书也不再多问。她一觉睡到了中午,肚子早就饿得不行了,把耗光电量而关机的手机插上数据线充电后,她揉着肚子往食堂走去。

刚刚走出宿舍楼,一辆停在路口的路虎车突然鸣笛,一个黄色头发的男生从车上走了下来,热情地朝她打了声招呼:"嘿,学妹!"

林枕书瞧了瞧四周,然后疑惑地指了指自己,问:"你……认识我?"

黄发男生瞪大了眼睛:"我是骆铭啊,你不记得了?"

她仔细地想了想,对这一头黄毛实在没有印象,果断地摇了摇头。

"昨天晚上你可不是这么讲的!"名叫骆铭的这个人急了。

林枕书凶巴巴地瞪他,斥道:"怎么说话呢你?我见过你吗?能不能注意点分寸!"

骆铭这才意识到自己的话有歧义,拍了拍大腿,解释道:"我的意思是,昨天晚上我送你回来的时候,你不是跟我聊得挺好的吗?你答应我的事情可不能反悔!"

"我答应你什么了?"她突然害怕,自己不会喝醉了说出自己银行卡密码了吧?

他瞧了瞧人来人往的四周,压低了声音:"这种事情,就不要在大庭广众之下说出来了吧。"

林枕书心惊肉跳,她到底是干了什么见不得人的事情啊?

骆铭瞧着却很坦荡,他眨了眨眼:"你是不是还没吃饭啊?走,学长请你吃饭去。吃什么食堂啊,走走走,我们去馆子吃!"

二话不说,他一把将茫然又惊恐地林枕书推进了自己的车里。

车开出去很远后,站在宿舍楼内的吴玲才缓缓地走了出来。她双手攥成了拳头,因愤怒和不甘而变得面目可憎。

流浪的橘猫跑到她的脚下讨要食物,用尾巴蹭了蹭她的小腿。

"走开!"

吴玲大吼一声,一脚踢在了橘猫的肚子上。可怜的小东西吓得不轻,撒开腿跑回了灌木丛里。

饭店里,林枕书吃完一碗小面后,终于听明白了骆铭的话。

"你的意思是,你今年考研,想要让沈淼当你的导师?昨天你送我回去的时候,我答应了你会说服沈淼收下你?"

骆铭点了点头:"你可总算是明白我的意思了。"又补充道,"不过你能不能礼貌一点,怎么能直呼师父的大名呢?那可是我未来的师父!"

她恍然大悟:"原来沈淼……老师,打算留在渝大教书啊。"

"你断片也太严重了吧。昨天不是都告诉你了吗?你怎么全都忘了?"他哀怨地吐槽,"昨天为了把你送回去我多辛苦啊。宿管阿姨不让我送你进去,别人又拖不动你,我只好说我是你男朋友咯。我可吃了大亏呢!"

"那真是麻烦你……"林枕书突然反应过来,"你说你是我的谁?"

骆铭眨巴眨巴眼睛,无辜地说:"男朋友呀。不然还能说什么?"

林枕书龇牙:"是你的头!"

林枕书想要立马回去和吴玲解释清楚,然而等她回到宿舍时,几个舍友都已经走了,她在微信上发了许多条消息,也一直得不到回复。没多久又到了上课的时间,她只好先离开。

等到两门课程结束,回来时,天已经黑了。

林枕书刚刚打开宿舍门就意识到气氛十分不对劲,回到自己的书桌前,不知为何竟变成一团狼藉,一束香槟玫瑰枝叶散落、花般凋零,如同被人狠狠地践踏过一般。

她沉着脸问:"这是怎么回事?"

一个舍友吞吞吐吐地说:"是昨天那个学长送过来的。"

"我知道。"她的目光变得冷冽,"我是问,是谁搞成这个样子的。"

舍友不敢多言,只是忐忑地朝吴玲的方向看了一眼。

答案已经很明白了,是吴玲干的。

原本还打算向她解释情况,林枕书此刻却觉得很可笑。她根本不会相信自己的解释。

因为她根本不相信林枕书。

吴玲知道林枕书回来了,但是她仍旧坐在自己的书桌前看电视剧,塞着耳机,背对着那束残缺凌乱的玫瑰,好似什么也听不见。

林枕书冷静地从抽屉里拿出垃圾袋,将桌子上的残枝败叶都收进袋子里,然后紧紧将垃圾袋打结扣好,没有任何犹豫地往吴玲的桌上猛地扔去。黑色的垃圾袋落在了电脑前,挡住了对方的视线。

吴玲这才摘下了耳机,推开椅子站了起来,阴阳怪气地说:"怎么了?学长送你的玫瑰花,不喜欢吗?"

"喜不喜欢轮得到你管吗?"林枕书双手抱臂,直视着她的眼睛。

"是你自己活该。"她咬牙切齿,喉咙里藏着恨意,"你怎么能这么不要脸啊?谈恋爱要闹得全校皆知,刚确定关系就去勾搭上有钱学长。你是不是觉得全世界都绕着你转啊?我偏要告诉你不是!"

林枕书简直匪夷所思:"大姐,你能不能停止你的臆想?我简直怀疑你是过度自卑所以把你对自己的不满全都发泄到别人身上!你得不到的东西不是被我抢走了,而是你不配得到!"

"你!"

吴玲扬起手掌就想拍下去,却在半空被林枕书生生地扼住手腕,整个手臂都被她扣得发麻。

"你自己搞出来的垃圾,你自己收拾。"

林枕书猛地甩下她的手,拂袖而去。只留下那团残碎的花枝,一朝明媚,一夕黯淡。

"咚!咚!咚!"

安静的楼道里,只听见林枕书一遍又一遍敲门的声音。声控灯持续亮灯三十秒,熄灭了又亮起,反反复复不知多少次。

已经是晚上九点了,谌珂却还没回家。林枕书给他发了几条消息,也一直没有得到回复。她只好倚着公寓大门，静静等待。

快要睡着时，电梯"叮"的一声唤醒了她。林枕书揉了揉眼睛，埋怨道："你怎么才回来啊？"

"喵……"回答她的却是一声轻柔的猫叫。

她睁开惺忪的双眼，这才看清楚来人——谌珂不知从哪里抱来了一只橘色的小猫，个头不大但软乎乎的，前爪却被绷带裹得严严实实。

谌珂低头摸了摸小猫的脑袋，解释："我本来打算晚上去宿舍找你，但是在路上遇到了这只小猫，它受伤很严重，我就先将它抱回学院治疗了一下。没想到耽误的时间太久了，我怕打扰你休息，就先回来了。"他疑惑地问，"所以，你为什么会在这里？"

林枕书噘着嘴，脸皱起，和受伤的小猫一般委屈巴巴。

"我跟舍友吵架了……没地方可去了。"

这只橘猫的右侧前爪骨折，经过谌珂仔细地包扎处理后暂时没有大碍，但是小东西的行动很不方便，只能窝在墙角的沙发凳里，小口小口地舔着牛奶。

流浪的小猫本就比宠物猫更为敏感，这一次它又似乎是被人类所伤，更加谨慎小心，但凡林枕书想要靠近，它都会立马蜷缩成一团毛球，瞪大了金色的眸子与她对峙。

"哎，怎么会有人伤害这么可爱的小东西啊。"林枕书叹了口气，她还不知道这只小猫的伤来自她那个不知轻重的舍友。

谌珂也给她倒了一杯温热的牛奶，关切地问："你为什么会和舍友吵架？不回去不要紧吗？"

林枕书欲言又止，不打算把对方牵扯进自己的私事里，只好搪塞道："没事，大家朝夕相处有摩擦也很正常，等我们都冷静下来，我就回去。"

见她不愿意讲,谌珂也不多问,只说:"正好客房前两天刚收拾好,今晚我就睡楼上吧。"

"你又睡楼上啊?"林枕书有些失落,眨巴眨巴眼睛,故作可怜,"你就不能安慰一下我,和我睡一间房吗?"

谌珂知道她又要诱拐自己,揉了揉她的刘海,严词拒绝:"不、可、以。"

他是个正人君子,绝不做乘人之危的事情。可是林枕书抱着靠枕,没有半点被体贴的幸福感,更像是错失了大便宜一样不甘心地努了努嘴。

主卧室里的是一张双人床,又宽大又柔软,灰色的被罩上点缀着些许的几何图案,仔细闻一闻,还染着薰衣草香氛的味道。

尽管不是第一次借宿在这个房间里了,但或许是白天发生的事情太多,林枕书脑子乱哄哄的,翻来覆去地难以入睡。

躺了很久后看了眼手机,已经凌晨一点多了。她琢磨着反正明天也没有早课了,一时恶向胆边生,抱起了自己的枕头,穿着拖鞋往楼上跑去。

谌珂似乎还没睡,屋内的灯光从门缝里透了出来,映出一道金色的线条。林枕书深吸一口气,鼓起勇气敲了敲房门。

很快,她听见了房内的脚步声渐行渐近,房门从内打开。

谌珂穿着宽松的睡衣,难得地戴上了金丝边眼镜,居家休闲中又添了几分温文儒雅的气质。

"你还没睡?"他们两个同时开口。

"我睡不着。"林枕书抱紧了怀里的枕头,麻利地从门缝钻进了房内,刻意不去理会主人的想法。谌珂无奈地摇了摇头,只能任她闯进来。

床头的台灯大亮，灯前摆着几本厚厚的书本，都是全英文的原版研究著作，林枕书自恃英文水平不错，随手翻了几页。可书里充斥着大量复杂而陌生的专业医学名词，艰涩生硬，很难看懂。

林枕书揉了揉太阳穴："你这么晚了还在看书吗？"

谌珂抬了抬眼镜，点头道："今天课上学的案例我不是很理解，所以想多看点相关的东西补充一下。"

"你平常……都熬这么晚？"她问。

"没事，我不累。"他不正面回答。

即便这样，林枕书也能猜到答案。她将书本合上，关掉了台灯，拉着谌珂的手强迫他躺了下来。

"年纪轻轻的不能老熬夜，会脱发的。"

话毕，屋内的灯全都关上了，月光照进昏暗的房间，如一层淡淡的轻烟笼罩着，偌大的房间都随之沉寂了下来。

谌珂在夜间的视力很弱，过了好一会儿才适应光线的骤然变化。听觉和触觉的感知能力在这静谧的夜晚被无限放大，他能感受到柔软的棉被将自己包裹得严严实实，布料摩擦的声音清晰地在耳边响起。

也能感受到，林枕书就这样在他的身边躺了下来，柔软的床凹陷下去一大块，连同她的呼吸，近在咫尺。

"夜灯……不要关。"谌珂喉咙发紧，吐出几个字。

林枕书轻笑道："你怕黑？"

黑暗中，他微微颔首。

从前的他是不怕黑的，被失眠症困扰了多年，他甚至喜欢黑暗甚过白天，因为只有在黑夜里，他的孤独才不会显得那样突出。

"Dr. Kingsberg……"他念出这个名字时甚至有些畏惧，"喜欢在暗室进行催眠。"

他只说了这一句，而关于暗室里的那些回忆，就如这漫长的夜晚

一样,久久地缠绕在心头,难以摆脱。在那里,他第一次明白"恐惧"的意义。

一只温热的手掌捂住了他的双眼。

林枕书的手很小,小而柔软,全然不同于男人的宽大手掌。她侧躺在身旁,声音像猫的叫声一样绵柔而悠长,连成一串抚慰人心的摇篮曲。

"闭上眼,不要去想那个可怕的地方。回忆一些开心的事情,想一想你喜欢的人——也就是我。我就在你身边陪着你。"

她不懂什么心理学的知识,不知道什么样的字句可以催眠人的身心。

林枕书唯一相信的是,陪伴拥有比恐惧更强大的力量。如果有什么方法能最好地传达爱意和温暖,那个方法一定是陪伴。

或许她的方法真的有用,渐渐地,身边人的呼吸声越来越平稳,胸膛规律地起伏着,因失去光明而带来的紧张感一扫而空。

为了不吵醒对方,她极慢地收回手,正打算翻个身转过去,湛珂宽大的手却覆了上来,掌心贴着手背,交叉在指缝间,含蓄又隐约地依赖着她。

林枕书闭上眼,嘴角的弧度好似窗外的弯弯新月。

一夜无梦。

湛珂醒得很早,清晨的鸟儿刚刚蹿上枝头,他便已睁开了双眼。

这一次他醒来时,身旁不再空荡荡。目光轻轻下移,便能够看到仍在熟睡的心上人,她乖巧地窝在自己的怀中,鼻息紧贴他的心跳。

林枕书难得地安静下来,褪去了那层张牙舞爪的面具,小狐狸变成了小猫咪,软乎乎的身躯缩成一个小团,与宽肩高个的少年形成鲜明的对比。

他很少这样近距离地凝视着她，第一次意识到她的五官极标致，与她那个样貌出众的母亲有七分的相像。她皮肤极好，白皙又细腻，在温暖的被窝里待久了，两颊红晕如秋日盛开的樱花。天生的粉嫩唇色，不涂唇彩也水灵动人，就像是，像是……

谌珂蓦地瞪大了眼睛，被自己蠢蠢欲动的心思吓了一跳——他刚才都在想些什么啊？

下一秒，身体骤然间僵硬了起来，一股不可名状的暖流从小腿涌上胸膛，发热又干渴，禁不住喉结上下起伏，心间惶惶不安。

林枕书在睡梦中轻轻哼了哼，翻身换了个方向。趁着这个机会，谌珂用从未有过的速度从床上坐起，连拖鞋都来不及穿上，赤着脚踩在地板上，迈着大步冲进了洗手间。

哗啦啦的冷水从头上浇了下来，总算是扑灭了一团熊熊野火。

谌珂抬起头，看着镜子里湿漉漉的那张脸，愣了许久后，才无声地笑了笑，甜蜜而又无奈。

与此同时，林枕书在睡梦中偶遇了辽阔无边的海洋，她站在海边，细密的温暖的雨水朦朦胧胧，如烟似雾。而她望着海面的茫茫大雾，对现实中的一切都全然不知。

Chapter 09
长街与夜

只一眼就够的决心，
不及喝醉时的勇气

林枕书吃着鸡蛋饼走在校园的小路上，忽然间做出了一个重大决定。

　　"我要从宿舍搬出去住！"她握紧了拳头，问身旁的谌珂，"你那套公寓月租多少钱？"

　　"不贵。"谌珂抽出一张纸巾给她擦嘴，回答，"一个月五千。"

　　你确定这是渝城的郊区而不是北京二环？

　　谌珂歪头问："这个价格很贵吗？"

　　她拼命点头，心情复杂地说："你真是不知柴米油盐贵啊。"

　　"贵就贵吧。"他毫不在意，"反正是学校出的钱。"

　　"当初拒绝清华之后，我们院长特地打电话来，承诺我只要选择了渝大，他们会尽力满足我的一切条件。所以……"他耸了耸肩，"我就拜托他们帮我找个环境好一点的校外公寓。"

　　林枕书好后悔："早知道入学之前，我也应该讨价还价的。"

　　学区附近的租房都很贵，即便是在郊区，想挑一个环境较好的地方也并不容易，她又不愿向家里要钱，一文钱也会难倒英雄汉。

　　"看来只能接着和倒霉室友继续同住了。"她叹了口气。

　　谌珂侧过头看着她，张了张口，又把心里的话憋了回去。

　　说话间，他们已经不知不觉走到了宿舍区，路口，那辆红色的宝马仍停在同一个地方，很是惹眼。

林枕书下意识地就想绕道走远,然而车窗却在这时摇了下来,一束与昨日同样的香槟玫瑰被递了出来,明黄色的花朵被一把塞进了她的怀里。

骆铭探出头来,热情如旧:"上午好!每日一束玫瑰花,人美肤白心情佳!"

她看到这束花就来气,拧眉瞪他,嫌弃地问:"怎么又是你?"

"师父不理我,我只好来找你咯。"他将目光移到谌珂的身上,询问,"这个人是……"

"我真正的男朋友——谌珂!"林枕书故意加重了"真正"两个字的读音。

骆铭恍然,惊喜地大呼一声:"哇!你就是谌珂啊!"

这个反应超出林枕书的预期,她正茫然着,怀里的玫瑰花突然被骆铭粗暴地抢了回去,又再一次递到了谌珂的手中。

"久仰!久仰!"骆铭双眼放光,"师父提到过你好几次呢!"

林枕书呆愣愣地看着自己空空的双手,脑袋上冒出无数个问号。

谌珂更是不明白这是什么情况了,面前的玫瑰花散发着人工喷洒的香水味,熏得他喷嚏连连,慌忙退到女友的身后。

"他花粉过敏!"林枕书护住身后人,凶神恶煞地警告骆铭。

骆铭尴尬地将花扔回了车里,挠了挠脖子,轻声吐槽:"这花是不是风水不好啊,送了两次,两次都被人嫌弃,早知道不批发这么多了。"

林枕书翻白眼:"你还好意思讲,你这花给我搞出一堆事儿来。"

始作俑者无辜地眨巴眨巴双眼。

回到宿舍的时候,房间里只有吴玲一个人坐在书桌前。

虽然有搬到校外住的想法,但毕竟不是一时半会儿就能解决的事情,林枕书再怎么厌恶对方,却也不得不再相处一段时间,只能忍耐着,装作看不见对方。

收拾下午上课的课本时,林枕书翻遍了书桌仍有一样资料怎么都找不到,仔细回想之后,才记起上周被吴玲给借走了。

她只好硬着头皮走过去,僵硬地发声:"上周借你的翻译笔记,用完就还给我吧。"

吴玲没出声,但也没故意给她难堪,从书架上抽出厚厚的一沓资料,头也不回地往后递去。

林枕书拿到手后迅速地翻了翻,几页纸却顺势掉了下来,她心中预感不妙,再次仔细地检查了一下,果真发现少了几页重要的笔记。

"为什么缺了几页?"她极力控制自己的情绪,平和地对话。

"我怎么知道?"对方冷漠的态度却令人恼火。

"我借你的时候还是好好的,现在拿回来就掉页了,你为什么会不知道?"

"掉都掉了,你还想怎样啊?"

若不是这几天的争执让林枕书对这个人的人品有所了解,她简直要被这么堂而皇之的无理取闹给气疯。

"拜托,我这是纯手写的笔记,补都补不回来的。"她咬牙切齿,"你起码要说句对不起吧?"

"哦,对不起,可以了吧?"吴玲极不耐烦地敷衍了一句。

没必要,真的没必要。林枕书胸膛剧烈起伏,说服自己不要吵架。再忍几天,找到房子立马搬出去。

她跺了跺脚以作发泄,拎着书包往外走去。

打开门,谌珂和骆铭两个人一左一右地倚在门口,同时把目光投向了她。

林枕书吓了一跳:"你们怎么进来的?"

骆铭得意一笑:"我这么甜的一张嘴,就没有进不去的地方。"

谌珂的面色却不太好,他沉着脸朝宿舍内看了一眼,没头没脑地说了一句:"你再回去收拾几件换洗的衣服吧。"

"为什么?"林枕书茫然。

"这几天你暂时住我家。"他的口气不容商量,"我不想你和这样的人继续待在一起。"

所谓的"这样的人"具体指的是哪一位,在场的人都心知肚明。宿舍的木门隔音效果并不好,他方才和骆铭在门口将她们的对话听得一清二楚。

谌珂待人温和,并不代表可以任由欺凌。

骆铭也附议:"就是,你舍友也太凶了,昨天我来送花,她莫名其妙就对我发脾气,给我吓得不轻。"

坐在椅子上的吴玲早就沉不住气了,她的身体轻微发抖,电脑屏幕上都播放了些什么,她全然看不进去。终于,她愤然站了起来,朝着门口的人歇斯底里地大喊——

"你们根本就不了解我!"她又指向林枕书,"你们更不知道她是什么样的人!"

林枕书正欲回嘴,谌珂却上前一步挡在了她的面前,用坚实而宽阔的肩膀将她保护在身后。

"我的确不知道你是什么样的人。我也不需要知道。"

从前那个始终带着和蔼笑容的谌珂消失了,取而代之的是冰冷到不含一丝情感的谌珂,低沉的声音透着令人战栗的威慑力。

"至于枕书——我才是她的男朋友,她是好是坏,没有人比我更有资格评判。如果你对她有意见,麻烦先来找我。"

骆铭鼓掌捧场:"哇!"

吴玲从未想过有这么一天,她曾经在幻想中钦慕的那个人近在咫尺，说的每一句话都在用力刺痛她的心脏，把她视为最厌恶的敌人。

她口不择言："我知道你喜欢她。但是她值得你对她这么好吗？你来渝大是为了她，可是这一年多来她从来没提到过你！她不过就是跟你玩玩而已！那么多男的都——"

"够了！"

谌珂震怒的声音刺激得五脏六腑都同时共振。

"我不想用强制性的手段让你收声。到此为止。"

他利落地转过身，接过林枕书手里的书包，极自然地背到了自己肩上，再牵住她的手，说一声："我们走吧。下次再回来收拾行李。"

林枕书沉浸在方才谌珂的爆发式男友力里，呆了好久才灵魂回体，又惊又喜地跟上他的脚步，追着说："哇！哥哥，你好帅哟！我以后不喊你弟弟喊你哥哥好不好？"

骆铭扫了一眼宿舍内失魂落魄的吴玲，做了个鬼脸，在她的伤口上撒盐："让你欺负人家女朋友，现在知道厉害了吧？啧啧啧，真是可怜啊。"

话毕，他也匆匆地跑了过去。

逼仄的寝室从未有过的空荡、荒芜。过了好久，吴玲才听见自己颤抖的哭声。

谌珂将收拾好行李的林枕书带回家时，还不知道自己招惹上了一个怎样的祖宗。

他将自己的私人物品从主卧室搬到了楼上的客房，又另外购置了一些新的棉被和生活用品，似乎真的已经做好了留林枕书长期同住的准备。

他将备用钥匙交到了对方手上："这是大门的钥匙、储物间的钥匙还有你卧室的钥匙，所有钥匙都在这里了，如果你不放心的话，我

可以明天找人来换锁。"

"我放心，我对你完全放心。我根本就不需要锁门。"林枕书握着这一串钥匙，笑得美滋滋。

湛珂仍旧谨慎："虽然我住在楼上，但是毕竟男女有别，我不想你吃亏。没有你的允许我不会随便进入你的房间。"

林枕书转了转眼珠，认真地问："那我可以随意进入你房间吗？"

男女有别，共处一室，到底谁会比较吃亏，湛珂显然算错了。

晚上十二点，湛珂温习完课程，关了灯准备早早歇下。刚刚摘下眼镜，敲门声却在这时响起，林枕书又一次抱着枕头出现在门口。

"我觉得你的床比较软，想在你这里睡。"她的眸子亮晶晶的，说得真诚无比。

湛珂却不再如昨天那般好说话，他以退为进，让出自己的床。

"那我去楼下睡。"他也抱上了自己的枕头，头也不回地下了楼。

然而，还没等他在主卧把被子焐暖了，林枕书却又回来了，她摆弄着自己的睡衣裙角，拙劣的借口也被她说得好似真话："我想了又想，觉得还是主卧的床比较大。"

湛珂坐起身来，掀开被子就打算再次离开，而这一次林枕书眼疾手快，抢先按住了他的枕头，大眼睛扑闪扑闪，柔顺撒娇："我体寒，你把被子焐暖了再走行不行？"

她说得情真意切，不带半点不正经的想法，反叫湛珂寻不出拒绝的理由来，只好再次躺下，却翻过身背对着她。

子夜时分，万籁俱寂。夏日的鸣蝉已重归尘土，白日的车行声也复归平静。秋天的夜晚更深露重，气温降得很低，而卧室内的温度却逐步攀升，很是燥热，湛珂的后背很快就渗出了一层细密的汗珠。

感受到身后人的呼吸渐渐平稳后，湛珂轻手轻脚地从被子里探出一只脚,刚刚接触到微凉的空气,林枕书的一只胳膊却揽上了他精瘦的腰。

"忘记带抱枕了,不抱住什么的话真的睡不着呢。"她早就想好了说辞。

谌珂果然还是玩不过这只老狐狸。他无奈地叹了口气,无声的妥协中蕴含着无限的包容。

算了,由她去吧。

他重新回到被窝里,回到她的怀抱中。

过了十分钟后,一直沉默的两个人却仍旧没有要睡着的迹象。林枕书紧贴着谌珂的后背,如同熊抱着一只巨型的毛绒玩具。但只是这种程度的话,未免也太小瞧她了。

当谌珂再一次以为她要睡着时,林枕书却毫无征兆地突然开口:"你还没睡吗?为什么心跳这么快?"

"我背对着你,你也能听到?"他无从否认,只能故意挑漏洞。

"唔。那你转过来让我核实一下,看看我说得对不对。"她每说一个字,都有一股热气轻吐在他的后背,隔着薄薄一层的衣料,好似毛茸茸的猫爪在后背轻轻地挠痒。

"那你听听看。"

谌珂翻了个身,面对着林枕书时,只瞧见一双清明透亮的眸子在黑暗里闪着光,毫无避讳地与他对视,半分睡意都没有。

他果然又掉进了小狐狸的陷阱里。

林枕书嘴角噙着笑,手掌缓慢地爬上他的胸口,触摸着他的心跳,指纹贴着肌理。

"咚咚,咚咚,咚咚……"

"你看,我没说错吧。"她咯咯地笑了一声,像是个恶作剧得逞的孩子。

而当她再次抬眼看去,眼前人却不再那般清心寡欲,碧波荡漾的眼眸中浮光掠影,暗潮涌动。

被林枕书不断地挑战底线,一次又一次地试探,谌珂反而被逗得没脾气了,他实在拿她没办法,只能故作强势地质问一句:"你能不能老实一点?"

林枕书得到了回复反而变本加厉,昂起下巴,说得任性:"是你心跳得太大声了吵到我了,你反省下自己,干吗这么……"

下一秒,谌珂的唇覆了上来。

欲望是轻易就会被点燃的无垠原野。他深知这一点,越是想要靠近就越是保持距离。她却肆无忌惮,偏要图个痛快,撷取他的滋味。

他的吻如同他的爱意,温柔又缠绵,细水长流。他学什么都很快,舌头滑进齿隙,轻抚着她的每一寸。手掌插进她脑后的发丝,取下黑色的皮筋,如丝绸般浓密又顺滑的长发散落下来,在他的颈间摩挲。

夏天在这一瞬复生,炽热地燃烧着沉寂的夜色。星光融化成流动的红色颜料,在黑白的城市涂抹下浓墨重彩的一笔。

"喵……"

小猫的伤口恢复得极为迅速,不知何时已经开始下地乱跑,不分时间和场合地溜进了主卧,叫唤一声宣告自己的到来。

这极为轻柔的异动却让谌珂瞬间冷静了下来,猛然放开了怀里的人。

情到浓时,他自己都忘记了分寸,险些失神越界。

"猫……小猫,跑出来了……"他慌慌张张地跑下床,借这个什么也不懂的小东西来打掩护,几乎要把小猫的脑袋给薅秃噜了。

林枕书被他这副模样逗得发笑,咳嗽了两声,说:"小猫是不是也想和我们一起睡?"

"或许是吧。"谌珂故作镇定地将小猫抱到两人的中间,任它在被子上踩来踩去。

他们有一搭没一搭地揉着小猫柔软的后背,却又同时想起方才那个戛然而止的吻,心照不宣地对视一眼,突然同时笑了起来,好像从这一刻起拥有了只有他们两人才懂得的小秘密。

这晚之后,谌珂不再去客房,与林枕书一人一条被子,安安稳稳地在主卧的双人床上同卧而眠。

昨天实在是折腾到太晚,自作孽的林枕书去咖啡厅兼职时简直哈欠连天,好几次都把咖啡给做错了。

司悦直觉敏锐,富有深意地问道:"枕书呀,你昨天晚上干什么了,怎么这么困啊?"

"可别提了。"她叹气,"谌珂捡了只猫回来,折腾了我一晚上,都没法好好睡觉。"

"哦……是猫啊。"司悦的音调抑扬顿挫,眼神却不停地往谌珂的方向飘去。

林枕书拍桌:"真的只是猫!"

司悦笑了:"我又没说是其他的什么,你干吗这么紧张呀?"

"我……没有紧张。"

林枕书噎住,下意识地也看向窗边的谌珂,对上他那双乌黑深邃的眸子,一如昨夜缠绵而甜蜜的吻,蓦地烧红了脸,灰溜溜地跑到别处去擦桌子。

旁观的司琪奇怪地问姐姐:"他们俩这是怎么了?"

司悦早就看穿了一切,捂着嘴咯咯笑了一声:"哎呀,年轻人嘛!"

林枕书没能清净太久,骆铭又风风火火地闯了进来。

和从前意气风发的模样不同,他今日如同霜打的茄子,满面愁容。

"学妹啊,你能不能帮我联系联系师父?不知道为什么她又不接我电话了,还把我拉黑了!"骆铭病恹恹地哀求。

林枕书收起抹布,斜眼打量着这个学长。从她认识对方开始,骆铭的这张嘴就没离开过"师父""研究生"这类词语,仿佛是为了考研而焦头烂额的应届生,而不是开着红色路虎、浑身名牌的某家大少爷。

她不禁奇怪地问:"我说,你为什么要读研啊?还非得是沈森姐的研究生?"

"当然要读研啊!不然毕业之后只能回家继承家产了!"他痛苦地说。

"如果不读研,我就不得不接手我爸的公司,然后不得不和有钱人家的漂亮小姐结婚,再生出一堆孩子,让他们继承我们的财产。"骆铭越说越激动,"这样的人生难道不恐怖吗?"

无言地沉默了片刻后,她说:"我算是知道沈森姐为什么不搭理你了。"

骆铭茫然:"为什么?到底为什么?"

尽管有些不太情愿,但是为了堵住骆铭的那张嘴,林枕书还是决定帮他约一次沈森,不论结果如何,他都不能再骚扰自己了。

骆铭感激万分,当即在市内的一家静吧(较安静的酒吧)里订了一个包厢,以林枕书和谌珂的名义约沈森见面。

渝城的夜到来得很晚,晚上七八点时才刚刚迎来落日。漫长的傍晚催生了成群的酒吧街和富有名气的酒吧文化,不少的小众歌手和地下乐队在这里驻唱,音乐声漫过长江水。

骆铭虽然看上去不靠谱,今晚选择的这家静吧却很有品位,是整条街上环境最好、消费也最高的一家店。沈森准时来到店里,林枕书和谌珂已经在等她了。

"你俩找我有事儿?"她将挎包随意地扔在沙发座上,跷起了腿。

林枕书堆了一脸的笑容,将菜单推到她面前,谄媚道:"先点单吧,听说这儿的鸡尾酒特别好喝,你尝尝呗。"

沈淼接过菜单,扫了两眼,在店长推荐里随便点了一杯。

林枕书第一次来这种地方,耐不住好奇心,什么都想试一试。

"这儿的酒取名都好奇怪啊。Bloody Mary,血腥玛丽,听起来好有意思,我也要点一杯。"

谌珂却出声阻止:"不行,你酒量不好,不能喝酒。"

"我酒量不好?我酒量很好。不信我今天喝给你看。"她不服气。

"你上次喝完酒就闯进我房间里,还……"

"停停停……"她连忙捂住谌珂的嘴,"可是这里只卖酒,"

"唔闷粗去麦。"他被堵住嘴,说的话含含糊糊。

林枕书放开他:"说人话。"

"我和你出去买。"说着,谌珂向右侧瞥了一眼。

她心领神会,立马起身:"对对对,附近好像有个超市,我们去买果汁吧。"

沈淼挑眉问:"你们把我约出来,就是为了看你们秀恩爱?有事吗?"

林枕书伸出一根手指往她的身后指了指。

沈淼回过头,穿着牛仔外套的骆铭正站在她的后侧,一直沉默地注视着她。

"师……师父……"他紧张地咽了咽口水。

"怎么又是你?"沈淼翻白眼,"我不是说了吗?我已经回绝黄校长了,我是不会留在渝大教书的。你不要再来找我了。"

谌珂拉了拉林枕书的衣袖,轻手轻脚地走出了店门。

走出静吧，街头的音乐声如潮水般涌来，在江边卖唱的街头艺人背着一把木吉他，用沙哑的喉咙唱着情歌。

"只一眼就够的决心，不及喝醉时的勇气。如果没见过你，不知想念能多么偏激。我想把你每条街走尽，却永久迷失在这里……"

晚上九点的渝城刚刚入夜，酒吧街的大小屋檐都悬挂上了小而密集的夜灯，将每一个夜晚照得灯火通明，江面燃起橙色的倒影。三三两两的情人结伴在街头漫步，醉酒的流浪汉则将颠倒的步伐藏进了夜幕。

入夜渐凉，江风徐徐，林枕书哆嗦了一下，捂着脸打了两个喷嚏。

"你很冷吗，要不我……"谌珂说了一半却突然沉默，几秒后话锋一转，"我们跑着去便利店吧。"

林枕书暗示他："这个时候，你不是应该把外套脱下来给我穿吗？"

"虽然我是这么打算的。但是……"谌珂挠了挠头，"拉链卡住了。"

他停下脚步，更加用力地拽了拽外套的拉链，不承想一下子用力过猛，直接将拉链头给掰断了。

林枕书抚额："算了，我们跑着去便利店吧。"

刚跑出去没多远，刚好经过一个巷口。林枕书跑得慢，不经意地便听到了几句对话。

"小妹妹，第一次来喝酒吧，要不要哥哥陪你啊？"

"我们哥俩正好缺个伴儿，不如大家拼个桌？"

"你们别过来！我朋友马上就来了！你们离我远点儿！"

最后一个声音实在耳熟，林枕书禁不住停下脚步，侧头看过去。

酒吧街的大路虽宽阔敞亮，错综复杂的分支小路却灯光昏暗，只一个招牌闪着光。开在小路上的酒家多数在灰色地带徘徊，大门常年紧闭，不熟悉的客人不会轻易进去，但总有些不知情的路人或游客为了猎奇而踏足。

显然，吴玲就是那个不知情的路人。也不知是谁把她带了过来却丢在一边，运气不好遇上两个醉酒上头的男人，正缠着她不放。

谌珂回过头时，身后的人已经落了自己一大截，目光炯炯地看着什么地方。

他走过去拉了拉林枕书的衣角，顺着她的目光，却意外地瞧见了吴玲。

下一秒，林枕书已经迈着大步往小巷的深处走了过去。

"喂，你怎么走到这里了啊？我们几个找了你半天呢！"

林枕书从容地走到了吴玲的身边，一只手搭在了对方发抖的肩膀上，俨然是一个熟悉的朋友。她看了看一旁的两个醉醺醺的男人，眼神冷了几分。

"赶紧走，学长他们都等急了。"她拉着吴玲就往外走。

两个男人却没有作罢的意思，挡在了她们前头，猥琐地笑道："小妹妹，你朋友长得够标致啊，不如一起来玩玩吧。"

林枕书冷眼瞪着他们，踮着脚尖暗自舒活筋骨，做好了随时一脚往他们裆下踹的准备。

"找到人了？"

一个沉厚的男声从背后传来。

两个醉汉回过头，不知何时身后已经站了一个男人，那男人逆着光看不清面容，只能瞧见他身材高大，双肩厚实又宽阔。头顶的路灯投射将他的影子拉得极长，像一团黑幕笼罩着这两人的脸上。

谌珂虚张声势地说："我已经喊老乔和老陶他们过来了，你们这边没遇上什么麻烦吧？"

轻飘飘的一句话,却叫心虚的醉汉们发了慌。

林枕书昂首看向他们,冷哼一声:"这两个人挡在我们面前,也不知道想干什么。"

刚才还只有一个小姑娘,突然间却冒出了两个人,听着他们的口气,还有人要过来。两个醉汉还算有点意识,瞧了瞧自己一米六八的小身板,再看了看那个人高马大的男人,一下子就犯了怂。

他们忙不迭地让开路,赔笑道:"哎哟!认错人了!不好意思啊小妹妹!"

林枕书鄙夷地看了他们一眼,拖着瑟瑟发抖的吴玲,大步走出了幽深的小巷。

谌珂殿后,一路护着她们走到大路上,直到看见了红绿灯和越来越多的行人,他们才算放心,停下来喘了口气。

惊吓到失语的吴玲在这时才"哇哇"地哭出声来,蹲在地上不停地抹眼泪。

林枕书双手插兜站在她身边,也不出言安慰,只是听着她哭。她虽见义勇为,却没有安慰小姑娘的耐心。

吴玲哭得一把鼻涕一把泪,一张脸全给哭花了。林枕书有些烦躁,看了谌珂一眼,对方便默契地抽出一包纸巾来。

林枕书把纸巾包扔给吴玲,冷冷地说:"差不多得了,把脸擦擦。"

陷入恐惧和悲伤中的人这才渐渐缓过气儿来,她扶着膝盖站了起来沉默地擦着眼泪。

"你跟谁来的?打电话叫他领你回去。"林枕书凶巴巴地说。

"陈学……学长他……不接我电话……"吴玲哽咽地说。

"哪个陈学长?"林枕书翻了翻自己的手机通信录,终于在黑名单里找到了一个符合条件的人,"不会是舞蹈社的那个油腻男吧?"

吴玲像被踩到尾巴的猫,下意识地反驳:"不准你说他油腻!"

林枕书耸肩："随便你怎么说。我给他发过短信了，你自己等着吧。我们有事先走一步。"

眼看着对方说走就走，吴玲下意识地叫住她："等一下！"

"还有事？"林枕书偏头看她。

"今天的事情……真的很……谢——"

"看来你没什么事。"

感谢的话即将出口，林枕书却抢先一步打断她的话，正好绿灯亮起，她拉着谌珂的手头也不回地穿过人行道而去。

等吴玲回过神来时，红灯阻碍了她的去路，那个姑娘牵着男友，消失在了黑夜中。

便利店里，货架上整齐地摆放着琳琅满目的商品，林枕书却迟迟挑选不出自己想要的东西。

谌珂挑了一瓶她爱喝的柚子茶，塞进了她的手里。

林枕书发了好久的呆后这才反应过来，忽然间想起了什么，拿起手机拨了个电话。

舞蹈社陈学长的声音传来："嗨！这不是我们的林枕书吗？有什么事情需要学长帮忙吗？"

她深呼吸一口，开口骂道："你个狗东西还知道你是学长啊？大晚上把人家小姑娘一个人丢在外面你还是个人吗！你现在就滚去把吴玲送回宿舍，不然我明天就把你给我发的骚扰短信挂在学校公众号！"

话毕，立马挂断电话。

谌珂倚着货架观望着她气势汹汹骂人的模样，不自觉地弯了弯嘴角。

"你为什么要帮吴玲？"他问，"你明明很不喜欢她。"

林枕书别扭地说："一码归一码。我虽然讨厌她，但是她也不至

于被这样对待。"

"那你为什么不听她说完谢谢?"

"因为我不想原谅她。"她叹气,"我这样是不是很矛盾?不喜欢她,却又忍不住帮助她。"

谌珂挑了一罐草莓牛奶握在手心,他摇了摇头。

"我能够理解。我也不是很喜欢这个世界,但是因为你,我愿意去接受这个世界。"

Chapter 10
流浪玫瑰

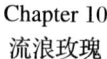

无数时间线，无数可能性，
终于交织向你

尽管只是出门买了个饮料,但是耽搁的时间却比预料中要多得多,等到林枕书和谌珂回到静吧时,骆铭已经醉倒在沙发上,不省人事。

沈淼托着腮看着眼前的傻小子,眸中荡漾着浓烈的情绪。

林枕书被吓了一跳,伸手戳了戳骆铭的肩膀,对方却动也不动,睡得死死的。

她奇怪:"我们这才走了半个小时,怎么就醉成这个样子了?"

沈淼摊手:"他酒量不行,还非要一口闷,拦也拦不住。"

是了,这的确是骆铭做得出的事情。

"那你们……谈得怎么样了?"林枕书小心翼翼地问。

提起这件事,沈淼还要跟他们算账呢。难得约她出来聊天,却是为了给这个小崽子做人情,实在枉费她多年的苦心。

"真是长大了翅膀硬了,还管上你姐姐我了。"沈淼不怒自威,凌厉的眼神看过去,吓得林枕书立马抱紧谌珂的胳膊。

她委屈道:"我只是不希望你再四处漂泊了,如果能在渝大安定下来,也是个不错的选择。"

"你们这些小孩子,还是先管好自己吧。"沈淼十分不屑,她拎起包就要离开。

昏睡中的骆铭却似乎是觉察到了什么,似梦非梦地呢喃了几声,在场的人却都听得清清楚楚。

"师父,师父别走……收我为徒吧……"

沈淼恨铁不成钢地叹了口气。

"留下来……我会陪,陪着你的……你就不是一个,一个人了……"

酒精作祟,他说得颠三倒四,却难得地鼓足了勇气,不知是自言自语,还是只敢说给梦中的那个人听。

沈淼的脚步僵了一下,指甲在皮质拐包上划出一道长长的刮痕。

林枕书和谌珂对视一眼,大气也不敢出,仿佛无意中戳破窗户纸,得知什么了不得的秘密。

"师父……师父啊……"

骆铭还在不停地唤着,一声又一声,连喝醉了也不让她安生。

沈淼回首看了他一眼,那个男孩年轻又活泼,但凡是想要的东西便牢牢抓在手中,死也不放手。就如同过去的她一样。

可现在的她已经不再年轻。而骆铭,却还有很长很长的路要走。

终究,沈淼还是收回了目光,踩着黑色的高跟鞋,渐行渐远。

之后的一段时间里,骆铭都没再出现,听说是复习备考去了。林枕书一直都不知道,那天晚上他到底和沈淼说了些什么,就好像突然想通了一般,连沈淼那里,他也不再打扰。

大约是在十一月的下旬,一直忙于满城跑活动的陶薇突然歇了下来,神神秘秘地找到林枕书,将一个牛皮纸信封塞到了她的手里。

陶薇四处张望,生怕被人瞧见一样,压低了声音说:"这个给你,一定要收好了,别让其他人看见。"

"这是什么?"林枕书打开信封,四张门票滑了出来。

"这可是流浪玫瑰的演唱会门票!我特地让我爸给我搞来的,千万低调,不能炫富。"她赶紧将门票塞了回去。

听见"流浪玫瑰"四个字,林枕书还有些恍惚,呆了好久才回过神来:"流浪玫瑰回归了吗?"

"什么回归啊。他们要解散了。这是告别演唱会。"陶薇叹气,"我高中的时候天天听他们的歌呢。"

"流浪玫瑰"是一支风靡全国的摇滚乐队,成员一共四个人,平均每两年出一张专辑、开一次巡演。林枕书还在上高中时,正值这支乐队的巅峰时期,几乎没有人不知道他们的名字。

而她毕业才不过一年多的时间,昔日的偶像们经历了风风雨雨之后,却走向了解散的边缘。

林枕书第一次意识到,时间是漫长而残忍的东西。

陶薇说:"我有媒体票,用不到这个,就送给你和谌珂去看吧。"

"不过。"林枕书疑惑,"还有两张票是留给谁的?"

一个星期后的晚上,渝城的奥林匹克体育场外人山人海。

检票口外,林枕书笑着将两张连座的票交到了另外两个人的手上:"你们两个能一起来,我还真是没想到呢。"

乔松挠了挠头,眼神往上看,说得轻飘飘:"我高中那么喜欢他们的歌,怎么也得来看一看。"

虽极力装作不在意,但是看向身旁人时,却还是紧张到耳根泛红,流连花丛的大少爷一朝变回了纯情少年。

苏晓冉穿着米白色的大衣,微笑着从他手里接过了门票。

当林枕书从陶薇那里得知,另外两张票是为了乔松和陶薇准备时,她还很担心这两个人不会同时到场。直到亲眼见到了,她才真的松了口气。

大概,在机场的那一天,即将登上飞机的乔松最终还是选择了回头,哪怕再摔一次也无所谓,他只想让她看见自己,让她知道自己是为谁而来。

时间悄然而逝,他们再次相遇时,已从夏末来到了初冬。

再次重逢,苏晓冉心中颇多不安,本来就是很安静的性格,因为紧张而更加一言不发,沉默地站在离他们两步开外的地方,保持距离。

林枕书不是没眼力见儿的人,她主动拉开站在中间位置的谌珂:"谌珂你渴不渴啊,我们去买饮料吧。"

"我不渴啊。你不是刚喝完一杯奶……欸,慢点走,等等我……"诚实的谌珂话没说完,已经在茫然中被强行给拉走了。

两个电灯泡走开后,尴尬的气氛才算稍稍缓和了些。

乔松用手抠着牛仔裤上的破洞,咳嗽了两声,问:"你学校离这里远吗?演唱会结束的时候可能就没地铁了。"

"还好,不算太远。"苏晓冉低头看着自己的脚尖,"你呢……你是特意从建陵来的吗?"

他点点头,说得风轻云淡:"这不正好周末吗,顺便来渝城玩玩。"

渝城和建陵,一个在长江头,一个在长江尾,隔着大半个中国,一点也不正好。

苏晓冉心如明镜,但话到嘴边,却只说了一句:"其实建陵也挺好的,我还没去过建陵呢。"

"有啥好的,我还是更喜欢渝城。"

"为什么?"

乔松望向天边:"因为你在渝城。"

谌珂一手握着两瓶饮料,陪着林枕书窝在角落里偷听墙脚。

他们在乔松的后侧,隔得不算太远,能清晰地看见对方的一举一动,也能注意到这两个人越靠越近的小细节。

林枕书忍不住问:"你觉得,他们两个能复合吗?"

谌珂摇了摇头。

她叹气:"是吧,我也不知道,总觉得心里没底。"

"我是说,我觉得他们不会重新在一起。"谌珂解释了一遍方才被误会的动作。

"你怎么这么肯定?"她没料到对方这么坚决地否定。

"因为他们之间的障碍还是没有解决。"

"什么障碍?"

"他们的家庭。"

晚上七点半,演唱会准时开演。

流浪玫瑰的四名成员站在炫目的舞台上,黑色的皮衣、红色的乐器,巨大的屏幕投射他们的脸庞——披肩的长发、烟熏的眼影,他们嚣张叛逆,逆流而行。

无数追光灯像缠绕的枝蔓,绚烂夺目的舞美效果将全场染成一片红色的玫瑰海洋。

贝斯手率先发声,电波般的金属音效与人的心跳声共鸣,吉他手六弦齐扫,迅速变换和弦,屏幕上是他修长手指的特写。鼓手由慢到快击打鼓点,节奏与律动共振,到了音乐的最高点猛然砸下鼓槌,在同一秒,全场灯光大亮,主唱怀抱着立麦,高亢而浑厚的声音唱出第一句——

世神在上。

全场观众在这一刻同时引爆。

离舞台最近的内场瞬间变成了蹦迪舞池,从第一排开始,所有观众统统站了起来,他们挥舞着手中红色的荧光棒,一面歌唱一面跳动,人潮如海浪般起伏澎湃。

林枕书已经完全忘记淑女为何物,她唱的所有歌都不在音调上,每一句歌词之后都附带着尖叫呐喊，长发都随她的蹦跶变得凌乱，兴奋地拽着身边的人一起跃动。

谌珂个头很高，越过前排无数人的脑袋，看向舞台毫无遮挡，视角绝佳。他不太习惯这样闹腾而刺目的环境，加上周围又聚集了许多的陌生人，强烈的音响震得他有些心跳失常。

下意识地，谌珂就拽住了林枕书的衣角。

这是一个很细微的动作，带着三分小心翼翼、三分彷徨，和百分百的信任感，大拇指和食指相叠，牵住了女孩白色短袖的一角，再用温柔的力度小幅度地拉住。

林枕书抬起头看向身旁高瘦的少年，他的目光不停地在四周流转，脚下却动了动，朝着自己的方向又靠近了一点点。

就好像是一只小猫往你的怀里蹭了蹭。

她记得，过去的谌珂患有人群恐惧症，惧怕密集的人群。即便他脱胎换骨，但是在演唱会这样的环境里，难免会生出不安。

他总是将自己的情绪隐藏起来，藏在没有表情的皮囊之下。

可是人的眼睛是不会骗人的。

林枕书抬头看向谌珂，他眼中的湖泊波澜不惊、竹影摇曳，只是因为不想麻烦别人，而刻意伪装成风平浪静。

"喂。"

林枕书喊了他一声，抬高了手臂扣住对方的手腕。

"要像我这样摇动荧光棒才行。"

歌声在这一刻转换，热闹的摇滚乐变成了温情的抒情曲，主唱的歌喉沙哑又迷人。

谌珂注视着身旁的女孩，不知道到底从何时开始，从前需要他仰望的人现在一低头就可以看到了。

她掌心的温度是炽热的红色，贴上他的皮肤，在他的五脏六腑内

燃烧起来。

林枕书故作淡定，随着音乐的律动拉着身旁的人一起有节奏地挥动手臂。

而谌珂那颗漂泊的星球在这一刻不再流浪。

几首歌结束后，音乐暂时停了下来。

舞台上，乐队主唱握着麦克风，伴随着隐隐的喘气声，向全场的观众致谢。

"谢谢大家来到我们的演唱会现场。因为你们，音乐才能够永生。

"无论你是一个人，还是和朋友、家人一起来到这里，希望今晚，能够成为你们一生中美好的记忆。"

"世神赐予我们双手，是为了拥抱爱的人。我们将会用音乐，去拥抱你们。"

谌珂听不懂他们的音乐，可是至少能听懂他们所说的话。

世神赐予我们双手是为了拥抱爱人。

他看着自己的手腕——林枕书仍没有放开自己的手。

"要勇敢地热爱梦想、热爱音乐，热爱你们所爱的人。"

当残酷现实禁锢了这所城市、这个世界，仍有一枝燃烧着爱与梦想的玫瑰，在这颗孤独的星球上热烈地绽放。

多年后，林枕书在法国街头再次遇见了这支乐队的主唱，那个名为Redmayne的男人，她那时才忽然明白，少年时崇拜的人即使再遥远，也会在无形中融入你的血脉，与心脏一同跳动。

生生不息。

在最后一首歌的音乐中，台上的成员们相互拥抱，用最后的歌声为彼此饯行。

而在舞台之下，似乎所有的观众都与他们产生了共鸣，牢记着主唱的那句话，拥抱住了身边的人，无论那是爱人，抑或只是素不相识的路人。

林枕书朝着心上人张开双臂："要抱抱。"

谌珂俯下身子，将她揽入怀中，胸膛紧贴着胸膛，似乎连心跳声也在这一刻变得同步。

乔松和苏晓冉略显尴尬地看着彼此，本不想参与这场互动，但随着周围的人一个又一个地相拥，落单的他们俩显得格外惹眼。

最终，乔松咳嗽了一声，笨拙地朝她伸出手："那什么，他们是不是说要抱一下才行啊……"

话音刚落，那个白色的身影已一下扑进他的怀抱，乔松愣愣地伸出手抚摸她的后背，却触及一个轻微颤动的身躯。

幸运的是，音响的效果声够大，乔松才没听见她突如其来的哭泣声。

沉浸在音乐中的时光总是流逝得那样快。

整整三个小时的演唱会，在无数工作人员的鞠躬和漫天飘散的彩带中谢幕了，就好像一场绚烂的南柯梦，再不甘心，也要醒来。

林枕书原本以为自己过了真情实感追星的阶段，可到了最后的谢幕时，她还是忍不住哭得一塌糊涂，眼妆全花了，就着谌珂的衣服就往上抹。

然而还没多愁善感太久，喝了太多饮料的林枕书再也忍不住了，一散场就立马把荧光棒塞给了谌珂，丢下一句"我去上厕所，你们先走"，便飞也似的消失在了人群里。

女厕所的人总是特别的多，林枕书排了好久的队伍才轮到自己。也不知道到底耽搁了多少时间，走出场馆时才想起来没有约定好地点，在上万观众中，根本找不到自己的同伴。

乔松这时候打了个电话过来告知，他已经上了出租车，送苏晓冉回学校去了。

而问到谌珂的情况时，重色轻友的他毫不在意地说："你老不出来，谌珂就回去找你。你没看见他吗？"

林枕书暗叫不妙，挂断乔松的电话，又慌忙拨给谌珂。

体育场附近这么大，散场后又到处是熙熙攘攘的人群，要是真的和谌珂走散了，那可不是闹着玩的小事。更何况天色已暗，谌珂能不能在这样的黑夜里独自坚持住，她十分地担心。

林枕书一面四处奔跑，一面不停地给谌珂打电话，过了好久，对方才接通。

"你在哪儿啊？"她劈头盖脸地问。

"我在……"谌珂犹疑了好久，"我在进场时的那个大门口，有很多台阶的地方。"

都怪先前没说清楚在哪儿集合，谌珂返回后没找到林枕书，只好按着进场的路线往回走了，结果遇到一些小插曲，一时绊住了脚步。

"你待在那儿别动啊，我现在去找你。"

林枕书挂掉电话，飞速奔了过去。

谌珂挂掉电话后，抱歉地对面前两个纠缠不休的女孩子说："实在不好意思，我不能把电话号码给你们。"

左边的女孩撒娇道："那就加个微信嘛帅哥，又不会怎么样。"

谌珂坚决地摇了摇头："不好意思，不可以。"

右边的女孩更会看脸色，她想起帅哥刚才接电话的样子，挑眉问道："帅哥，刚才给你打电话的是你女朋友吗？"

谌珂点了点头，又好似炫耀宝贝似的，温柔地笑了起来。

两个女孩子都愣了一下，方才无论她们怎么死缠烂打，这个帅哥一直都是冷漠脸,怪酷的。怎么一提到女朋友,就笑得这样温柔?

女孩不禁羡慕地说:"那你一定特别喜欢她吧。"

湛珂的嘴角勾着一条浅浅的弧度,他回忆起手腕上的温度,就好似将有关她的记忆刻进了骨血之中。

他点了点头:"对我而言,她是特别、特别重要的人。"

奥林匹克广场很大,从体育馆的这边走到另一边,也是一段不短的路程。

林枕书气喘吁吁地赶到入场口时,其他的观众基本都已经离开了,空旷的场地上只剩下一个身影。

长而宽广的台阶下,湛珂在最下端,抱着自己的膝盖坐在那里,那瘦削的身形几乎能消散在风里,怀里的两根荧光棒闪着微弱的光芒。他像是一只被主人抛弃的幼犬,无助迷惘却仍坚守在原地等待,叫人不能不生出同情心来。

印象中,湛珂一向是个子很高、肩膀宽广的男孩。直到现在,在这广阔而空荡的背影映衬下,林枕书才第一次发现,原来这世界很大,而他也很渺小。

她忽然鼻酸了起来。

林枕书一步一步向那个微小的蜷缩着的身影走去。最终,她站在了他的面前,她唤了一声:"喂,湛珂。"

听见声音,这少年立马抬起了头来,他额前的刘海被晚风吹散,露出浓郁而整齐的眉毛。他的一双眼睛里倒映着初夏的夜晚,在这看不见星星的天幕下,却将星辰揉碎了洒入眼眸。

他好似久困沙漠里的旅人,在这一刻蓦然看见了绿洲,眼里的光芒如海上的信号灯。

"你乱跑什么?你知不知道这样很危险?"

她明明心动,讲出的话却像斥责。

"快跟我走!"林枕书的口气不容拒绝。

谌珂望着她,女孩焦急的面容倒映在他的眼中。

好熟悉的话。

恍惚间,他一朝回到从前。

救护车和警车的声响乱作一团,扭曲变形的汽车冒着黑色的浓烟。驾驶座上的男人艰难地睁开了双眼,他无法动弹,汩汩鲜血从大腿流出,原本俊朗的面貌此刻却被血色覆盖。

一个男孩不顾一切地冲进车内,他拼命地摇晃着那男人的手臂,撕心裂肺地哭泣和叫喊着,尖厉的声音像利刃般扎进心脏。

——"你乱跑什么啊!这样很危险的!"

戴着三道杠的女孩不知为什么出现在了这里。

——"走啊!快走啊!"

她不知哪儿来的力气,将男孩的手指一点一点地掰开,拽着他的胳膊强行地将他往外面拉。

"哥!哥!"

那个男人疲倦地笑了笑,温和而又安详。

他沙哑地吐出三个字:"对不起……"

对不起,答应你的儿童节礼物,还是没能送到你手上。

"轰!"

巨大的爆炸声吞没了他未尽的话语。

那男孩倒在地上,四肢却被禁锢了,他只能无力地、无力地哭喊着。

漫天火光里,一切都化为了灰烬。

"发什么愣呢?"

林枕书不耐烦的话语将他猛地拽回了现实。

谌珂回过神来，那刺痛耳膜的哭喊声瞬间安静了下去，周围静谧得很，夏夜的风阵阵吹着，什么样的噩梦都吹散了。

他的心情忽然变得很好，蠢笨又天真地说："你不是要我待在原地的吗？我怕你来了却找不到我。"

这一次，我不会再那么不懂事了。他这样想着。

林枕书一时语塞，她逗小孩似的问："那我要是不来了怎么办？"

"可是你来了啊。"他似乎从来没有考虑过这种可能性，"我知道你一定会来。"

我知道你一定会来。

谌珂笑了起来，微微上扬的嘴角与今夜月亮的弧度交相辉映。

他笑起来很好看。

林枕书这样想着，焦虑的心不自觉地就柔软了起来。

平日里的谌珂什么表情都没有，更不要提这样真诚地笑着了。就好像是被尘埃掩埋的宝石，一朝被阳光照亮，美好又夺目，那样耀眼。

"笑个屁啊。"她傲娇地扭过了头，朝宝石招了招手，"快走啦！"

"好。"

一个温热的手掌贴上了她的手心。

林枕书愣神地看着被握住的右手，好像一口枯井骤然间被填满了清洌的泉水，奇异到不可思议。

谌珂的手很大，将她的小手紧紧地裹在手掌里。

"我跟你走。"

心脏突然扑通扑通迅速跳动。

林枕书忽然就意识到了。

她已经没法走出来了，这个人的身边是江河湖海也好、是断壁残垣也罢，她已经没法逃离了。

"那你可要好好抓紧我。"

她也笑了起来。

因为走散而耽搁了不少时间,他们成功地错过了地铁的末班车。

体育场本就位于郊区,没有重大活动很少有车辆,仅有的出租车也几乎被别人给抢走了。林枕书连着换了几个打车软件叫车,却全都没有回复。

所幸,不知去了哪里的乔松突然良心发现,将他在附近预订的民宿的位置发了过来,如果他们回不去的话,就在这边住一晚。但这通电话之后,乔松却跟失联了一般,再怎么发消息都联系不上。

虽然林枕书也为此隐隐担忧,但毕竟乔松是个四肢健全的成年人,也许只是为了自己的二人世界不被打扰才关了机。

但是渝城对他而言毕竟是个陌生的城市,他做事又很没分寸,万一惹上了什么事情可怎么办?

思来想去,即使已经到了民宿歇脚,林枕书还是打算先不睡觉,在客厅等乔松回来再说。

洗了个澡后,林枕书穿着印满海绵宝宝的黄色睡衣窝在了沙发里,到底已经是半夜了,她尽管打游戏提神,但也禁不住哈欠连天。

谌珂很快也洗完澡出来了,深蓝色的睡衣睡裤仍旧是惯常的简洁风格。他其实毫无困意,凌晨对他而言是很常见的景色。

他主动地对无精打采的林枕书说:"你先回房间睡觉吧,我来等他。"

林枕书却连连摇头:"那怎么行,你赶紧去睡觉,我留着。"

她这个人极度双标,对待乔松就是"随他去吧还能死在外面不成",对待谌珂则连让别人熬夜都不愿意。

到底是他需要人照顾,还是她想要照顾他,早就已经分不清了。

"那我陪你等吧。"

谌珂最终敲定了一个折中的方案。

似乎是被一场演唱会折腾掉了全身的力气,即使是和谌珂单独待在一起,林枕书也没有了半分调戏对方的精力,半个身子都压在谌珂的身上,毫无章法地在游戏里开枪。

十分钟后,林枕书最终还是被睡意打倒,倒在沙发上睡了过去,游戏里她的角色因为在海里一动不动,很快就淹死了。

谌珂看了会儿书,回过神来,女孩已经安静地抱着抱枕躺了下去。

他放下电子书,将空调的温度调高了一些,又从卧室里取出一条毯子,轻轻地盖在了她的身上。

谌珂坐在毛茸茸的毛毯上,脑袋搁在沙发的边角。此刻,林枕书就在他身侧,她的呼吸近得如同他的鼻息,触手可及。

他没有告诉林枕书,方才在体育场外,有那么一瞬间,某种深藏在心底许久的回忆突然喷薄而出,他竟恍惚间回忆起了很久很久以前的过往。

所有人都以为谌珂忘记了,也都以为忘记对他而言是最好的选择。

那么她呢,她还记得吗?

纵然她记得的话,又认得出自己就是当年的那个小男孩吗?

如果就这样将实情告诉她的话,她会觉得惊喜,还是会再一次为当年的意外感到害怕呢?

因为无法感知情绪,心理医生曾经教过他人类的各种心灵状态,让他背上那些公式化的脸谱和定义,以便他在这个社会生存。

而此刻,踌躇、犹疑、彷徨、期待……这许许多多的词语不再是冰凉凉的公式,而是此情此景,谌珂的心中来回翻腾着的真实的情绪。

最终,他只是温柔地道了一句:

"晚安。"

第二天日上三竿,失踪了一晚上的乔松终于回到了民宿。

一打开门,他的视觉就受到了很大的冲击。

林枕书睡在了沙发上,而谌珂的脑袋紧挨着她,趴着沙发边坐在地上睡了一整晚,而他们的身上,盖着同一条毛毯。

乔松心里骂着"世风日下、道德沦丧",手却利索地掏出手机,对准了这两个人,咔嚓拍了张照片。

闪光灯把浅眠的谌珂闹醒了。

早上的阳光十分刺眼,他下意识地揉了揉眼睛,刚刚坐直了身子,毛毯从沙发上滑落了下来,林枕书在睡梦中感到一阵凉意,半醒半梦间睁开了眼。

阳光勾勒着他的侧影,金色的光晕笼罩着谌珂的周身。

林枕书吓得从沙发上滚了下去。

谌珂连忙扶起她,手掌托着她的后脑勺防止她磕到茶几,他眨巴眨巴眼睛,关切地问:"你没事吧。"

"什……什么情况?"

"你们什么情况!"

两个声音同时响起,一个颤抖而茫然,一个雄厚而愤怒。

乔松愤怒地走进客厅,冲着他们吼了一声:"你们给我站起来!像什么样子!"

林枕书看了看,她和谌珂都并肩坐在毛毯上,那条毛毯不知为什么又同时裹在了两个人的身上。

谌珂不紧不慢地捡起毛毯,乖乖地折叠好,放在了沙发上。

彻底清醒后的林枕书也回过神了,她反问道:"你怎么回事?一晚上不回来,到底把苏晓冉送到哪儿去了?"

昨天的情况说来确实有些复杂,乔松的的确确只是想把苏晓冉送回宿舍，但是路上堵了很久的车，回去的时候已经过了门禁时间。他自然不能把人家小姑娘一个人丢下不管，干脆又在附近的酒店一人开了一间房，熬过了一晚。

在乔松的身上还能发生这么纯情的事情，说出去肯定没人信。他也懒得解释。

面对质问，乔松愤怒地龇牙，回怼："我倒要问问，你们俩这么待了一晚上，他有没有把你怎么样？"

林枕书正想摇头，却见乔松握住了谌珂的手。

她这才意识到，他刚才那句话是对谌珂说的——她有没有把你怎么样？

谌珂一脸蒙地看着乔松，只听见对方痛心疾首地说："林枕书这个女的真是禽兽啊！你说你好好一个男的要是被她吃干抹净了可怎么办？男生出门在外要懂得保护自己，一定要远离这些人模狗样的东西！"

谌珂一脸蒙。

林枕书瞪着他。

乔松瞪她："看什么看！你这个流氓！你是不是看人家小男生长得好看打算趁我不在对人家下手！真是畜生！"

Chapter 11
像风一样

你卷起千层海浪，
我躲也不躲往里闯

冬天的来临，只需要一阵北风。

一场大雨过后，气温骤然降了下来，日头也暗了几分，天总是阴沉沉的。花叶凋零，徒留空荡荡的灰色枝干，苍白又坚硬。整个渝城便萧瑟了起来。

随着冬日一同来临的，还有数不清的期末报告和日以继夜的复习迎考，沉闷的复习月拉低了整个校园的色彩饱和度，沉闷又压抑。等到熬过了一切再重新抬起头时，看似漫长的一学期就这样和自己告了别。

快得就好似一阵北风。

医学院的期末考试一直都是全校课程最多、阵线拉得最长的，当外语学院和传媒学院都人去楼空时，谌珂仍旧在前线奋斗着。

在渝北机场，林枕书一直等到走上廊桥也没能等到谌珂来给她送行。

估摸着他又是被教授们给绊住了脚，林枕书深表理解，独自提着行李箱往飞机上走去。

经过楼梯时，她实在力气不够，险些连人带箱子摔了下去，多亏陶薇及时出现，在身后撑住了她，伸出手帮她拎起箱子。

在位置上安定下来后，陶薇挑眉，说："怎么样？在关键时刻，还是姐妹比男人更靠谱吧？"

林枕书白她一眼："瞧给你美得。"

很快，飞机即将起飞，在空姐的催促下，她不情愿地将手机关了机。

起飞之前，林枕书深深地凝视着窗外，无声地和渝城说了一句拜拜。

寒假生活正式开始了。

和闷头待在家中当宅女的林枕书不同，陶薇回到了老地盘，比在学校时更加活跃和嚣张。她的人脉很广，光是和老朋友们吃饭就花了很多天，朋友圈里每日更新自己的精美自拍。

林枕书很捧场，每条朋友圈都会点赞，可没过几天，陶薇就把心思打在了她的身上。

"高中同学聚会？"

酒店门口，林枕书提高了声音重复这句话，惊讶地瞪大了眼："不是你约我出来单独吃饭吗？"

陶薇笑着搭上了她的肩膀，鲜艳的红唇很是惹眼。她解释道："都怪我，没说清楚。主要也是担心你会不乐意嘛。"

"可是……"林枕书低头看了看自己随便穿出门的黑色羽绒服，后悔地说，"我很久没洗头了。"

"算啦算啦，等会儿你想走就走，没人会注意的。"陶薇推着她的后背就往包厢走。

林枕书今天才知道，他们高中时的同班同学每年都会聚上两三次，只是因为她当年走得匆忙，跟大部分人都断绝了往来，因而也无人能联系得到她。

尽管对于高中生活，她的怀念大过遗憾，但是在这样的聚会场合，却让她找不到一丝一毫的熟悉感。

两三年的时间过去了，大家或多或少都有所改变。容貌上变得成熟还只是其次，更多则是长久不联系后而造成的疏离感，让自诩外向的林枕书也感到不安。一次又一次地举杯敬酒，她都很是敷衍，完全无法融入到这个热闹的环境中去。

陶薇忙着跟其他人嘘寒问暖、交流近况，林枕书只能一个人坐在角落里，喝着果汁玩着手机。

"林枕书……你竟然真的来了！"

一个青年看见她，激动地走了过来。他穿着白色的高领毛衣，刘海一丝不苟，手上还握着半杯没喝完的酒。

林枕书愣了好一会儿后才认出他来："你是……章之远？"

高中时，章之远是他们班的班长，为人老实忠厚，她有时迟到早退，对方帮过她不少的忙。

章之远忙不迭点头，不知是因为喝了酒还是太激动，脸上泛出了淡淡的红色。他欣喜地说："陶薇说你这次一定会来，我还不相信。没想到……是真的啊。"

她不好意思地挠了挠头："我之前也不知道你们邀请过我，其实今天也是被陶薇骗过来的。"

"没关系，没关系！你能来就很好了！"他坐在了她身边的空座位上，似乎有长聊的打算。

果然，他很快就问起了她的近况："你最近还好吗？我听陶薇说你在渝大上学？那里离家很远吧。"

林枕书喝了口果汁："还行吧，坐飞机两个多小时而已。"

"西南那边不是很爱吃辣吗？你会不会住得不习惯，其实要我说，还是本省好，发展好还离家近，见朋友也更方便。"

"渝城挺好的，我挺喜欢的。"

"那你现在的电话号码是多少啊……"似乎怕对方误会，章之远慌忙解释，"我就是想，以后有什么事情，联系你也比较方便。或者

加个微信也行!"

林枕书没什么拒绝的理由,翻了翻手机,显示出微信二维码,跟对方加了个好友。但是没告诉对方,她其实很少使用聊天软件。

又漫无目的地聊了两句,在林枕书快被无聊的交际搞得不耐烦时,章之远终于说出了他真正想问的问题。

"你……有男朋友了吗?"他说得小心翼翼,仔细地注视着眼前的姑娘,一双眸子闪闪亮,满是期待。

林枕书喝着果汁,差点把自己给呛死。

她已经不是过去不谙世事的高中小女孩了,而章之远还是当年的那个老实人,什么心思都写在了脸上,藏都藏不住。

他竟然喜欢她?这是什么时候的事?

来不及后悔为什么要参加这个同学聚会,林枕书脑子转得飞快,琢磨着怎么才能不太残忍地告诉对方自己已经名花有主的这个事实。

"我已经——"

她抱歉地开口,后半句话却被另一个声音给盖住了。

"不好意思,我是不是来晚了?"

大门被一把推开,穿着灰色呢子大衣的谌珂一登场,就吸引了在座所有人的目光。他似乎是一路跑着过来的,隐隐地还喘着粗气。

谌珂戴着金丝边眼镜,为了遮住白发而将头发染成了深棕色,早上为了见教授,特意将刘海梳成了三七分。他挺直了后背,完全挣脱了高中时的怯懦彷徨,显露出自信而儒雅的气质。

或许是与过去差别太大,在场的人都辨认不出他是谁,纷纷询问着身边的人,这个气质出众的帅哥到底是谁。一时间,包厢内只听闻大家的窃窃私语。

有人问陶薇:"我们班还有这么一号人物吗?我竟然都不知道?"

陶薇挑眉看向后方:"那你得去问问林枕书了。"

果不其然,谌珂的眼里根本没有其他人,在包厢内巡视了一番,眼尖地找到了角落里的林枕书,迈着大步跑了过去。

林枕书惊讶地站了起来,问:"你怎么回来了?不是早上还在观摩手术吗?"

"大部分事情都完成了。"谌珂笑着揉了揉她的脑袋,"我跟教授说想早点回去陪女朋友,他们就放了我一马。"

章之远脚下不稳,扶着椅子才极缓慢地站了起来,他看看眼前两个亲密的男女,犹豫地问:"你们……"

谌珂揽住林枕书,大大方方地对众人说:"林枕书,现在是我的女朋友。"

"你是谌珂!"

饭桌上终于有人认出了他,震惊地喊出了声,一句话点燃了所有人的记忆。

"真的是谌珂啊,他竟然变化这么大?"

"我以前就觉得他暗恋林枕书,没想到真的走到一起了呢!"

"全班是不是只有我一个人还单身啊?"

章之远的脸上红一阵白一阵的,他没想到自己死灰复燃的憧憬还没能存活十分钟,就又彻底地被扑灭了。

"真是……恭喜你们呀。"他强撑着笑容对这二人道贺。

林枕书想要婉转拒绝对方的想法被谌珂的突然出现给生生打断,她无奈又甜蜜地握住谌珂的手,只能在心中对章之远说一声抱歉。

"谢谢你。"

谌珂俯视着比自己矮了半个头的章之远,感谢的话里却莫名地听出几分较劲的意味,不知情的围观者们却全然没听明白。

林枕书意识到了什么,转头看向陶薇。

始作俑者举起举杯,对着她嫣然一笑,一饮而尽。

晚饭之后还有第二轮活动，准备提前离开的谌珂和林枕书在众人的起哄下实在抽不开身，只能跟着他们一起去了KTV嗨歌。

陶薇是当之无愧的麦霸，林枕书负责在下面给她摇铃捧场，谌珂傻呵呵地打着拍子，尽管全部都不在节奏点上。

其余的人也没闲着，满茶几的啤酒，逮着人就灌。女生们如果拒绝，一般不会有人勉强，但是男生则无一例外全部遭殃，就连谌珂都不能幸免。

谌珂是完全不能喝酒的人，几杯下肚就明显不行了，林枕书想拦住起哄的人，却被另一拨人给抓到一边去点歌。最后还是多亏了章之远替他喝了几杯，谌珂才找到了喘息的机会。

洗手间外，谌珂狠狠地冲了几把凉水，体内的燥热感才算勉强被压制了下去。但他的额头仍隐隐作痛，昏昏沉沉的，走路时也脚步不稳。

他走出洗手间，下台阶时一个趔趄，直直撞进了一个人的怀里。

林枕书拍了拍他泛红的脸颊，担心地问："怎么样？要是不舒服我们就先走吧。"

"不行……"谌珂却倔强地甩了甩头，他倚着墙稳住了自己，接着说，"我不能……输给他……"

"输给谁？"

谌珂气鼓鼓地说："就那个……章之远。陶薇说……他以前就喜欢你了。"

林枕书心领神会，却故意逗他："章之远啊，他人还挺不错的呢。"

他果然听不得这话："你不能夸他。"

"为什么？人家那么早就喜欢我了，我还要谢谢人家呢。"

"我……我比他早得多……"谌珂抱住林枕书，下巴搁在她的肩膀上，滚烫的热气就在耳边徘徊。

她问:"有多早?"

"很早……很早……"

他说得含混不清,听起来仿佛只是某种赌气的话。却没人知道,那句话里藏着怎样的一个真相。

——你什么时候开始喜欢我的?

——比你所知道的还要早很久。

"很早很早,到底是什么时候?"

林枕书问了一句,却久久没得到回复。

她别过头看向倚在自己肩上的那个人,他不知何时已经昏睡了过去,此时正规律地呼吸着,根本没听见她的问话。

真是拿他没办法啊。

无数个无奈的微笑背后,都是她无限的包容。

虽然谌珂身材瘦削,但毕竟是个大高个儿,对林枕书来说,他还是太重了点。她一个人根本没法将他运到门口打车。

"需要我帮你吗?"

章之远的出现简直是个福音。

林枕书看见他时愣了一下,她并不相信对方会正巧在关键时刻及时出现——恐怕很久之前就已经站在某处看着他们了。

她微笑了一下,拜托道:"谌珂喝醉了,麻烦你帮忙打个车吧,我把他送回去。"

章之远用手机打开打车软件,问:"那你知道他家的地址在哪里吗?"

"不知道啊。"

"那你把他送到哪里?"

"当然是我家咯。"

林枕书笑得狡黠。

或许是酒精作祟,谌珂做了一个漫长的梦,一个他无数次想要回忆起,却终究遗忘的梦。

梦里的他还是一个小男孩的模样,他穿着小学的校服,坐在体育馆外的石墩子上。那是一个下午,天气十分闷热,空气中飘浮着的水汽堵塞住了毛孔的呼吸。

他身后的体育馆内人声鼎沸,欢腾的音乐持续不断,人群的欢呼声一浪接一浪。而他独自离开了集体,满满的期待却填补了他的孤独感。

可他在期待什么呢?

体育馆的大门被推开了一道缝隙,馆内歌唱的童声一时嘹亮了起来。他偏过头去,一个小女孩走了出来。

那女孩的个头比他要高出许多,同样穿着校服,胳膊上却特地别着三道杠,连红领巾也整齐地佩戴着。

"喂,你怎么一个人在这里啊?"那女孩昂着下巴看着他,显示着身为大队长的威严,"老师可说了,不能随意离开班级的。"

他垂着头,只闷闷地说:"我在等我哥。"

女孩奇怪:"进去等不好吗,小孩子一个人出来很不安全的。"

明明她也只是个小学生,却总是喜欢装作大人的模样。

"我不要。"他固执地扭过头去。

"真拿你们这些低年级的小学生没办法。"女孩叹了口气,索性也坐在了另一个石墩子上,"那我陪你等着好了,老师们说了,最近有很多人贩子专门挑你们这种小男孩拐呢。"

他根本不在意什么人贩子,一心一意地只等着那个身影出现。

也不知等了多久,体育馆内表演的节目已经过了大半,日头渐渐偏西,一辆白色的轿车从对面的那条街行驶而来。

红灯亮起,隔着一条马路,一个年轻的男人打开车窗,朝着对面使劲挥手呐喊。

"珂珂!哥哥来啦!"

他立马从石墩子上站了起来,连蹦带跳地往街对面跑过去,兴奋地喊着:"哥!"

哥哥果然没有忘记约定。

他这样想着,恨不得马上奔过去。

那个小女孩却敏捷地抓住了他的手臂,不耐烦地提醒他:"喂,现在是红灯,你不能过去。"

他回过头看着女孩,对她的多管闲事有些烦恼,但他又无法挣脱对方,只能懊恼地站在路边等待。

长达一分钟的红灯还没来得及熄灭,刺耳的刹车声却在耳畔咆哮着响起。

谌珂在下一秒醒了过来。

头痛欲裂。

谌珂第一次知道宿醉原来是这样的感觉,他甚至不记得自己是什么时候喝醉的,记忆停止在洗手间的门口,他和林枕书说了几句话。

然后……然后呢?

他揉着太阳穴睁开了眼,像往常一样看了眼他的房间。

粉白色的墙纸上印着白色的蒲公英,窗边整整齐齐地摆放着大大小小的毛绒玩偶,上午的阳光透过米白色的窗帘照了进来——等一下——这不是他的房间。

谌珂腾地坐起了身,棉被从身上滑落,他突然感受到一阵凉意,摸了摸自己身上的衣服,却突然发现不是昨天穿的那一件。

这是什么情况？

房间门突然被打开，听见动静的林枕书走了进来，她极自然地问道："你终于醒了啊，都快中午了。收拾一下出来吃午饭吧。"

"这里是……"谌珂抓紧了小被子，心中咚咚咚如打鼓一般。

"当然是我家啊。你睡的是我的房间。"她笑了。

"那……我昨晚……"

林枕书知道他要问什么，一股脑地回答："你昨天把衣服吐脏了，我没办法，只好替你洗了澡换了身衣服。不过你昨晚真的是……"

她话没说完，突然害羞地移开了目光，顿了几秒后干脆转移话题："先不说这些了，你穿好衣服出来吧。"话毕，连忙捂着脸出去了。

脸皮比城墙还厚的林枕书竟然还有害羞得说不出话的一天？

谌珂想要起身问清楚情况，刚刚动了动腿，突然一阵腰酸背痛遍及全身，酸痛的感觉十分不正常。

他苦思冥想，实在搞不懂昨天晚上到底都发生了什么事。突然一道灵光闪过脑海，如一道惊雷劈了下来。

谌珂震惊地张大了嘴。

难道是……

餐桌前，林枕书将刚刚煮的面端上了桌，听见谌珂的脚步声，催促道："快来呀，你怎么磨磨蹭蹭这么久，面都要坨了。"

谌珂严肃地坐了下来，他看着林枕书，严肃地问："我昨天，有没有做什么不好的事情？"

林枕书想了想："你是指吐了自己一身，还是指睡觉的时候特别不安分？"

谌珂惊："你怎么知道我睡觉不安分？"

"废话，我就睡在你边上啊。"她奇怪地看了对方一眼，将碗推到了他的面前,"吃面吧,怎么净问一些奇奇怪怪的事情?"

湛珂突然握住了她的手,皱紧了眉头,极认真地说:"如果有什么事情,你一定要跟我说,我不是不负责的人。"

林枕书眯眼看了看他,联系他醒来后说的那些话,似乎领悟到了什么。她内心的狐狸尾巴摇了摇,故意羞涩地问:"那,你准备怎么对我负责呀?"

湛珂沉思了一番,说:"等会儿我就带你去见我父母,我们……"

"不不不!"林枕书赶紧摆手,"我见你父母干吗啊,这这这……这种见面我最讨厌了。不见,不见!"

她转身要走,湛珂却从后面抱住她的腰,他诚恳地说:"我知道你不安,其实我也很慌张。不管我父母怎么说,我承诺你的都不会改变。"

林枕书被逼无奈,只好说实话:"我错了,我不该逗你玩的。其实咱俩什么也没发生,你的衣服是章之远给你换的。只不过昨天你吐在了出租车上,我们被司机赶了下来,只好带着你徒步走回来,所以你睡得有点死。其他真的什么都没有。"

湛珂却不相信她的这番说辞,他认为林枕书只是为了逃避他的父母而掩盖事实。

"你不愿见我父母也没关系。但我还是要跟他们说明情况。"

林枕书举手投降:"我真的只是开玩笑,你不能这么强迫我变身已婚妇女。"

"可是……"

他还想坚持些什么,大门却毫无征兆地发出一阵声响,一个中年女人推门而入。

"枕书,你在家吗?"

玄关门口,女人一面脱掉高跟鞋,一面往里看去,一眼瞧见了餐

桌前搂搂抱抱的年轻男女，惊讶地噤了声。

女人保养得很好，看上去不超过四十岁，长卷发披肩，黑色长裙外套着驼色大衣，露出没有一丝赘肉的小腿。她化着淡妆，气质很好，像是某个阔太太或是艺术家。

林枕书当下从谌珂的怀里挣脱开来，慌乱中唤了一声："妈，你怎么回来了？"

谌珂听闻，也立马站了起来，礼貌地欠了欠身子，算是打招呼。

"你不是有巡演，要在建陵多待几天吗？"见到母亲，林枕书的表情并不是很开心，一句问话更像是抱怨。

她的母亲刘琦，是省内知名的舞蹈艺术家，每年总有一半的时间在巡演，一半的时间在排练。

刘琦没有走过去，而是在对面的沙发上坐了下来，她慈爱地说："你难得回家一趟，我就算有天大的事情也要推掉啊。"

林枕书皱着眉，并不领情。

"你身边这位……不介绍一下吗？"刘琦和蔼地微笑着，却始终抓住了重点。

谌珂主动上前一步，自我介绍道："我是枕书的男朋友，谌珂。"

"耳东陈的陈？"

"不。是言字旁加一个甚至的甚。"

刘琦愣了一下，目光朝下似乎在回忆什么，半晌后才喃喃地说了一句："在襄津，这个姓氏的人……不多吧？"

谌珂不明白这句话是什么意思，只老实地说："应该不多吧。我似乎没有遇到过和我同姓的人。"

林枕书似乎感到十分不自在，没等他们俩聊上几句，她不由分说地就下逐客令："谌珂，你刚回来，不是还挺忙的吗？"

"啊？"他侧头看见对方拼命地使眼色，迟钝地体会，"啊，对。

那我……我先走了。"

他一步三回头地走到玄关,林枕书将他的大衣扔给他,赶鸭子似的把他轰了出去。

"嘭!"

大门被猛地关上,门外的谌珂摸了摸自己差点被夹到的鼻子,茫然了好一会儿,才渐渐走开。

而大门内,硝烟才刚开始弥漫。

"你跟那个谌珂,发展到哪一步了?"

没了外人,刘琦和蔼的面容到底是挂不住了,语气瞬间冷了下来,严肃地盯着不听话的女儿。

林枕书故意撒谎,一副毫不在意的模样:"你不都看到了。睡过了呗。"

刘琦果真被她的话气得暴怒,名牌包包砸在了茶几上,她质问道:"你一个女孩子就不知道要爱惜自己吗?你连他是什么人都不清楚!"

"我认识他四五年了。我不清楚你清楚?"林枕书莫名其妙地看着她,"你特意回来就是为了给我的男朋友挑刺儿?"

刘琦叹了口气,终于说出了重点:"明天你傅叔叔回国,我想带你去见一见他。"

"不去。"林枕书将筷子摔在了桌上,冷冷地说,"你想要再婚,不必通知我。"

这个反应,和刘琦预料的一模一样。

林枕书十二岁那年,父亲就因交通事故而去世了。家里的顶梁柱轰然倒塌,留给刘琦的就只有瘫痪在床的大女儿和不谙世事的小女儿,她的艺术生涯曾因此而一度中断。

刘琦不仅是全省最好的舞蹈家,在全国也是顶尖的水平,她无法

接受为了家庭,为了一个残破的家庭而放弃的自己的职业生涯。林丹青去世时正值她的海外巡演刚刚开始,她无法抽身从大洋彼岸赶回来,任凭小女儿在电话里哭诉,也毅然决然地完成了最后一场演出。

而从那之后,她不仅失去了丈夫,也彻底失去了两个女儿。

刘琦一大早就乘车回襄津,一路颠簸使她浑身乏力。没有力气再同女儿争辩什么,她只是说:"我就住在附近的酒店,你有事就给我打电话。如果你想通了,可以随时来和你傅叔叔见一面。"

她早已不住在这个家里,即便回来了,也不如住酒店来得安心。

"我走了。"

刘琦重新拎好包包,穿上高跟鞋,头也不回地走出了家门。

天气又寒冷了几分,从北面吹来的风瑟瑟而过,无孔不入地渗入人的四肢百骸。刘琦不禁裹紧了大衣,加快了步伐。

原来冬天是真的来了。

Chapter 12
翡翠玉坠

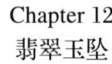

只要握紧双手就能心安，
无妨濡沫比生死更难

襄津的冬日湿冷异常，没有太阳的天气里如有无数根银针钻入人的毛孔，防不胜防。林枕书刚下了出租车，车内的温暖乍然抽身，她不禁裹紧了灰色的围巾。

结完账后，司机立马关紧车门，逃也似的离开了这个地方，只留下一阵难闻的尾气。也不怪他觉得怪异，这个时节来墓园扫墓的人本就不多，更何况还是孤身一人的年轻姑娘。

自从上大学后，林枕书很少回襄津，也有好长一段时间没来看望姐姐了。

林丹青，就葬在这片墓园。冰冷坚硬的大理石墓碑，封印着她永恒的二十四岁。

林枕书捧着鲜花找到姐姐的墓碑时，有一个人早已经立在那里许久。

沈淼穿着黑色皮衣，手里一枝鲜红的玫瑰花，背影单薄又坚韧，像是一位从远方赶来的骑士。

和林枕书不同，她连林丹青的葬礼都没资格出席，每次来祭拜，都要躲着林丹青的家人。

"什么时候回来的？"林枕书问。

"半个月前就回来了。"

"最近在干吗？"

"在思考。"

林枕书疑惑地望着她："思考什么？"

沈淼耸耸肩："思考我有什么事情需要我去思考。"顿了一声，又说，"有个人不围着我问东问西了，我竟然会觉得冷清。"

"那你想把那个人找回来吗？"林枕书想起骆铭，却不明说。

"我不知道。"她的短发被吹得凌乱，"所以想来问问你姐姐。"

"问她干吗，你应该问你自己。"

沈淼微微侧身，却问："那你为什么又来这里呢？"

林枕书一时无言。

"我记得，你高中的志向是成为一名医生。"她将碎发别在耳后，又问，"那你为什么最后又选择了法语系呢？"

当年的林丹青正是法语系的研究生，母校也是渝城大学。

他们这群人兜兜转转都在同一个地方相遇，并不仅仅是巧合。

林枕书垂下头，蹲下身将香槟玫瑰仔细地摆放在墓碑前，墓碑上的黑白照片，林丹青的笑容仍旧那么明媚。

她也歪头笑了起来："但是姐姐是不可替代的，我们谁也没成功。"

天边的雾霭渐渐消散，冬日暖阳照在墓前的玫瑰花上，人工栽培的鲜嫩的花瓣绽放着刹那而耀阳的光辉，连风尘也为它柔和。

沈淼将红玫瑰插进花束中，在明丽的黄色中如一抹血一般赤红，不知是谁脖间一点朱砂痣。

她什么也没说，好似全部的话语已在漫长的沉默中倾诉给了另一个世界的人聆听，她从口袋里抽出墨镜戴上，遮住逐渐放晴的天光和泛红的双眼。

转身离开，皮靴踩在地上，嗒嗒作响。

沈淼走后，林枕书又往前走了一圈，来到了父亲的墓碑前。

她席地而坐，从口袋里拿出一罐啤酒，当着黑白相片的面打开易

拉罐，泡沫咕噜噜从罐口喷了出来，啤酒的香气顿时弥漫开来。

"爸，敬你一杯。"她喝了一口，将剩余的酒倒在了旁边灌木的根部，顿了一下，思考道，"这树不会被我浇死吧……算了，不管了。"

小时候，亲戚们总说，林家两个女儿，大女儿像妈妈，美丽端庄；小女儿像爸爸，机灵活泼。林枕书那时候总不服气，也想要成为最美丽的那一个，直到越长越大，她果真继承了父亲的乐观天性，父亲却没机会亲眼看见了。

父亲也常调侃她："究竟是哪家的臭小子这么没福气，把你这么个讨厌鬼娶回家呀？他要是敢退货，我就揍死他。"

可他没能兑现承诺。

"爸，我现在有男朋友了。"林枕书朝着父亲的相片微笑，"你还得接着保佑我发大财哟。"

即便父亲在天上，大概也会气急败坏地说一声："死丫头！"

走出墓园时，气温有所回升，阳光普照。

林枕书将空的易拉罐扔进垃圾箱，懒洋洋地伸了个懒腰。听见身后依稀有脚步声，她下意识地侧过头看去，却吓得她脚下趔趄，差点栽进垃圾箱里。

谌珂赶忙上前扶住她，将林枕书从垃圾箱的边缘拉了回来。

他奇怪："你翻垃圾箱干吗？"

林枕书拍了拍自己的大衣："我没翻。"

"那你刚才差点栽进去？"

"我……"她不知如何解释，后退一步选择人身攻击，"对，我去垃圾箱里翻一翻你是不是把脑子掉进去了。"

谌珂严肃地说："大脑是中枢神经中最大和最复杂的结构，是不可能在垃圾桶里的。"

她叹了口气,转移话题:"那什么,你为什么会在这里?"

"我来看看我哥哥。"这似乎是他第一次提到自己还有个哥哥。

"你哥哥……"她思考了一下,问,"是陵园的主管?"

"我哥哥早就去世了。"谌珂被她逗乐了,反倒不觉得悲伤,"我陪我妈来祭拜他。"

林枕书的眼皮跳了一下:"你……妈?"

下一秒,一个女人的声音在不远处响起:"珂珂啊,我洗完手了,我们走……吧?"

穿着白色大衣的中年女人走了过来,却蓦地发现儿子身边多了一个人,目光都被林枕书给吸引了去。

"儿子啊,这个漂亮小姑娘是……"她问道。

林枕书听到"漂亮小姑娘"这五个字很是开心,主动地打招呼:"阿姨好!我是林枕书,是谌珂的……学姐!"

谌珂妈妈狐疑地看向儿子,问:"是你学姐?"

不顾林枕书拼命地朝自己使眼色,谌珂故意不配合她的演出,一把揽过对方的肩膀,说:"不——她是我女朋友。"

上了车之后,对于方才谌珂的言行,林枕书仍旧耿耿于怀,怀疑他是不是反射弧太长,大学了才开始进入叛逆期。

而谌珂的妈妈郑海女士显然比她还激动,将开车的任务交给了夏天刚刚拿到驾照的谌珂,坐在后座拉着林枕书的手亲切地与她交谈。

郑海满脸慈祥地说:"你就是林枕书呀,珂珂高中的时候就经常提到你的名字呢!"

林枕书问:"他都提到我什么了?"

"他说班上有个漂亮小姑娘,成绩很好但是脾气很大,经常上课吃东西。每次逃课都得靠他帮忙。"

她想也不想就立马否认,说得特真诚:"阿姨你肯定记错了,我高中三年都是三好学生从来不逃课。"

"年轻人嘛!阿姨懂的呀!"郑海毫不在意,笑眯眯地说,"珂珂还说过有个姑娘强行亲了他一口,那应该是你吧?"

"刺啦——"

开着车的谌珂脚下打滑,差点撞上路边的花圃,连忙踩下刹车,轮胎和水泥地摩擦,发出刺耳的声响。

谌珂生怕自己亲妈把他老底都给揭了,制止道:"妈,别说了。"

郑海理都不理:"开你的车!我讲我的关你什么事呀!"

林枕书捂着嘴幸灾乐祸地偷笑,她主动问:"谌珂小时候干过什么蠢事吗?阿姨,讲给我听听吧。"

郑海不顾亲儿子阻拦,彻底敞开了话匣子。

"有一次啊,他好像是替你投什么票,花了一个晚上把你投到了第一名,结果发现第一名的奖励是什么男明星的签名照,他就突然不开心了,又花了一个晚上把别的人给投到第一。"

林枕书回忆了几秒,想起了这件事,又气又好笑:"我还奇怪呢,怎么突然别人的票数这么高?原来是你故意不想让我赢流浪玫瑰的签名照!"

谌珂尴尬地咳嗽了两声,打开音响,放起了音乐。

郑海笑着笑着,又似乎想到什么,突然叹了口气,说:"不过,珂珂从前问过我一句话,我现在还记得。"

"什么?"

"他问我,为什么所有说喜欢他的人,最后都会离他而去。"

两年前,林枕书不告而别,他在她的家门口等了三天三夜,却等不到任何回应。

他淋着大雨回到家里时,几乎连站起来的力气都没有了。

他问:"妈,为什么他们都说是喜欢我的,可是最后,还是都离开了我?哥哥是这样,她也是这样。"

郑海实在太过热情,由不得林枕书拒绝,直接命令谌珂将她载回了家里,忙前忙后,亲自准备了一桌子的饭菜。

林枕书认识谌珂这么多年,这还是第一次来他的家里。

谌珂的家境比她预料中的还要好,不仅住在市中心的高档别墅区,家里还有专门的司机和几个保姆阿姨。林枕书刚进门,两只活泼的柴狗就朝她扑了过来,不停地嗅着这个陌生人的气息,围着她转圈圈,很是可爱。

看到这样的家庭环境后,她总算知道,为什么谌珂受病痛折磨这么多年,却仍旧比常人还要坚强和纯粹。

郑海是投资餐饮业的,自己的手艺也很好,亲自煎牛排、煮奶油蘑菇汤,还备上了昨天刚做的甜点,饭菜口味与谌珂的爱好都基本一致。

郑海虽然是快五十岁的人了,但是心态年轻又热情开朗,林枕书和她相处起来一点都不费劲,一顿饭吃得其乐融融,叫她完全没有注意到这个家里哪里不对劲。

"先生,您回来了。"

晚上七点,当他们开始享用饭后甜点时,家里的阿姨开门迎接,林枕书终于意识到——她自始至终都没有看见谌珂的父亲。

听见谌珂父亲回来的声音,谌珂和郑海都同时放下了餐具,郑海收起了笑容,站了起来。

林枕书嘴里塞满了香甜的冰激凌蛋糕,一脸茫然地坐在椅子上,顺着他们的目光,看见了一身笔挺西装的谌珂的父亲,谌崖。

谌崖看起来比郑海要年老十岁,虽然头发染成了乌黑,但是脸上

沟壑纵横，松弛的皮肤藏不住岁月的苍老。从走进家门开始，他便是一副极严肃的表情，初次见到他的林枕书不禁在心中生出畏惧感来。

郑海迎了上去，替他接过公文包，问："不是说今天要开会，很晚才回来吗？"

"会议临时取消。"谌崖说得极简洁，他很快便注意到了家里多出的一个陌生人，看了一眼林枕书，问，"有客人？"

"那是珂珂的……"郑海犹豫地朝他们看过去。

"是我的女朋友。"谌珂站了起来，直视着父亲凛冽的目光。

谌崖沉默了几秒，打量着这个呆呆地握着勺子的小姑娘。片刻后丢下一句话，径直走向了书房。

"你跟我过来。"

林枕书是很机敏的人，谌崖一踏入家门，整个家里的气氛都改变了，她不可能没意识到这一点。顾不上剩下的半块蛋糕，她陪着忧心忡忡的郑海坐在了沙发上。

"完了，完了。"郑海紧紧捂着胸口，"我不行了，快把我包里的药拿给我。"

林枕书慌忙将一个红色的小包包拿了过来，翻了半天掏出了一个白色的小药瓶，问："是这个吗？"

郑海连连点头，打开药瓶，哗啦啦倒出七八颗小药丸，一股脑地吞了进去。

"这是什么药啊……可以一次吃这么多吗？"她心中担忧。

"你说这个？"郑海摇了摇药瓶，"草莓口味的软糖，你要吃吗？"

郑海将装满了糖果的小药瓶重新放回了包里，心满意足地说："呀，果然紧张的时候吃点糖果就立马平静了呢！"

林枕书：这家人怎么奇奇怪怪的？

"不过。"她还是忐忑地问,"是不是我突然造访惹得叔叔不高兴了,为什么气氛这么凝重?"

"我家这个老头子呀,就是从来不笑的呀。有点事儿就要找人去书房谈话。"郑海波澜不惊地说,"上一次去书房还是当年珂珂要去美国治病的时候。上上一次……是他哥要离家出走的时候。"

林枕书忍不住问:"谌珂有一个哥哥?我从来没有听他说过。"

郑海叹了口气,解释道:"还不是老头子不准提。珂珂原本有个哥哥,长他八岁,刚拿到驾照没多久,就出了事故……哎,都是我这个当妈的管不好儿子啊。"

想到在墓园的相遇,林枕书噤了声,不敢再问这一段伤心的往事。

过了十分钟,书房的大门仍旧紧锁,郑海有些不耐烦了,开始嗑起了瓜子。一旁的林枕书却不能这么淡定,她不停地踱来踱去,生怕会出什么事。

郑海见她心中焦急,便提议道:"与其在外面等着,不如去听听他们说了什么。"

林枕书疑惑:"怎么听?"

郑海耸肩:"偷听咯。"

许久没来过父亲的书房,仍旧是那副老样子。

摆满了书籍的书架,前几年重金拍下的水墨山水画,和一尘不染的红木书桌。唯一的改变是挂在墙上的字画,从之前的"宁静致远"变成了"知足常乐"。

谌崖端坐在书桌前,沉默了很长时间,只是注视着自己的儿子。

他已经很久没有好好地看过谌珂了。当年谌珂主动要求去美国治病,郑海咨询过沈淼后知道,短期治愈精神疾病会给病人带来极大的痛苦,她大吵大闹了很久不准儿子去。但是谌崖却同意了。

这一次,他又在谌珂的眼睛里看见了当年的那股韧劲——无论如何,哪怕是刀山火海也非去不可的那股劲儿。

那才是他的儿子。

"说说吧。"谌崖终于开了口,"你对那个姑娘是怎么打算的?"

谌珂和他哥哥不同,不是会随便带女孩子回家的人。谌崖清楚这一点。

"她是我喜欢的人。"谌珂毫不犹豫地开口。

他挺直了腰杆,器宇轩昂,目光如同一把利剑,在夜幕里闪着冷冽的光芒。他似乎毫无畏惧,无所谓前方是暮霭沉沉还是薄暮冥冥。

"你不后悔?"谌崖冷冷地问,"哪怕离开了药物的控制,哪怕有一天这病会复发,你也敢这样说吗?"

他的儿子,没有一个是懦夫,无论对抗的是束缚还是病痛,想要以一个男人的身份去选择自己要走的路,就不能轻易认输。

"无论病情好坏,无论生命会走向何方,我都坚定这个选择。"

"即使你会和病痛纠缠一辈子?"

"即使我会和病痛纠缠一辈子。"

"即使有一天你可能连自己都不爱了。"

"即使有一天我连自己都不爱了,我也不会忘记她。"

"你敢肯定吗?"

谌珂直视着父亲的眼睛:"我敢肯定。林枕书是我唯一想要共同生活的人,我愿意赌上我的余生。"

谌崖凝视着他,很久很久,才再次开口。

"既然你这么说,那我同意你的选择。不过,你必须答应我一件事。"

书房的大门外,郑海用备用钥匙将门打开了一道缝隙,林枕书将耳朵贴在门上,将全部的注意力都集中在了听觉上。

别墅内很安静,即使这父子俩说话的声音不大,但也能大概听个明白。

大概因为自己的父亲很早就离开了,林枕书对于父爱这种情感反而更加敏感,她能够感受得到,即使谌崖不苟言笑,自始至终都沉着脸,但是他仍是爱着谌珂的。

父亲都希望自己的儿子能够真正长大。

郑海也在一旁瞧瞧听着,一边听一边在线点评。

"哇,这算是告白吗?"

"哇,珂珂这话说得太帅气了吧!"

"啊?他们刚刚说了啥?"

谌崖的最后一句话,不知为何声音变轻,门口的两个人都没有听清楚。

"嘎吱!"

还没等郑海和林枕书回过神来,谌珂已经走到了门口,一把拉开了大门。

他看着这两个猫着腰的女士,问:"你们……在干吗?"

郑海先回过神来,努力挽回自己的尊严,笑嘻嘻地问:"我看你们谈了这么久,想来问一问你们要不要喝饮料来着呢。"

林枕书忙不迭点头,附和道:"对对对!我们是来送饮料的,不是来偷听的。"

谌珂笑了:"我没说你偷听。"

"我先走了。"林枕书扭头就要逃跑。

"等一下。"谌珂拉住她的手腕,问,"你不想知道爸爸最后说了一句什么吗?"

她疯狂摇头:"不想!我不好奇!我不关心!"

湛珂握住她的手,手臂一发力,轻易地便将手足无措的林枕书拉入了怀里。她半个身子都被禁锢住,红着脸挣扎着要走,湛珂却凑近她的耳朵,轻声地重复了一遍父亲的话,他呼出的热气像一根柔软羽毛,他的声音如同在糖浆里浸泡过。

"我爸说……"

湛崖说:"答应我,你永远都不会输给病魔,永远健康地陪伴在你爱的人身边。"

——"我要永远健康地陪伴在你的身边。"

林枕书临走时,手里被塞上了满满的食物。

郑海恨不得把整个厨房都送给未来儿媳妇,但凡看见点能吃的,都让阿姨给她打包起来带走。

"这盒芒果千层带回去,今天早上刚做的,趁新鲜着赶紧吃哈。

"这个这个,红枣阿胶,每天吃一点,对女孩很好的呀!

"你平常喝不喝茶呀?朋友前两天刚给我送的龙井茶,你拿回去给家里人喝喝也很好的呀。

"等等别忙走!这个VIP卡拿着!以后去我们家馆子吃饭都不要钱!"

林枕书看着后备厢里满满当当的东西,又无奈又感激。郑海对她真情实意的关爱和照顾她都能感受得到,而这种关爱,自从姐姐走了之后,她很久没有这样直接地体会到了。

湛珂挠了挠头,不好意思地说:"别见怪啊,我妈就是太热情了。"

她笑了笑:"我高兴还来不及呢,这么多好东西,我得吃多少天啊。"

他将对方的手揣进自己的口袋里,说:"以后还会有更多。"

"嗯?你这是在暗示我什么吗?"林枕书踮起脚,身高差大幅度缩短,几乎与他鼻尖顶着鼻尖。

谌珂伸手扣住她的脖子，喉结上下浮动："我……"

"珂珂呀！"

郑海突然从家里跑了出来，很不凑巧地撞上了这对小情侣正在亲密，吓得连忙捂住了自己的脸。

林枕书尴尬地从他怀里跳了出来，缩在他的背后。

谌珂咳嗽了两声，问："妈，怎么了？"

"哎呀，没什么事情，我就是想嘱咐你晚上开车小心一点嘛……老头子你站在这儿干吗，跟我回去。"郑海说完，笑呵呵地拉着谌崖要往回走。

此刻转过身，谌珂才发现，自己的父亲一直站在家门口凝视着他们，或许是因为夜晚光线暗淡，那张严肃的面孔竟也变得柔和了起来。

谌崖没有理会妻子的阻拦，他往前走了两步，来到这对小两口的身边。

林枕书谨慎地鞠了个躬："叔叔好。"

谌珂似乎还担心自己的父亲会对女友心存芥蒂，不知道他要说些什么，本能地就迎了过去："爸，有什么事情我们以后……"

"好孩子。"他爸爸看都没看他一眼，越过自己的儿子，径直走到林枕书的面前，他将一个红色的小方盒交到了她的手里，"这个，你拿好了。"

"这是……"

林枕书打开盒子，意外地看见了一个精致的玉坠，玉石色泽醇厚，晶莹剔透，正面的中央刻着一个"珂"字。

谌崖说："这是谌珂从出生起就一直戴着的玉坠，出国时摘了下来，一直保存在家里。现在，我把它交给你保管。"

林枕书受宠若惊："叔叔，这个给我的话，是不是太……"

"收着吧。"谌珂看向她，点了点头。

"我这儿子也不是个让人省心的人,既然他选择你,那我也相信你。"谌崖低下头,发顶泛着淡淡的白色,那是遮不住的岁月的痕迹,"往后,谌珂就拜托你照顾了。"

郑海站在不远处,不知何时早已红了眼眶。

她这个老头子呀,怎么这么会煽情呀。

林枕书郑重地将玉坠收下,她看向谌崖那双渐渐混浊的眼睛,坚定地点了点头。

他,也是我绝不后悔的选择。

Chapter 13
傲慢偏见

我不想去触碰你伤口的疤,
我只想掀起你的头发

"不好意思！我来晚了！"

饭店顶层，林枕书在靠窗的位置上找到了刘琦的身影，不熟练地踩着高跟鞋走了过去，恭恭敬敬地给两位长辈打了声招呼。

为了今天的午餐，她特地去了趟美容院，穿上了新买的深蓝色长裙。她平日里咋咋呼呼不爱捯饬，但仔细打扮起来，倒也有自己母亲年轻时的几分风采，很是光彩照人。

刘琦远远地看见了小女儿一脸笑容地朝自己走来，恍惚间想起了自己的大女儿。她们长得可真像。

她咳嗽了一声，收回思绪，说："我以为你今天不来了。"

林枕书笑了笑："哪能啊，难得见傅叔叔一次，我这不是光顾着打扮，耽误了时间嘛。对不住，对不住。"

饭桌上的第三个人，她口中的傅叔叔，是本省知名的企业家，在建陵的大剧院和刘琦认识的。他虽然经商，但是气质儒雅，精瘦而健康，戴着一副银边眼镜，灰色西装，给人的印象极好。

"不过晚了一时半刻，也不是什么要紧的事。"傅叔叔给她倒酒，"女孩子正是最好的时候，应该多打扮打扮。"

"谢谢你，傅叔叔。我敬您一杯。"林枕书举起高脚杯，一饮而尽。

她还想再倒酒，刘琦却将酒瓶拿到了一边。她的表情也不再那么严肃，女儿能够出现她已经很欣慰了。

"不说那么多了，我们吃饭吧。"刘琦微微弯起嘴角。

刘琦和傅叔叔认识也有两三年了,想趁着还没老,赶紧安定下来。这顿饭,算是一个正式的介绍,男方那边早已经沟通好了,只要林枕书不反对,他们尽早就登记了。

她这些年只顾着打拼事业,跟女儿的交流少得可怜,原以为按着林枕书的脾气,是绝对不会接受老傅的,没想到今天女儿却很给面子,有说有笑的样子,似乎对老傅很是满意。

饭吃到一半时,林枕书突然想起了什么,从挎包里取出一盒茶叶,送到了傅叔叔的面前。

她说:"我也不知道傅叔叔喜欢什么,正好前两天别人刚给我送了一盒龙井茶,我也不懂茶,只是听说还算不错,便借花献佛,送给傅叔叔尝尝。"

刘琦没想到她竟然还会送礼物,瞧了瞧茶叶的外包装,正是她上个月想买却售空的名品,当即发问:"这么贵重的茶叶,谁送给你的?"

林枕书说得含糊:"就是比较熟的朋友的亲戚送的而已。"

"哪个朋友?什么亲戚?"她追根究底。

林枕书沉思了片刻,琢磨着有些事情反正是要说的,干脆把实话告诉了她:"是谌珂的妈妈送我的。"

刘琦蹙起了眉头:"他妈妈为什么要送你东西?这可不是随随便便就会送出去的礼物。"

"我说了你别生气。"林枕书有些心虚,"前两天正好凑巧,他妈妈邀请我去他们家吃了顿饭……"

不招呼一声就去见了男方家长,刘琦果然愠怒,斥责道:"这么大的事你现在才说?吃了饭收了礼,你是不是等到要结婚了再通知我?"

"没这么严重,真的是凑巧了。"林枕书倍感无奈,她就知道她妈对这事十分敏感。

"这茶叶你拿走。"刘琦不客气地还给了她,"真要送礼,也得

名正言顺地登门拜访。"

"我送都送了，你这是干吗啊？"

"拿别人的东西来送，算什么诚心？"

"算了，我不跟你吵，我走还不行吗？"林枕书不耐烦了，"啪"地放下了刀叉，拎起包就走，"傅叔叔再见，礼物下次再给您补上新的。"

傅叔叔想劝说她留下来，刘琦却拦住了他，冷哼一声："别拦着。让她走。真是翅膀硬了。"

这里毕竟是公共场合，由不得他们大吵大闹，刘琦和林枕书都知道再接着往下说，她们必然要吵上一顿，还不如趁火山爆发之前就散开来，免得伤及无辜。

林枕书踩着高跟鞋走得嗒嗒作响，走到电梯口时却脚下一滑，险些摔个跟头。

刘琦远远望着她固执的模样，深深地叹了口气。

傅叔叔拍了拍刘琦的肩膀，默默地安慰这个失败的母亲。过了几分钟，平静下来后，他不知又想起了什么，忽然问了一句："方才，你女儿说的那个谌珂，这两个字怎么写？"

"谌是言字旁加一个甚至的甚，珂似乎是王字旁的珂。"刘琦疑惑地问，"怎么了？"

傅叔叔沉思了片刻，谨慎地开口道："我想起来，我有一个在襄津的老同学，他们家的小儿子，就是叫这个名。姓谌的人不多，或许你女儿认识的谌珂，就是那家的儿子。"

刘琦从恼怒中打起精神，追问道："你对他们家了解多少？"

"我不知说这个合不合适，但是……"傅叔叔欲言又止，"据我所知，他们家大儿子早在八九年前就出车祸离开了，偏偏这个小儿子从小就生病，这么多年了一直治不好，而且……"

刘琦心中忐忑："而且什么？"

傅叔叔指了指自己的太阳穴，隐晦地说："听说，他是这里有问题啊。"

刘琦去了一趟医院。

襄津只是个三线小城市，医院的管理没那么严谨，刘琦在当地有些人脉，又托了些关系，调出了湛珂的病历记录。

档案室的白大褂千叮咛万嘱咐："这湛家在襄津也算是个人物，调病历这事儿，您可千万别往外说。"

刘琦点点头："这些我都懂，你放心。"

"这湛珂也真够倒霉的。"白大褂感叹道，"从小就有点呆呆的，后来又碰上他哥出车祸，直接给吓傻了。啧啧啧。"

"什么车祸？"刘琦皱眉。

"就当年那个连环车祸啊，大概……有八九年了？"白大褂说，"你应该听说过吧，当时死了不少人呢。"

刘琦当然听说过。

她的丈夫就死于这场车祸。

九年前，襄津市市区内发生重大连环车祸，一辆载满货物的大卡车因司机疲劳驾驶而突然失控，在市体育馆前的十字路口撞上两辆小汽车，周边近七辆车遭受轻微撞击和剐蹭，卡车司机当场身亡。这场交通事故一共造成三人死亡，一人重伤，十多人不同程度轻伤。

三名死者中除去卡车司机，另外两人分别是林枕书的父亲和湛珂的哥哥。

刘琦至今都记得那日市人民医院急诊区的样子。

不断被送进来的伤员，飞速移动的病床，心脏监视器发出的嘀嘀声，还有孩子歇斯底里的哭喊。

孩子？

白大褂仍在说着:"听说啊,这家本来还有个大儿子,都十八岁了,特叛逆,天天开着跑车到处乱跑。他车祸那天就是想去看他弟弟的文艺会演,结果没想到在路口出了意外,撞得头破血流的,全被他弟弟看见了。"

刘琦想起来了。那个被遗忘在急诊区,趴在哥哥的病床前痛苦地尖叫和哭喊着的孩子……

原来,就是谌珂。

她记得,那天刚刚踏入医院的大门,一群护士围上来让她签字做手术。她甚至都还没明白发生了什么,连笔都握不住,歪歪扭扭地写下了自己的名字,下一秒病床上的女儿就被送进了手术室。

而她的丈夫呢?

医生们摘下口罩,抱歉地说,我们尽力了。跟俗套电视剧里的桥段一模一样。

她只以为自己还在做梦。一时间什么都听不见了,脑袋发昏发胀,她胸口一阵绞痛,扶着墙缓缓蹲在了地上。

有护士走到她面前,问她,您是林枕书的家长吗,您的女儿在事故中受了轻微的伤,现在在儿科休息,您要不要去看一看她?

她想要去,却又走不开,不断有这样那样的病危通知书要她签字,一会儿说大出血一会儿说可能会瘫痪,她守在手术室门外,连悲伤都来不及,茫然地麻木地坐在那里。

还有几个护士在吵嚷,这是谁家的小孩啊,他的家长呢?他到底怎么回事啊?眼神都呆了,吓傻了吗?

可那些声音传进耳朵里时,都变成了混乱的杂音和刺耳的噪声,刘琦什么也听不见。

直到那个孩子的尖叫声将她唤醒。

谌珂看见了他的哥哥,一个小时前还鲜活的脸庞,如今早已变成了一具冰冷的尸体，再也不能给他买糖吃，再也不能同他讲话了。哥哥脸上的鲜血还没擦干就已经凝结成了黑色的血痂，残破的露出骨血的伤口触目惊心。

十岁的谌珂知道，那就是死亡的意义。

医生看见了病床旁的这个孩子，立马喊了起来："这个孩子怎么在这里，护士赶紧把他带走！"

可他全都看见了，那浓稠得像沼泽一样的血液和失去灵魂的躯壳，像幽暗的种子，深深地种在了心房之上，堵塞住动脉的流通，混浊了他纯澈的瞳孔。

匆匆赶来的护士想要拉着谌珂离开，石像般伫立的他在被触碰时发出了第一声凄厉的尖叫。

此后，绵延不绝。

刘琦还记得，谌珂的尖叫如同惊雷一般，似乎是从心脏发出的撕裂的声响。几个护士一起上阵想要控制住他，他却如同疯了一般拼命地挣扎呼喊，死也不肯离开那具僵硬的尸体。

急诊区霎时乱作一团，没人能解释这个孩子哪里来的这么大的力气，任何人都没法靠近他，只能眼睁睁地看着他撕心裂肺地哭喊。

最后，孩子眼眸中的光亮一点点地暗淡了下去，直到最终彻底熄灭。

他昏倒在了地上。

"谌家来人了没有？赶紧把他带走！"

几个护士手忙脚乱地将谌珂打横抱起来，眉头紧皱、眼神恐惧，好像他们是在清除惹人厌烦的垃圾一样。

即使是今日的刘琦，想到当年他病症发作的模样，也依旧感到后怕。

林枕书这顿午饭实在吃得难受，赔了那么久的笑脸，最后还是跟

自己的亲妈不欢而散。

回到家里后她越想越生气,从冰箱里取出昨天郑海送的芒果千层,一边大口吃着甜食,一边给陶薇打电话诉苦。

半分钟之后,陶薇那边终于接通了电话。听说情况后,她安慰姐妹:"哎,别生气了,那毕竟是你妈,大家尽量沟通沟通。"

林枕书愤愤不平:"可是我还是好生气啊!"

陶薇:"那可不,不就一盒茶叶嘛,你妈也不至于就……"

"那家的意面特别好吃!"林枕书打断她的苦口婆心,"我饿了一中午呢!早知道就应该赖在那里吃完了面再走!"

陶薇无语:"闹了半天你就在气这个?"

"不然呢?"林枕书塞了满嘴的甜点,说得含含糊糊,"我跟我妈一见面就吵,我早就习惯了。"

电话那头沉默了几分钟,林枕书以为对方已经掉线时,陶薇的声音才又响了起来,她说:"你猜猜我今天中午遇见谁了?"她的声音有点激动。

林枕书想也不想就回答:"欠你们家一百万的那个浑蛋?"

"别提了那个浑蛋还没还钱呢,要是让老娘遇上了他我一定……"话题突然跑偏,陶薇拍了拍自己脑袋,"等会儿,我不是要跟你说这个——我遇见齐城了。"

念到"齐城"这两个字时,她的声音蓦地就小了下去,连念一声这个人的名字,都让她赶到害羞。

"脐橙?"林枕书听岔了,"脐橙有什么稀罕的啊,我天天回家都能看见。"

陶薇愣了:"你为什么天天能看见他?"

"我家门口有个水果超市啊。七块钱一斤,也不贵。"

陶薇破口大骂:"我说的不是水果脐橙,是齐城啊!我们高中的学生会主席齐城！"

林枕书挠了挠头："哦，你说他啊。他高中欠你钱了吗，你看见他这么激动？"

陶薇立马挂断了电话。

大概真的是因为饿得不轻，林枕书连反射弧都慢了好几拍，等到吃完一整盘的芒果千层后，她才后知后觉地回忆起来，齐城到底是什么人。

陶薇这个大小姐家庭富裕，长得好看、能力又强，念书的时候成绩也很好，几乎没什么缺点，从小饱受同性和异性的嫉妒。如果非要挑毛病，那就是至今，她都没谈过一次恋爱。

自幼自信心爆棚的陶薇，在面对齐城时却永远自卑得抬不起头来。她喜欢他，喜欢了很久很久，却从没说出口。

朋友的暗恋故事固然有值得唏嘘的地方，但是还没等林枕书为陶薇表示同情，她自己的麻烦却又来了。

大门口传来钥匙插进门锁的声音，下一秒，刘琦猛地推开门，鞋也不换，气势汹汹地冲了进来。

刘琦一向是一个优雅的人，即便是吵架也要尽量保持淑女的风度，忍无可忍之际才会彻底爹毛。林枕书寻思着离午饭的争吵已经过去了好几个小时，她不至于后知后觉成这样吧？

现在的刘琦十分不寻常，全身冒着一团火，看见女儿的第一句话就是："跟谌珂分手。"

林枕书愣了，她意识到这不是一句商量，而是一个命令。

"你跟这样的人在一起是不会有未来的，听妈一句劝，趁你们感情还不深，长痛不如短痛。"刘琦每一个字都说得清晰，她极力压制自己的怒火，开门见山地将她此行的目的全部表达了出来。

"理由呢？"林枕书将勺子放下，神情严肃了起来。

刘琦说:"他有很严重的精神疾病,你不会不知道吧?这样的人连自己都照顾不好,就是一颗随时会引爆的炸弹!万一他以后再发病,你该怎么办?"

"艾斯伯格症候群不是你想的这样的。"她努力比画着跟母亲解释,"而且他已经治好了,他现在就是个普通人。"

刘琦冷笑一声:"那只是好听点的名字而已。我去医院查过他的病历了,他就是自闭症罢了!自闭症治不好的!他一辈子都要吃药,不能受刺激,你根本不知道以后要面对的是什么!"

林枕书腾地站了起来,握紧了拳头,脖间的青筋都隐隐暴出。

从高中起她就知道,外界对于精神病患者有着极深的偏见。从前的谌珂,无论走到哪里都会有人指指点点,也时常有人给他取各种充满侮辱性的外号,人人都当他是另类。

"看见没,他就是三班的那个傻子。"

"他看我的眼神好奇怪啊,他想干吗啊,我好怕啊。"

"老师,我不想跟谌珂做同桌……我妈说了,不能跟这种人待在一起的。"

无论是从前,还是现在,他永远都是被人们鄙夷和嫌恶的那一个,好像他是一个会传染的病菌,任何人同他靠近了,也会沾染上同样的病症。

她从前以为大家只是对精神疾病不够了解,现在才真正明白,人们是根本不愿意去了解。

良善在自私和偏见面前,根本不值一提。

林枕书忽然想明白了什么,她大笑一声,极尽讽刺和嘲笑。

"当年,你那么讨厌姐姐,也是因为这个理由吗?"她微笑着走上前,"因为不是个健全的人,因为会拖累你,所以你就那样对待她,连她的最后一面也不愿意见。我说得对不对?"

"你!"刘琦被亲生女儿气到语塞,她万万没想到对方会突然提到林丹青,仿佛一下子被戳中了命门,顿时灭了气焰,只说,"你不要总拿你姐姐来说事,那时的事情我已经道过歉了。"

林枕书嘴角一弯,那表情却只让人觉得害怕,她的声音极冷冽:"你道歉又有什么用呢?你根本不后悔。我一个人参加姐姐的葬礼时,你在海外迎接掌声和鲜花。就算再让你选择一次,你还是会抛下我们。所以现在,你也希望我能抛下谌珂。"

刘琦愤怒地指着她,手臂发抖:"你知不知道你在说什么?我是你妈妈!我这都是为了你好!"

"你可不可以不要再说是为了我好了!"她愤怒地喊,"你要是真的为了我好,就该尊重我的选择,我不是你的傀儡。"

"你听我说。"刘琦努力地平复自己的心情,想要心平气和地说服她,"你还年轻,你以后会遇到更好的人。那个人会比谌珂还要爱你,你们会健健康康、平平安安地过一辈子。人生的路还长,你没必要非执着于一个选择。"

林枕书眼睛含泪,她笃定地摇了摇头。

"不,你搞错了。"她说,"不是所有人都会把爱的人当作选择,把舍弃当作平常。"

林枕书说:"你是我的妈妈,但是我不想成为和你一样的人。"

他们都搞错了,这些人越爬越高,就越会弄错。

人们在趋利避害的社会里待久了往往会忘记,爱一个人并不是一道可以由自己掌握的选择题,爱一个人往往是一场非其不可的因果。从她看见对方的那一刻起,无形的线就将他们拴在了一起,日复一日,时间越是往前走,他们靠得越近,直到最后再也无法将他们分离。

利弊是可以取舍的,但对他人的爱意是不可以选择的。

在眼泪流下的前一秒,林枕书转身离开,将万般呜咽都藏进了屋

外的茫茫黑夜之中,不被任何人看见。

林枕书在街上走了很久,漫无目的地走着。

她跑出门时忘记了带一件外套,只穿着居家的毛衣就冲了出来,在街头的严寒里吹了很久的冷风,冻得浑身僵硬,连吹出来的气体都是冰冷的。她缩着脖子,双手伸进毛衣的袖口里,即便是这样,也不想回家。

她不知道该去到哪里,出门时只带了一部手机,可是思来想去也不知该给谁打电话。她不是爱诉苦的人,更不喜欢把自己的负面情绪传递给别人。

不知不觉中,她越走越远,无意识中,走到了几栋灯火通明的建筑前。

林枕书抬起头仔细看着前方的大楼,很久之后才意识到,这是学校的教学楼,楼里面坐满了上晚自习的高中生。

她回到了育淮中学,她的母校。

故地重游、回首过去,往往是一件很奇妙的事情。高中的时候,林枕书只觉得待在学校里的每一分每一秒都是煎熬,她极力地渴望长大,想要走出襄津这个小城市,想要到更广阔的天地里闯荡。

可是当她真的走出去之后,她才意识到,原来在那段日子里,她收获了一生中最重要最美好的财富。

那是最好的她,和他们。

林枕书走到育淮中学的大门前,发现离开的几年,学校发生了不小的变化。大门被扩建了,还装上了明亮的路灯,晚自习下课时再也不用摸黑走路踩到前面人的鞋子。老教学楼也重新整修过了,每个教室都装上了空调,学生们再也不用在酷暑和严冬之中学习。

好像一切都在往好的一面发展。

她现在已经不是这里的学生了,而且满脸泪痕、头发也有些散乱,保安室的门卫远远地看着她,目光有些警觉。

林枕书吐了吐舌头,没有往门内走。她索性坐在了路边,抱着自己的膝盖取暖。她平静了很久,直到所有的眼泪都擦干后,才从裤兜里拿出了手机。

这期间有很多人给她发了消息,各种重要的和不重要的,而她所关心的只有一个人。

谌珂发来微信:什么时候来我家吃饭?我妈一直在念叨你。

犹豫了很久之后,林枕书直接按下了语音电话的按钮。

没几秒,谌珂那边就接通了电话。

"有事?"他只说了两个字,平平淡淡,却好像两阵暖风往她的身上吹拂。

林枕书只是沉默,一言不发。

谌珂渐渐意识到什么,问:"怎么不说话?发生什么了吗?"

她抬起头,看着眼前的朦胧灯火,不知不觉地红了眼眶。明明已经平复了心情,却因为他随口一问,莫名地又委屈了起来。

电话那头,谌珂听见了她的呜咽声。

那声音极小,小到让人误以为是电话里的杂音,他却能听到,那是她在极力隐忍着悲伤。真是奇怪。他就是能听出来。

"你在哪儿?"谌珂问,"你待在那里别动,我现在去找你。"

林枕书吸了吸鼻子:"我在学校门口。"

他顿了几秒,隔着千山万水,他们之间发生了许许多多的事情,他却还能从她的口中听到一句高中时司空见惯的话语。

"好,我去找你。"

他这句话,好似在替少年时那个不懂事的谌珂,完成对方没能完成的心愿。

林枕书没等太久。

谌珂的家离育淮高中很近,从前只是为了他上学方便,到了现在却救了寒风中的林枕书一命。

夜晚更深露重,气温几乎快掉到零下去。门卫见这个小姑娘穿得单薄还蹲在路口吹冷风,心中不忍,给她送了一杯热腾腾的茶,驱驱寒。

高中时期的林枕书总是因为没带校园卡被门卫责骂,没承想长大后反倒感受到对方是这样善良温暖的一个人,反倒有些不好意思。

"你以前是不是育淮的学生?我瞧着你有点眼熟。"门卫大叔问。

她笑呵呵地点了点头:"对啊对啊,是不是我以前老闯祸,所以你才记住我了。"

门卫也笑了:"我看还真是。你待在这儿干吗呢?"

林枕书歪着头,莞尔道:"我在等我男朋友来接我。"

"是不是吵架啦?大冷天的,在家待着多好。"

"嘿嘿,以后不会啦。"她喝完水,将茶杯还给他,"谢谢您。"

门卫朝着大街上瞧了一眼,问:"那边的那个小伙子,是不是你男朋友啊?"

林枕书顺着他的目光看过去,马路对面,谌珂从车上走了下来。过了两秒,绿灯亮起,他沿着人行道,迈着大步跑了过来。

谌珂穿着灰色的高领毛衣,外面一件加长款的白色羽绒服,他呼出的热气在寒冷的夜晚化作了白色的水雾,橙黄色的昏暗灯光照耀,像一团晚霞裹挟在他的周身。

林枕书就这样看着他一步一步地靠近自己,像一场老电影里的慢镜头,夜风缓缓地吹拂他的发丝,万家灯火都是他的背景,而他的目光里春风化雨,满心满意,只有她一个人。

谌珂就这样来到了她的面前。

什么也没问,什么也没说,他注视着眼前的姑娘,明明眼眶通红,却笑得像个无忧无虑的高中生。又或者,她从来都是那个高中生林枕书,用她的一个笑容,融化心中万丈坚冰。

谌珂敞开怀抱拥住她,用宽大的羽绒服包裹住她冻得麻木的身体。

林枕书紧紧缠绕住他的腰身,贴着他的胸膛,整个脸都埋进了他的毛衣里,很久之后,才发出一声微不可闻的呜咽。

她本不是爱哭的人,而这一刻的眼泪,也并非是因为悲伤。

世神赐予我们双手是为了拥抱爱人。她再次想起了这句话。

即使这个世界不善待她的爱人,至少有她愿意献出全部的热情。

过了很久,直到感受到林枕书慢慢平静下来了,谌珂才开口问:"为什么哭?"

她嘴硬:"我没哭。"

"那你为什么用我的毛衣擦眼泪?"

"我那是擦鼻涕呢。"说着,她还故意吸了吸鼻子。

有洁癖的谌珂哑口无言。

沉默了片刻,林枕书终于说出了原因:"我妈不喜欢你,我就跟她吵了一架。"

"就为了这个?"他不信。

她又思索了很久,说:"我希望大家都喜欢你、羡慕你,哪怕是嫉妒你。但是他们不能……不能看不起你。我不希望我或是我身边的人,会给你带来痛苦。"

她可以忍受陌生人对谌珂的有色眼镜,但是刘琦,她的妈妈,怎么能这样看待他呢?

"有你在就够了。"谌珂抚摸着她的后背,"无论其他人怎么说,只要有你相信我,都无所谓。"

"可是……"林枕书想要说什么,却被抢了话。

"你听我说。"谌珂双手放在她的肩头,看着她的眼睛,"也许你不知道,或许你不记得了。一直以来,都是你救了我——无论是生命或是精神。"

"八年前,体育馆外,你曾经将一个小男孩从快要爆炸的汽车里拉出来——那个小男孩,就是我。"

听着他所说的话,林枕书渐渐瞪大了眼睛,朦胧的伤感被某种不知名的惊奇感所替代,他的每一句话都像一铲铁锹,挖开她心中那片逐渐荒芜的记忆土壤。

她没忘记。

那场车祸对任何经历者而言都是手臂上一道深重的伤疤,即使结痂痊愈了,也一辈子都摆脱不掉那道深刻的印记。

尽管她忘记了那是在救人,因为在拉开那个小男孩之后,在那辆汽车爆炸之后,在另一辆破碎的车里,她发现了她的两个家人。时间像一把记忆的筛子,将一部分的回忆抹去,只剩下残缺的痛苦仍旧记忆犹新。

原来是他。

原来从那个时候起,他们就已经认识了对方。

——"人家那么早就喜欢我了,我还要谢谢人家呢。"

——"我……我比他早得多……"

——"有多早?"

——"很早……很早……"

那时候谌珂所说的话,原来是这个意思。

林枕书笑道:"原来迟到的不是你,竟然是我。"

"不迟。"谌珂亲吻她的额头,"刚刚好。"

Chapter 14
新年烟火

你说，要忘却所有不愉快的片段，
把美好事物纯真地走完

高热量食品总是那么可口。

林枕书在肯德基狼吞虎咽吃着汉堡喝着可乐时,不禁这样想到。

见她连外套都没穿,谌珂从隔壁的商场里随手买了件纯白色的大衣,回到餐厅时她正开始吃第二个奥尔良烤鸡腿堡,是真的饿得不轻。

他把衣服递给她:"试试看,合不合身。"

林枕书嘴里叼着食物,擦了擦手把衣服给穿上,刚刚好,合身又保暖。她惊讶地问:"你怎么知道我穿多大号的衣服?"

"目测就可以估计出来。"谌珂说得淡然,"你身高164cm,正常来讲应该穿165cm的衣服,但是这家店的尺码都偏大,这件衣服虽是160cm的码数,但是衣长103cm,应该比较适合你。"

林枕书张大了嘴听他说出几个数字,汉堡差点掉在地上,但她还是忍不住反驳:"我不是想怀疑你目测的能力,但是我身高165cm不是164cm,你不能把我说矮了。"

谌珂问:"我说的164cm是加上鞋跟后的高度。你如果不相信……隔壁有药店,去测一测?"

她仔细琢磨了一下,又抓起了鸡翅:"算了,一厘米罢了。"

他无奈地摇了摇头,随她去了。

过了片刻,谌珂看了看手表,估摸着时间差不多了,探头朝门口瞧了瞧,像是在等什么人一样。

林枕书还没来得及问出口,就看见刘琦火急火燎地从外面走来。

不是吧？

她瞪大了眼睛看向谌珂，忽然感到自己被他背叛了。

谌珂拍了拍她的肩膀，宽慰道："是我告诉阿姨的。你就这么跑出来，她肯定很担心。"

"可是我现在不想看见她。"林枕书愤怒地放下了鸡翅，忽然就没了胃口。

此时，刘琦已经看见了他们，走到了餐桌边。她看着女儿和谌珂，自己心中也有愧，双手不住地攥着挎包的肩带，咬着下嘴唇，一时也不知道该说什么。

谌珂主动打破了沉默的局面，他说："其实，我八年前，曾经听我妈说起过一件事情。"

听到"八年前"这三个字，在场的两个女士都不由得看向了他。

"那时候，我哥哥手术途中大出血，但是正巧医院用血紧张，又来不及从别处调血来。只能临时找人输血。当时有一名女士，自己的女儿也在紧张的手术中，却主动为我哥哥献血。原本说好只输200cc，但是因为根本止不住血，又连抽了300cc。尽管最后我哥还是离开了，但是我们家一直都很感谢这名女士。"

谌珂看向刘琦，起身深鞠一躬，恭敬地说："阿姨，我代表我哥哥，代表我的家人，向您说一声谢谢。"

林枕书愣住了。

她从不知道曾经发生过这样的事情。

她从前厌恶刘琦，厌恶得天经地义、理所当然，只因为刘琦是一个不负责的母亲、自私自利的女人。也只有这样，她才不会为自己对于母亲的厌恶感到羞愧。

可现在，谌珂却说，他十分感谢刘琦。

其实连刘琦都快忘记了。

那时她坐在手术室外,六月暑热难耐,她却手脚冰凉、浑身发抖。林丹青的状况很糟糕,可是身为她的母亲,刘琦却什么也帮不了。

护士冲出手术室问谁是 B 型血的时候,没有一个人回应她。那个男孩子的家属不停哭喊着,可是直系亲属不能输血,他们也只能干着急——就像现在的刘琦一样。

同病相怜最容易彼此理解,或许是因为这个,B 型血的刘琦站了出来。

都说善有善报,她不求别的,只求老天爷也能善待她的女儿。

即使到了今天,刘琦再回忆起那一幕,她也并不觉得自己是伟大的。

"我只是……做了我能做的事情。"她淡淡地说。

而林枕书看向自己母亲的眼光,却渐渐变得不一样了。

她已经不是一个小孩子了,早该明白世间从没有绝对的善与恶,她责怪母亲对待谌珂的傲慢,却不知自己也因对母亲的偏见而固执地将对方勾勒成了一个罪大恶极之人。

唯有谌珂,自始至终宽厚而冷静地对待他人。

刘琦见女儿长久不语,只当她还不愿意原谅自己,也不再报什么希望,深深地叹了口气,挪了挪脚准备离开。

"等一下!"林枕书却突然叫住了她,"我……我把吃的打包一下带回去……"

后半句话说得像蚊子哼一样,但却是个难得的握手言和的信号。

刘琦愣了片刻才反应过来,心中喜悦,反而有些不知所措,磕磕巴巴地说:"好,好。我,我等你,打包吧,多吃点。"

谌珂看着这对母女,心中总算松了口气,他也微笑道:"那我等会儿送你们回去。"

刘琦看向他:"麻烦你了。"

剩下的一句"谢谢"到了嘴边,犹豫了许久还是没说出口。

林枕书那一晚冻得不轻,一回家就发起了烧,在家躺了好几天。

而就在她被关在家里调养休息的这段时间,她的两个朋友却发生了很多的事情。

乔松约林枕书吃下午茶那天天气极好,风里都裹挟着暖意,她戴上围巾和毛线帽,裹成一个粽子出了门。

尽管知道今天是乔松请客,选的餐厅不会太差,但是翻开菜单看到价值三位数的甜点时,林枕书也不禁吓了一跳。

她合上菜单,谨慎地问:"你……中彩票了?"

乔松翻了个白眼:"你认识我这么多年,怎么还记不得?我,乔松,钱多。明白了吗?"

林枕书举手招呼服务员:"您好!这边点菜。把你们家所有的甜品各来一份!"

"钱多也不是都给你花的!"乔松立马抢过菜单,"服务员,先来两杯柠檬水。"

她凶巴巴地瞪过去,问:"你今天到底找我来干吗?约我喝不要钱的柠檬水吗?"

提起这事儿,乔松突然傻笑了起来,光顾着咯咯咯笑出鹅叫声,露出了满口的小白牙,却一句实话也不讲。

林枕书冷漠地看着这个傻子,抬脚就要走。

"我和晓冉在一起啦!"他突然抬高了音量大吼了一声,恨不得全餐厅的人都能听见这个好消息。

林枕书猛地摔回了凳子上。

"什么时候的事儿?"她一脸茫然,"放假前你俩不还尴尬得要死吗?"

"嘻嘻嘻……"他乐了,"同学会那天我俩不是没去吗?其实是我在门口把她拦下来,约她去单独吃饭了,嘿嘿嘿。"

"我警告你啊。"她做严肃状,"苏晓冉可跟你那些前女友不一样,你别把那些花花肠子用在她身上。"

乔松斜眼看她:"我关心她都来不及呢!这次我肯定不会跟她分手了!"

服务员把两杯柠檬水送了过来,林枕书摇了摇杯子,既没泼冷水也没附和他。

演唱会那天谌珂说的话,她仍记忆犹新,可仍不知该如何跟这个正在兴奋劲儿上的人说起。

她正犹豫着,乔松指着窗外,问:"外面那人……是陶薇?"

林枕书看过去,餐厅外的马路边,陶薇正从一辆黑色的宝马汽车副驾驶的位置上走下来,她冲着车内的人说了两句话又挥了挥手,汽车走远之后,她仍望着车离去的方向,发了好久的呆。

陶薇走进餐厅,不好意思地说:"抱歉啊,中午跟朋友吃饭来着,来晚了。"

林枕书和乔松两只老狐狸一人手上握着一只叉子,眯着眼,目光不善地看着她。

今天的陶薇打扮得格外少女,粉色的毛绒大衣配上白色的纱裙,露出半截修长的小腿,梳得精致的麻花辫,衬得她格外甜美动人。她疑惑地问:"你俩,干吗呢?"

林枕书伸出叉子指着她:"坦白从宽。"

乔松举起餐刀:"抗拒从严。"

"那男的是谁?"他俩异口同声地发问。

尽管刚才只有几秒钟,但他们都同时看见了那辆黑色宝马里坐着的人是一个梳着三七分的年轻男士,这无疑就是那个中午和陶薇一同吃饭的"朋友"。

陶薇咳嗽了两声:"就……高中同学嘛。"

林枕书挑眉:"哪位高中同学值得我们陶姐打扮得这么粉嫩?你竟然还特地用了粉色的眼影!绝对有事儿!"

"这个眼影就是我上次跟你推荐的那一款,质感特别好,特别服帖,再搭配南瓜色和金色亮片,真的是绝了!"陶薇突然开始美妆推荐。

林枕书凑近了瞧一瞧:"真的欸!你今天这个眼妆好好看啊!学的哪个教程啊,跟我分享一下!"

"就是我一直关注的那个美妆博主呀,你等等啊,我现在把视频发给你。"陶薇坐到了她身边,两个人开始交流眼妆心得。

直男乔松满头问号:"喂,你们是不是跑题了?"

"我在干吗?"林枕书猛地一拍自己的脑袋,这才想起来主题是什么,"先别跟我分享眼妆,告诉我那个男的到底是谁?"

陶薇左顾右盼,估摸着这事儿肯定瞒不住,低下了头扭扭捏捏地说:"是……齐城。"

乔松拍桌:"什么脐橙?我还苹果呢!"

"高中时的学生会主席齐城!"林枕书瞪他,"虽然这个名字真的很像水果。"

陶薇愤怒了:"能不能稍微尊重一下我的男神?"

两个捣蛋鬼终于安静了下来,认真听她讲述了这几天的情况。

齐城高他们一届,算是学长,陶薇是加入学生会以后认识的他。前几天学生会也举办了同学聚会,他们两个作为前几届的骨干自然都来参加了。陶薇在聚会上听说,齐城现在在一家银行做实习生,隔天立马找借口拉着她妈去那家银行办手续,果真遇见了对方。为了见齐城,她和她妈办了一大堆乱七八糟的卡和银行业务,一来二去地,倒也果真和齐城重新联络了起来。

乔松问:"所以,最近银行有什么低风险的投资项目推荐推荐吗?"

陶薇瞪他:"这是重点吗?"

他耸了耸肩,缩了回去。

林枕书用叉子戳了戳杯子里的柠檬片,问:"所以,你想追齐城?"

总算问到了点子上,但陶薇却又缩头缩脑,害怕地说:"有点吧……但是我不敢啊……"

"你表白,还有百分之五十的成功可能;不表白,就完全没可能。"乔松替她算概率,"你说该怎么选?"

"我,我不是害怕被他拒绝。"陶薇低下头,"我从来谁也不羡慕,谁也不崇拜,也不知道喜欢一个人到底是什么感觉。我怕我对他的感情,只是某种……憧憬,或者什么之类的东西。反正……我不敢确定地说我喜欢他,所以不敢表白。"

林枕书突然抬手,招呼服务员:"你好,这边要一份雪域抹茶。"

乔松皱眉:"这么关键的谈星星谈月亮谈人生哲学的时候,你点什么甜品啊?"

陶薇也疑惑地看着她。

服务员动作很快,没两分钟就端着一盘三角状的雪域抹茶送了过来,这是冰激凌蛋糕,刚刚从冷柜里拿出来,一刀切下去,软绵酥口。

林枕书说:"我喜欢抹茶,所以喜欢一切抹茶口味的东西——抹茶蛋糕、抹茶拿铁、抹茶饼干……不管做成什么种类的食物,我都喜欢。"

陶薇不明所以。

她接着说:"如果喜欢一个人,他是学生会主席也好,名牌大学的学长也好,银行的实习生也好,只要是他,你都会想要和他待在一起。如果不管怎么改变,你还能对他有那份憧憬,你又为什么不敢相信,那就是喜欢呢?"

"这就是你喜欢谌珂的理由吗?"陶薇这样问,"所以不管他是不是健康,从前还是现在,你都毫不退缩。"

人们总是在说别人的事情时冷静明理,说到自己时反倒糊涂不轻。

话题蓦地绕回了自己身上,林枕书愣了一下,意识到她从没这样分析过自己。

本想要点头,手机却振了一下,屏幕上跳出一条短信。她下意识地低头看了一眼,那是辅导员发来的消息。

她忽然就陷入了沉默。

陶薇奇怪地凑过去看了一眼,看到"法国交换生名额"几个字后,惊喜地瞪大了眼:"你申请的那个项目通过了?我就知道你一定可以的!"

乔松没明白怎么突然就转移了话题:"什么项目?"

渝大的外语学院和国外的学校一直以来都有很多的合作项目,交换生是其中之一。林枕书很早就申请了这个项目,材料也陆陆续续递上去,经过层层审核,期末时终于把名额批了下来。

但那时,林枕书却同辅导员说,她不想去了。

名单的最终确认要等到年后,林枕书作为法语系的专业第一名,突然放弃这么好的机会,辅导员自然不解,只当她家里有什么困难,热心地帮她申请了公费名额,又一次来通知她。

辅导员发的最后一条消息是:"下学期开学前确定名额,你好好把握,千万别浪费这么好的机会。"

陶薇观察到林枕书的表情,疑惑地问:"你不是早就想要去法国了吗,怎么一点都没有开心的样子?"

"去法国?"乔松脱口问道,"那谌珂怎么办?"

是啊,谌珂该怎么办?

"不知道怎么办的事情就拖到 Deadline(截止日期)再说吧。"

林枕书叹了口气，说出一句人生格言。

她没跟任何人提这件事情，包括谌珂。陶薇和乔松在她的威逼利诱之下，也都答应替她保密，让她一个人安静地做抉择。

三个人就这样各怀心思地吃了一顿平常的下午茶。

放假的日子实在过得很快。只是一眨眼的工夫，春节真的来临了。

大年三十那天，人们或返乡或待在家中，原本热闹的大街变得十分空旷，大部分的店铺都已休业，紧锁着卷帘门。襄津宛如一座空城。

今年，林枕书的春节，要比往常热闹得多。

记得去年，姐姐和沈森都不在，陶薇和乔松都在各自的家里，只有她一个人和母亲尴尬地吃了顿饭，饭后，母亲便匆匆回了酒店，只剩下她一个人在家里看无聊的春晚。

这才不是春节的意义。

今年，傅叔叔特意留在襄津陪她们母女俩过年，他们没有去饭店，而是一大早就出门买了菜，在家里亲手做饭。

刘琦是舞蹈家，十指不沾阳春水，林枕书这些年自己练习做饭，手艺反倒比她得多。唯一惊讶的是，刘叔叔竟然是个手艺很好的人，做起大菜来，口味不输给餐馆。

说好了大家一起动手做饭，结果却只有林枕书和傅叔叔两个人在厨房里忙活，刘琦在一旁忙着自拍，照片晒到朋友圈里，后辈们竞相点赞，夸她逆龄童颜，讨教保养皮肤的妙方。

林枕书一边打着蛋，一边看着老妈迎着夕阳拍照修图，无奈地摇了摇头，有时候她发自内心地觉得，她的老妈真是个娇气却又可爱的人。

傅叔叔做了糖醋排骨、松鼠桂鱼和水煮肉片，林枕书做了番茄炒蛋、醋熘土豆丝和紫菜蛋汤，刘琦则拿出了她珍藏的红酒，一人倒了一杯。

　　林枕书忙活了一下午，肚子早就咕咕叫了，她看见摆好的这一桌子菜，举起筷子就要动手，却被突然喊住。

　　"等一下！"刘琦阻止她，"先让我拍个照！"

　　林枕书操起筷子就在松鼠桂鱼的中央戳了个大窟窿，气得刘琦只好后期贴上一个贴纸遮挡，边精修边抱怨生女儿真是不省心。

　　林枕书懒得管她妈妈，吃了几口排骨，美滋滋地朝着傅叔叔竖起大拇指，对这个未来继父的好感度直线飙升。

　　刘琦为了保持身材一向吃得很少，但或许因为今天吃的是年夜饭，她看着女儿大口大口地扒饭，嘴里鼓鼓囊囊的，塞的全是肉，她忽然就食欲大开，顾不上什么碳水化合物和卡路里，难得放开来吃了一顿。

　　春节好像变成了一个万能的借口，因为是春节，多吃一点也无所谓；因为是春节，不工作也无所谓；因为是春节，放下误解和偏见，好好地待在一起聊会天，也无所谓。

　　吃完饭后，刘琦和傅叔叔一起到厨房里涮碗，他们并肩而立，一个涮碗一个擦干，有说有笑，像一对恩爱多年的老夫老妻。

　　林枕书站在不远处遥遥望着他们，虽仍旧笑着，心里却是说不出的复杂滋味。

　　其实这样也不错。有时候，她也会这样想。

　　尽管早就对春晚的节目不感兴趣了，但是林枕书仍是习惯性地把电视打开，耳朵里听着主持人熟悉的声音，眼睛却一直盯着手机，不停地切换聊天窗口跟大家线上抢红包。

　　乔松今天特大方，每一个红包都是三位数起步，还在朋友圈里晒自己和苏晓冉的聊天记录秀恩爱，那欠揍的得意劲儿隔着屏幕都能感受到。

陶薇还在找各种话题和齐城聊天，每聊一句就要问问林枕书的意见，想办法不把天聊死，最好没完没了地说下去。

林枕书给谌珂发了好几个消息讨要红包，对方只回了一个"好"字，就再也没了下文。她只当对方有事没在线，也没在意，继续跑到别的群里参与红包大战。

半个小时后，谌珂打了通电话来。

他开口的第一句话就是："我在你家楼下。"

躺在沙发上的林枕书一个鲤鱼打挺站了起来，怎么会有除夕夜跑到女朋友楼下的男朋友啊？

仔细整理了一下自己的形象后，她趁着刘琦和傅叔叔在餐厅里聊天，悄悄溜到了楼下。

夜已经深了，居民楼几乎家家灯火通明，守着即将到来的新年和最好的祝愿。附近有几个小孩在放烟火，小小的一团火光，如同遗落在人间的星光。

谌珂站在楼下，头上戴着一顶深蓝色的毛线帽，帽子顶端还有一个毛绒小球，深灰色的围巾遮住了半张脸，温暖又童真，好像一夜之间变成了那个高中时的少年。

林枕书出现时，他眼中的茫茫云层顿时散开，眸子犹如今晚的皎皎星辰。

"这么晚了，你怎么跑我家来了？"她走到谌珂的面前，仰头看着他。

"你不是想要红包吗？"谌珂从口袋里掏出一个印着生肖的大红色红包，"喏，这是我爸妈特意为你准备的。"

年轻人直接讨要红包，都是直接手机上打钱，走个过场罢了，哪有真的跑到别人家门口塞现金的啊？

林枕书觉得好笑，心底里却很是感动。她接过红包，摸了摸，好厚的一沓。

　　她惊讶："这么厚啊，不用给这么多吧。"

　　谌珂摸了摸鼻子，腼腆地说："我把我的那份，也塞在这里面了。"

　　林枕书眨巴眨巴眼睛，扑哧一声笑了出来："你把你的红包都给我了，你怎么办？我又不需要这么多钱。"

　　"我妈说，红包多福气多。所以我想把我那份福气也都给你。"

　　他不信鬼神，偏偏这一刻却固执得可爱，好像塞进去的真的是满满的幸运值。

　　他知道封建迷信要不得，可是偏偏不想管那么多，只要能祝她平安喜乐，怎么都值得。

　　好在他的傻里傻气，她都懂得。

　　林枕书郑重地将红包放进了自己的口袋里，眼眸中溢满了被爱的幸福。

　　她说："既然你给了我红包，那我也送你一个礼物吧。"

　　谌珂睁大了眼表示期待，下一秒，面前的人踮起脚，轻柔地吻了吻他的嘴角，好似沾着蜂蜜的羽毛轻柔地滑过。

　　她注视着他眼眸，柔情似水："谢谢你的红包，谢谢你赠给我的福气。"

　　她两颊绯红，睫毛像蝴蝶的翅膀般扑闪扑闪。他凝望着对方，第一次感受到，甜蜜的味道是会让人上瘾的。

　　"你上次教我的，可不是这样。"

　　谌珂揽住她的腰肢，低下头，重新吻上了她的双唇，撷取那轻柔的芬芳。

　　同一刻，不知谁家的烟火掐得准时，"咻"的一声，绚烂的烟花在空中绽放，七彩的光焰在一瞬间点亮了黑夜，轰隆的声响仿佛悸动

的心跳，光芒璀璨通通落入他们星河般的眼眸。

烟火在他们身后绽放。

像童话中的华美盛宴，像爱情故事的圆满结局，像每一个想到你就会微笑的瞬间。

新年快乐。

他们对彼此说。

刘琦站在阳台上，沉默地看着相拥而吻的一双璧人。

傅叔叔笑呵呵地说："我看这个小伙子人挺不错的，你要相信枕书的眼光。"

"我只是希望，她能够过得更安稳一些。"她叹了口气。

"安稳就意味着幸福吗？我看不一定。"傅叔叔搂住她的肩膀，"孩子已经长大了，有些选择，需要他们自己来做。"

烟火的光芒照亮刘琦的面庞，五彩纷呈的光束之中，她凝视着那对缠绵着不愿分开的男孩女孩，许久许久。

Chapter 15
春风化雨

你是巨大的海洋,
我是雨下在你身上

春节档的电影院,真的太多太多人了。

林枕书排了十分钟的队伍才买到爆米花,拿着纸筒转过去时,离开的路却被另一批顾客堵得水泄不通。她将满满当当的爆米花筒抱在怀里,像个泥鳅似的在人群的夹缝中挤出空间往外走。

好不容易快走出了密集的战区,前方突然冲过来几个初中生,看也不看就直往她的方向撞了过来,眼看着她手里的爆米花就要遭殃了,林枕书平衡了脚步正想躲开,一只大手却突然从她的手里夺过了纸筒,高高地举起,另一边的手臂托住她的肩膀,往怀里猛地一拽。

"冲鸭!"手上握着冰激凌的初中生一阵风似的从他们面前窜了过去。

林枕书被箍在谌珂的怀里,惊魂未定。她抬起头,被举在高空的爆米花完好无损,一粒都没有掉下来。

谌珂拉着她到了另一边较为空旷的地方,将刚买来的热腾腾的奶茶塞进了她的手里。

林枕书一摸这个温度就感觉到了不对劲,她奇怪:"你是不是买错了?我点的是冰激凌红茶,这怎么是热的?"

"你不能喝冷的,我给你换成了四季奶青。"谌珂说着,将爆米花搁在了一边的台子上。

"我为什么不能喝冷的?"她叉着腰,不服气地问。

谌珂提醒道:"你明天生理期。"

林枕书愣了一下,吸管都没戳进去:"这怎么知道?"

"你上次痛经,我就记住了。"他接过吸管,猛地一下利落地戳进了杯子里,淡淡地说,"生理期吃生冷的东西容易使脏血排不出去,长时间积累很容易生病。"

她吸了口奶茶,认真地问:"你在医学院其实是学妇科的吗?"

谌珂无言以对。

"开玩笑啦。走,去检票。"她喜滋滋地牵住对方的手。

春节档的影片为了配合阖家欢乐的节日氛围,大部分都是轻松好笑的喜剧片或者视觉效果突出的商业片,配合爆米花食用观感更佳。

这些年在春节假期出来看电影的人越来越多,从大年初一开始就爆满,好像大家都不用去各个亲戚家拜年了一样,影厅里男女老少都有,连角落都不剩一个空位。

林枕书提前很久就买好了票,抢先选择了中间视角的好位置。原本打算舒舒服服地看场电影娱乐娱乐,可影片刚开场,身边的小孩子或许因为无法适应突然黑暗的环境,扯开嗓子哇哇大哭起来。

小孩的哭声实在是太致命了,威力堪比核弹,他的父母却好似习惯了一样,敷衍地哄了两句,就再也不管了。

别哭了!

黑暗里,林枕书瞪着旁边的小孩子,和他无声地对峙着。小娃娃睁大了蒙眬泪眼,看了看这个凶巴巴的漂亮姐姐,喘了两口气,又嚷得更大声了。

地狱空荡荡,小屁孩在身旁。

她颓丧地捂住了自己的额头。

"嘘——"

谌珂在这时离开座位,半蹲在了小孩的座位前面。他从口袋里拿

出一根棒棒糖，微笑着递给了他。

"乖，别哭了。安静吃糖好不好？"他的声音极其温柔，如同他口袋里的棉花糖，

小孩子吸了吸鼻子，舔了舔棒棒糖，一下子尝出了甜味来，也顾不上哭了，整个儿塞进了小嘴巴里。

谌珂见他喜欢，又从口袋里抓出一把不同种类的糖果，揣进了他上衣的口袋里。小朋友美滋滋地笑了一声，眼泪很快就干了。

林枕书目瞪口呆地看着谌珂熟练地哄小孩的模样，直到他坐回了自己的位置，她还沉浸在佩服之中。

"你平时都会在口袋里放一把糖吗？"她问。

他不好意思地挠了挠头："啊，会的。我有些低血糖，平时需要补充糖分。"

"唔，是了。"她几乎快忘记了对方低血糖的毛病，她从口袋里拿出一包云片糕递给他，"珂珂，乖，姐姐给你送吃的。"

明知她在故意逗自己，谌珂却不觉得害羞，接过了云片糕，又刻意补上一句："谢谢你哦，姐姐！"

嗷呜……林枕书在心中发出号叫。

男朋友叫自己姐姐，真的完全没有抵抗力呢。

电影渐渐进入高潮，密集的笑点引得全场观众发出一阵又一阵的笑声。

林枕书笑得极其夸张，捂着肚子擦了擦眼角的眼泪，激动中还差点把剩下的半筒爆米花全给打翻了。

身旁的谌珂则显得格外淡定。不知是不是因为反射弧极长，他的笑声总是会延缓好几拍才响起，当搞笑片段已经演完时，才听见他闷闷的轻笑的声音。

当女主角出了车祸,男主角追悔莫及地在医院里抹眼泪的时候,林枕书又听见了谌珂的笑声。

她不禁奇怪地看向他,问:"这一段到底有什么好笑的?"转过头,才发现对方的目光一直是在看着自己,她又补了一句,"你不看屏幕看我干吗?"

谌珂指了指她,又指了指自己的上嘴唇。

林枕书茫然地摸了摸自己的唇上,手指立马糊了一层白色的奶霜。

奶盖沾到脸上了。

在口袋里摸了半天没找到纸巾,她干脆直接用手胡乱擦了擦脸,擦完后把手上的奶渍往谌珂的白色卫衣上抹。

洁癖患者谌珂陷入沉默。

林枕书昂着头哼了一声:"让你嘲笑我。"

他没生气,却突然说:"你还有一点没擦干净。"

她一边摸脸一边问:"哪儿啊?这儿吗?现在干净了没?你帮我……"

话没说完,一个轻柔的吻从嘴角处擦过。

林枕书呆愣愣地看着俯身靠向自己的谌珂,脑中突然炸成无数颗爆米花。

"现在干净了。"他说。

她在心中尖叫。

她林枕书竟然还有被谌珂反调戏的一天。

她捂住自己发烫的脸,傻呵呵地笑了起来。

奶盖的味道,真甜啊。

林枕书第一次觉得,两个小时的电影,时间实在是太短了。从来都是为了欣赏电影艺术而去电影院的她,终于理解为什么小情侣们总

喜欢去影院。

谌珂将林枕书送回去,在楼下时和她说了再见。

"真的不上去坐坐?"她第三次发问。

"还是算了。"谌珂摇了摇头,"我就不去打扰阿姨了。"

林枕书只好作罢:"那……再见了?"

谌珂最后抱了抱她:"回去好好休息。明天见。"

就这样依依不舍地分了别,林枕书看着对方的背影消失在黑夜里,才终于往楼上走去。

回到家里时,客厅里的灯都亮着,林枕书四处张望了一下,喊了声"妈",却什么回应也没听见,她换好拖鞋,带着心中的疑惑往里走。

这时,她的卧室房门却突然被打开,刘琦从房间里走出来,不太自然地说:"你回……回来了?"

"你去我房间干吗?"她问。

"帮你打扫一下!"刘琦目光闪躲,"你房间乱糟糟的,一个姑娘家起码要学会收拾一下自己的房间吧!"

林枕书撇了撇嘴,捂着耳朵往洗手间走去:"不听不听。"

看着女儿走进了洗手间,刘琦松了口气。

她拿出藏在身后的一沓A4纸,深深地皱起了眉头。

谌珂并不意外,刘琦会主动来找自己。

她发的消息很简单,声称有些事情要同他商量,地点定在了市中心的一家餐厅。

谌珂进入包厢时,刘琦早已经坐在那里等待,她面前放着一个文件夹,心事重重的模样,不停地喝着面前的茶。

"你来了。"看见谌珂时,刘琦勉强挤出了一个礼貌的笑容,"要喝点什么吗,这顿算我的。"

"一杯热牛奶就好。"他没看菜单。

服务员很快端来了一杯冒着热气的甜牛奶,又为刘琦的洛神花茶添了热水。服务员一离开,包厢的氛围很快就冷了下来,两个人皆是沉默。

"其实。"刘琦终于开口,"你和枕书的感情很好,我这段时间也渐渐想通了,我应该相信我女儿的选择。"

她这是真心话,只是还有后半句的转折。

"但是……"她欲言又止。

谌珂捧着杯子,心中做好了接受一切可能性的准备。

刘琦将文件夹打开,抽出一份复印的资料,推到了他的面前。资料的封面上一行大字——渝城大学 2019 年法国交换生申报表。

谌珂快速地翻阅了一下。如题目所示,这是一份关于法国交换生的申请报名表,里面是有关林枕书的基本资料和大学履历以及老师的推荐信。这份申报表的内容填写得非常完整,但最后一页,学生签名一栏却是空着的。

他做好了接受一切可能性的准备,但这却在他的准备之外。

刘琦深吸一口气,干脆直说了:"看到这个,你应该差不多明白了。我今天找你,也不是想强迫你什么,我只是想拜托你。"

谌珂缓缓闭上了眼睛。

"对于一个法语系的学生来说,能去法国做交换生是一个非常好的学习机会,你应该都懂。枕书是个很要强的人,大一大二的成绩都非常好,我知道她肯定不想错过这次交换生的名额。但是,"她顿了一下,"她现在犹豫了。为你了。"

"我知道。"谌珂紧握着杯子,用力到指节泛白。

"我能理解你们。你们感情这么好,肯定不想两地分离。但是有些时候,人必须要做出取舍。"说到这里,刘琦苦笑了一下,"枕书

她觉得我不是个称职的母亲，总是为了自己舍弃家庭。可是作为一个母亲，我宁可她也自私一点，多为了她自己着想着想。"

林枕书做不出这个选择，那她自愿来做这个恶人。

"距离会改变很多事，但是不会改变一切。如果你们真的有心，我相信你们能够克服一切。"

谌珂垂着头，看着桌子的边角，瞳孔失焦。过了很久，他重新抬起头来，嘴角的弧度一如往昔。

他说："阿姨，我明白了。"

几天后，建陵市机场。

沈淼的车刚刚在机场外停下来，林枕书就迫不及待地撞开车门奔了出去，尽管连东南西北都分不清，就一头冲进了人群里。

在托运处附近，林枕书找到了谌珂。

他今天穿了一身黑色，戴着口罩、塞着耳机，刘海下的一双眼睛透露着疲惫。耳机里轰炸的音乐声，将他隔绝在了另一个世界里。

办好手续，谌珂回过身，看见了一路奔跑而来，气喘吁吁的林枕书。

他呆了好一会儿，真的以为自己看错了，直到对方怒气冲冲地跑到了自己面前，他才确认那的确是他的女朋友。

"好巧。"谌珂尴尬地开口。

"你为什么不告诉我？"林枕书叱问，"你要去美国，为什么不告诉我？"

"我……"他正犹豫着不知该怎么开口，却见沈淼不慌不忙地从远处走来，他心中叹气，知道肯定是沈淼说漏了嘴。他只好坦诚，"我是想回来再告诉你，省得你担心。"

没有一项治疗是一劳永逸的，谌珂和金斯伯格博士约好了，明天去美国复诊。

林枕书气得跺脚:"可你起码要通知我一声吧?我还以为你出了什么事情呢。"

说来也奇怪,这两天谌珂不知道发生了什么事,总是联系不上他。偶尔电话打通了,对方也总是没什么精神的模样,不知为何极度疲倦,她不敢打扰他休息,只空了一天没有给他发消息,他竟然就悄悄溜到了建陵坐国际航班。

可是谌珂并不是一个不懂事的人,她心里清楚这一点。只不过这几日辅导员也追问得紧,她也心事重重,没有顾得上对方的变化。

"我……我只是想知道,一个人待在国外是什么样的体会。"谌珂摩挲着衣角,缓缓开口,"完完全全地,一个人。"

"什么?"林枕书有些蒙。

他往前走了两步,拉了住她的手:"我想知道,如果你去了法国,会是什么样的。"

她张了张嘴,哑了半晌:"你……你知道了?"

沈淼茫然地问:"什么法国?"

谌珂点了点头,笑道:"我本来在想,如果一个人在国外待得很难受,那我一定拦着不让你去。但如果……如果对你而言是更好的体验,那我一定要支持你。"

"你不用这样,我可以不……"

"不。"谌珂真挚地看着她,"你不要为了我而取舍。你应该为了你自己。"

沈淼隐隐听懂了什么,连呼吸都放轻了。

"我不是为了你才出国治疗,不是为了你才变成现在的谌珂——我是为了我自己。"他的内心通透明亮,"你也应该为了自己,而去选择去或不去,坚持还是放弃。"

人首先要懂得爱自己,才能更好地爱别人。

当年被病痛桎梏的少年谌珂，因为久久不敢踏出那一步，所以错过了很多很多。他从不认为自己的选择是种英勇的献祭。那只是迟钝的觉醒。

"其实这次复诊也拖了很久了。"谌珂故作轻松地笑了笑，"我一直害怕再次面对，这次终于下定了决心。"

"如果这是你的选择话……"林枕书哽咽着开口，"那……你一路顺风。"

谌珂拥抱住她，张开的双臂像一双有力的翅膀，紧紧地包裹着他的小小归巢，春风夏雨，都拥入怀中。

"我会平安回来的。"

他的承诺像一句誓言。

大学生的假期比高中生要长得多。

离返校的日期还有一个多星期时，育淮中学举办了新学期的开学典礼。

开学典礼那天，因有不少学生家长进出，育淮中学会在当天对外开放。而每年的这个时候，已经毕业了的学生们即使没被邀请，也会主动回到母校聚一聚。

林枕书和陶薇为了捯饬妆容浪费了不少时间，到了学校大门外时，开学典礼演讲已经开始了，隐约还能听见从操场上传来的校长讲话的声音。

迟到的远不止她们两个，不少年轻人仍陆陆续续地往学校内走着，瞧着他们也都是大学生的模样，彼此对视一眼，似乎在说："哦？你也回来了？"

远远地，林枕书看见了在教学楼下的乔松和苏晓冉。

苏晓冉在玩着手机，乔松从她的身后揽住她，下巴搭在她的肩膀上看着她玩,一个一米六一个一米八,身高差竟还有些萌萌哒。

陶薇走过去,仔细打量着乔松,喃喃道:"总觉得今天的他有哪里不对。"

"是不是更帅气了?"乔松自恋地摆了个姿势,手却没从苏晓冉身上离开过。

"你……"陶薇绕着他们转了一圈,突然福至心灵,"你没穿限量版球鞋!"

乔松咳嗽了两声:"球鞋乃身外之物,我不需要靠鞋来衬托我的帅气。"

陶薇眯眼:"最新的联名限量款将在今天中午十二点限量发售哦。"

"什么联名?"他立马来了精神,没振奋三秒,却又突然蔫了下去,"算了,不买了。"

嗜鞋如命的人有一天突然对抢鞋没了兴趣,这其中肯定发生了很多故事。

苏晓冉轻声地替他解释:"其实……他的卡都被停了。"

林枕书和陶薇同时瞪大眼睛。

乔松双手叉腰,昂首挺胸,说得极有骨气:"我过年跟家里坦白了我跟晓冉的事情,我妈操起鸡毛掸子就要把红包抢回来。但是!这都没关系!我想过了,早晚是要面对这一天的,提前让他们适应适应!"

林枕书竖起大拇指:"有骨气!"

陶薇抱拳:"是条汉子!"

"所以……"乔松问,"你们愿意借我点钱吗?"

林枕书掏了掏耳朵:"薇薇啊,我记得小卖部是在这附近对不对啊?"

陶薇连连点头:"对对对,我们去买瓶水吧,我好渴。"

两个人你一言我一语,完全忽视了乔松的话,拔腿就跑。

乔松冲着她们的背影破口大骂:"小卖部隔着一个操场呢!你们还是不是朋友!"

苏晓冉偷笑:"没事没事,我养你。"

"呜呜呜,还是我们晓冉最好了。"他又紧紧抱了上去。

林枕书和陶薇去小卖部买了根冰棍,坐在操场旁的大树下,一边吃着零食,一边围观今年的开学典礼。

每年的开学典礼上,校长都会请往届的优秀学生来给全校同学做演讲,基本上都是各届的大佬级人物。今年请到的人会是谁,她们也很期待。

陶薇拆开一包薯片,教导主任的话通过音响传到了她的耳中:"下面,让我欢迎2016届优秀学生代表齐城同学,为我们带来精彩的演讲!"

她手一抖,半袋薯片撒在了地上。

齐城在北京大学攻读商科,据说在大学里也是商学院的学生会主席,仍旧如高中时一样优秀和出彩。曾经,陶薇也把考上北大设立为自己的奋斗目标,就算真的考不上,也誓死去北京。然而,就在她填报志愿的前两天,她在朋友圈里看见了齐城和女友的合照。

三个月后,齐城分手。林枕书曾问她,没有去北京,你有没有后悔过。

陶薇没有回答。

观礼台上,齐城身穿黑色正装,头发仍是一丝不苟的三七分,他手握麦克风,声音清朗干净,字正腔圆,出众的气质好似某个颁奖典礼上的主持人,台下的学生们根本不关心他说了些什么,只顾着凝视他本人。

高一开学时，站在操场上的陶薇，就是这样仰视着观礼台上的高二学长发言，从此再也没从这仰视中走出来。

林枕书将剩余的半袋薯片收好，问："要不要试一试？"

"什么？"陶薇有些发蒙。

"你不是下周就要提前回渝城了吗？在这之前，你要不要试一试？"林枕书问，"要是真的被齐城拒绝了，大不了撒腿就跑，没人会笑话你。"

她仍犹豫不决："我……"

林枕书叹了口气："算了，重要的是你开心。别勉强自己。"

台上的齐城听不见她们的对话，也不会留意到密密麻麻的人群中，有陶薇这一个渺小的存在。他不用看稿子，流利而自信地向学弟学妹们说着开学寄语。

"高二开学时，我第一次当着全校的面做讲话。我当时非常紧张，生怕被别人听出我的声音在发抖。那个时候，我觉得高中生活很漫长，作业和考试永远无穷无尽。可是当高考最后一门考试结束时，我茫然地看着考场，第一次意识到，我的高中生活，原来就这样结束了。"

林枕书摇了摇头："你有啥可茫然的，高考状元能不能给底层群众留点面子？"

齐城说："也许很多人都对你们说过，要珍惜高中的时光，可是正在当下的你们是听不进去了。所有人在经历此时此刻时，都是这样。只有当一切都过去之后，你才会突然发现，原来不知不觉中，有无数条线缠绕在了一起。你的朋友、老师、学业、爱好，或者，是你的爱情。"

学生们在听见最后两个字时都会心一笑，发出一阵欢乐的笑声。

"但不管是什么，过去没能完成的愿望，未来一定要好好实现。但什么时候才算是未来呢？"

"此时此刻，就是你们的未来。"

齐城说完最后一个字,朝着众人深深地鞠了一躬。

台下的学生有没有听懂这些话陶薇不知道,但是,她听懂了。

这个人无论什么时候,总能把话说到自己心坎上。她想。

难得有机会和优秀学长做交流,教导主任特地准备了现场提问的环节,想让齐城激励一下高三的学生,争取今年多考出几个"清北"。

但万万没想到,第一个举手提问的女孩子,接过话筒说的第一句话是:"学长现在有女朋友吗?喜欢哪种类型的女孩子?"

现场顿时一片哗然,后排的男生们吹着口哨开始起哄。

教导主任抢回话筒,但是刚才的话早已经被全校听见了。但齐城显然淡定得多,他微笑着回答:"我现在没有女朋友。如果要说喜欢的女生的话……"他仔细思考了一下,"大概是,活泼开朗,脸上有酒窝的。"

林枕书看了陶薇一眼:"你不就有酒窝吗?"

陶薇心里咯噔一声,目光看向远方,突然没头没脑地问:"你说,谌珂当着全校跟你表白的时候,是不是心里特爽啊?"

"嗯?"

没等林枕书反应过来对方是什么意思,陶薇已经站起来了,拍了拍裙子上的褶皱,迈着大步往操场前方走去。

因为学妹的大胆提问,现场早已乱成一团。教导主任不停地冲着麦克风大吼"肃静,肃静",却根本控制不了大家激动的情绪。他正愤怒着,手上的话筒突然被一股没来由的力量给夺了去,他纳闷地侧过头,看见一个没穿校服的女生站在一旁。

教导主任来不及质问她,那女生已先一步开口:"齐城学长,我也有一个问题要问。"

看见台下的人是陶薇,齐城颇为惊讶,但仍是说:"请讲。"

陶薇深吸一口气,像是赌上了这一辈子的勇气一般,几乎是在呐喊:"我喜欢你!我可以做你女朋友吗?"

全场三千名学生同时惊呼。

林枕书手一抖,剩下的半袋薯片也撒在了地上。

齐城足足愣了十秒。

这哪里是告白?这分明是宣誓。看见自己时连害羞都藏不住的小姑娘骤然间披坚执锐,眉宇间的凌厉如同示威一般,问他一句你敢不敢。

过了很久,在全场看热闹的高中生的起哄下,齐城勾起嘴角,回答了四个字——

"荣幸之至。"

林枕书远远望着他们,笑着笑着就湿了眼眶。

正如齐城所说的,此时此刻,就是我们的未来。有时候,她常常会这样想,我们的人生就像一个循环往复的圆形,周而复始,从此处走向彼处,不断地面对过去的自己,最后又回到了原点。

半年前,谌珂在开学典礼上念出她的名字时,或许也不曾预料过,他的勇气与爱意,会如一抹星火般燎烧整片原野,她和他们,都在为了更好地爱与被爱而努力着。

她立在那里,出神了许久,恍惚间,似乎听到有人在呼喊自己的名字。

"枕书。"

她回过头,是谌珂站在那里。

他从大洋彼岸赶来,平安而健康地完成了复诊,金斯伯格博士很是愉悦,以为自己修复了一件完美的艺术品。但只有谌珂自己明白,他只是成了更完整的自己。

初春的早晨暖意浓浓,他站在风里,呼吸着蓬松的泥土和新鲜的

嫩芽的气息。

有那么一瞬间，林枕书恍惚看到了高中时的谌珂。

——"你之前说过的，无论发生什么，你都会在我身边。"

——"我……我喜欢你。"

——"我想要见到你，但更想堂堂正正地站在你面前，告诉你，我全都明白了——你的心意，和我的真心。"

一幕又一幕，回忆如电影般在脑海中回放。岁月的长河不息地流淌，晓风残月是他，细浪拍岸也是他。青春与成长的脉络里，他们从未分离。

隔着千山万水，她的少年一如往昔，踏着朝日的春风，朝着她缓缓走来。

当记忆的面容与现实重叠，谌珂的声音从未改变，他说："抱歉，我迟到了。"

"不算晚。"林枕书回首凝望着他，莞尔，"刚刚好。"

Chapter 16
塞纳河畔

Her and the snow and
the Seine, smiling through it.

（她和雪，还有塞纳河，
微笑着穿过它。）

巴黎是一席流动的盛宴。

经历了长达十二个小时的长途飞行,飞机终于抵达法国。林枕书走出戴高乐机场时,脑海里一片空白。她凝望着这座陌生的城市,唯一能想起的只有海明威的这句名言。

来不及倒时差,来到法国的第一天,林枕书跟随着交换生团队跑了一天,一大堆的手续要办,晚上回到宿舍又忙着整理行李和床铺,直到深夜才暂时歇了下来。

中国和法国有六个小时的时差,现在是法国时间晚上十一点,估摸着国内不过凌晨五点,谌珂应该还在睡觉。林枕书在聊天框里打了一堆字,又默默地删掉了。

然而,或许是因为微信会显示"对方正在输入中……"的提示,凌晨醒来后就再也睡不着的谌珂正巧也在看着聊天窗口发呆,正巧捕捉到了远方人的小动作。

他很快发来消息:"没睡?"

本来已经打起哈欠的林枕书忽然一个激灵,回复道:"还没。"

谌珂询问对方在法国的状况,她没有提及那些小摩擦和小问题,挑了白天遇到的逸闻趣事讲给对方听。她向来是一个话多的人,一旦打开了话匣子就停不下来,滔滔不绝地讲了很久。

好在,谌珂一直是一个优秀的聆听者,他听着对方饱含热情的声音,似乎只要闭上眼,林枕书就会出现在自己的身旁。

"巴黎是什么样的？"他问。

"巴黎啊，就像是……"她沉吟了许久，搜肠刮肚了半天也找不出一个合适的形容词或比喻句，最后，她只好套用那句名言，"是流动的盛宴。"

每个城市都是不同的。襄津是小桥流水的朴素之美，渝城是山高水长的壮阔之美，而巴黎则是盛宴般的精致与华美。

谌珂沉默了好一会儿，才不确定地说："这是……夸赞的话吧？"

"噗……"林枕书忍不住笑出声，她怎么忘记了，对方是个高考作文刚达及格线的超级偏科男，听不懂含蓄文艺的话。

她解释："这是海明威对巴黎的形容。"

"海明威？"他问，"那个诗人吗？"

"那是海子……"

林枕书叹了口气，不打算跟他科普文学常识。她抱着手机走到阳台上，点击视频聊天，将镜头对准了屋外的璀璨灯火。

"你看！这就是巴黎的夜晚。"

她的宿舍视野极好，从阳台往外看，没有太多高楼阻挡，远远地还能看见亮着橙黄色光束的埃菲尔铁塔高高耸立在战神广场。

"看到埃菲尔铁塔没有？"她问，"时间不凑巧，如果等到整点的话，它还会闪光呢！"

"巴黎很美。"因为像素原因，手机屏幕里的谌珂面容模糊，但他的声音却很是清晰，"但我只想看你。"

他说，巴黎很美，但我只想看你。

酸甜的滋味在林枕书的心口膨胀开来，仿佛许多粉色的气球啪啪啪地炸开，色彩斑斓的泡沫从中涌出。

林枕书切换镜头，将手机对准自己。

"我也很想你。"她说。

　　谌珂早上还要去观摩一场胸外科手术,他们没有聊太久就挂掉了电话。

　　室友洗完澡从浴室里走出来,正瞧见林枕书抱着手机依依不舍的模样,她瞬间就懂了,问:"在跟男朋友打电话?"

　　林枕书难得腼腆了起来,害羞又甜蜜地点了点头。

　　室友感叹一声:"真好呀。"

　　她是比林枕书大一届的同专业学姐,因为同样是法语系拔尖的学生,从前和林枕书有过一些接触,但是并不太熟悉。这次分到同一间宿舍,也算是缘分。

　　看着这个陷入甜蜜的学妹,学姐不由得就想到了自己,倾述道:"本来我也有个男朋友的。但是他不能接受异国恋,我也不想放弃这么难得的机会,结果就分手了。"她问,"你男朋友支持你来做交换生吗?"

　　林枕书点了点头。

　　"真好啊。"学姐真诚地艳羡,"我一定要在法国来一场轰轰烈烈的艳遇,忘掉那个浑蛋。"

　　"你一定能的!"她热情地捧场。

　　第二天就要准备去上课了,两个人简单地聊了几句,很快就熄了灯。

　　躺在陌生的房间、陌生的床上,林枕书翻来覆去,难以入眠。

　　过了很久,学姐的那句话仍旧萦绕在她的脑海。她想了又想,从床头柜上拿起手机,给谌珂发了一行文字消息。

　　"你知道吗?有时候,我真的觉得自己特别幸运,刚巧就遇见了你。"

　　很快,他回复道:"只是有时候?"

　　这个家伙不知道什么时候学坏了,也会开起玩笑来。林枕书笑了笑，关掉手机，回到被子里，没多久就沉入了梦乡。

在国外上学真的没有看上去那么舒服。

林枕书自诩专业知识扎实，但是以她的法语能力，在日常生活中还算过得去，在课堂上面对一大堆专业术语和习惯用语时，则常常如同置身火星，每一个词都听见了，但就是不知道对方在讲什么。

几乎每一次上课她都会用手机录音，回宿舍后反反复复地听，直到把没听清的部分都搞懂了为止。几个月里，法语水平得到了极大提升。

尽管在巴黎的生活极其忙碌，但是她从不错过国内发生的任何事情。从谌珂和陶薇那里，她听说了很多朋友的动向。

沈淼留在了渝大任职，骆铭通过了研究生考试。尽管沈淼最终还是没有成为他的师父，但是骆铭的导师与她相识，因而进入了同一个课题组，研究国内艾斯伯格症候群的新状况。尽管沈淼不承认，但是他们之间的相处似乎很是愉快。

齐城在一家公司开始了实习，因为表现突出而被任命为一个项目的主要负责人，被派到了渝城，一待就是几个月。陶薇真是好福气，早早地结束了异地恋。

乔松还在跟家里人抗争，生活费被削减，他没钱买机票，宁愿坐十几个小时的绿皮火车也要去渝城和苏晓冉过周末。乔母到底还是个心疼儿子的人，时间久了也就睁一只眼闭一只眼，随他去了。

谌珂在医学上极有天赋，又是个踏实肯吃苦的学生，博得不少教授的青睐。他已下定决心要成为一名优秀的胸外科医生，与这个方向的老师们时有交谈。空闲时间不是在医院里做志愿者就是在司家姐妹的咖啡馆看书。哦对了，听说司悦新交了一个男朋友，也是渝大的学生。

妈妈刘琦和傅叔叔在夏天的时候终于领证登记了，只简单地请了

亲戚朋友，没有大办宴席。她决定在今年年底谢幕，最近忙着排练最后一场巡回演出。而傅叔叔已经在计划明年的出国旅行了，他们准备来欧洲玩一趟，顺便看看女儿。

林枕书翻白眼："果然看我只是顺路的啊。"

当然也不都是好消息，陶薇和乔松也会因为情侣间的小摩擦大半夜打电话来诉苦，谌珂每每计划来巴黎，总会因为这样那样的事情而耽搁。从前在渝城时不觉得大半个中国有多远，如今来了法国却真的意识这十二个小时的航行、六个小时的时差并不如想象中那么易容。

每次和谌珂打完电话时，林枕书都会说一句"Tu me manques"，一开始谌珂以为那是再见的意思，偶然有一天看法国电影时听见，发现那是法语的"我想你"。

Tu me manques，我好想你。

这山水迢迢，她连思念都不敢轻易诉说。

林枕书在暑假回了襄津一趟，和谌珂短暂相聚了几周后便又回了法国。

她作为交换生的生活很是忙碌，除繁重的作业之外，她还接了很多翻译的活儿，但凡有了假期便会跟朋友们一起跑到欧洲各国游玩，简直乐不思蜀。

她后来看见过很多不同的风景，美好的、壮观的，她将自己拍的照片发给谌珂看，滔滔不绝地介绍了各景点的特色和历史，却也往往会忍不住说一句："要是你也在该多好。"

都说法国是个适合恋爱的浪漫国度，林枕书却日夜被思念包裹。

她怎么会不想念。

十月初的时候，为了纪念十月十日的世界精神卫生日，欧洲每年都会举办一场很大规模的全球性精神疾病研讨会，今年的举办地定在了巴黎。林枕书做私人翻译时积累了一些经验和人脉，被推荐到这场大型会议，为中国的医学专家们做随行翻译。

听到"中国"和"医学"这两个字时，林枕书想到的第一个人就是谌珂。同寝室的学姐却泼冷水："这可是国际性的研讨会，你那个大二的小男友怎么可能来得了？"

林枕书不服气地辩驳："可是他已经修完了三年的学分！"

学姐耸肩："那又怎样？"

她不死心地给谌珂发消息，对方却很遗憾地说，他的确没有收到这次会议的邀请，这周还有一场很重要的考试，他真的来不了。

事实也证明，长达一周的研讨会，林枕书绕着会场转了整整六天，即使偶遇某位 Mr.Chen，却不是她要找的人。

最后一天，林枕书彻底放弃了希望，干脆陪同中国的代表们翘掉了早上的会议，去游览了巴黎大大小小的风景名胜。

下午只有一场压轴的学术研讨会和闭幕仪式，不能缺席，他们只好乖乖地回了会场。

七天的学术研讨会，每天都有不同的国家代表做发言报告，中国的代表专家们在第二天发表了最新研究成果后，就基本卸下了负担，到了最后一天时，已经开始咨询林枕书巴黎有什么美食。

今年的世界精神卫生日的主题是"不断变化的世界中的年轻人和精神卫生"。

在最后一场研讨会正式开始之前，主持人上台做了一番讲话。

"欧盟有超过六分之一的人口患有精神健康问题，其中约一半人口的精神问题自年轻时特别是青春期开始。故意自我伤害仍是年轻人死亡的最常见外因之一。根据调查报告显示，全球平均每40秒就有一人死于自杀。精神发育障碍疾病已成为严重而又耗资巨大的全球性卫生问题。从1992年第一届世界精神卫生日到今天，我们从未止步，

为了提高公众对精神发育障碍疾病的认识、分享科学有效的疾病知识、消除公众的偏见而不断做出努力。

"下面,有请来自美国的大卫·金斯伯格博士为我们带来发言。"

主持人每讲一句话,林枕书就向身边的中国专家们同声翻译。

这次能够出现在台上讲话的专家,在医学界都极负盛名。而这个美国教授一上台,较年轻的一些专家就忍不住窃窃私语起来。

通过身旁的中国专家们介绍,林枕书了解到这位教授在业界取得过很多突破性的成果,特别是这两年在研究艾斯伯格症候群方面,用极短的时间治愈了一名男病人,并且没有留下任何后遗症。这给了坚持长期保守治疗的专家们很大的冲击。

"真的有可能短期治愈并且没有后遗症吗?"中国的女教授怀疑,"这又不是做手术,一刀下去就完事儿了。"

另一位男教授摇了摇头:"谁知道呢?不过以目前的医疗水平来看,风险性还是很大的。"

美国教授的发言是全英文的,国内专家的英语水平本就不错,外加一名英文翻译,法语翻译林枕书暂时能歇歇嘴了。

她坐在台下,耳朵里灌满了英文单词和专业用语,直叫她昏昏欲睡。

不知不觉地打了个盹,林枕书只以为才过了几分钟,谁知再次醒来时,对方的讲话早就结束了,正在进行现场提问的环节。

台下的听众中有各国精神疾病领域的专家,还有各大媒体的记者。外国人说话直接,问题专挑犀利的讲。

林枕书醒来时,正是一个法国的女记者在问:"大卫博士您好,您刚才说到为了突破治疗瓶颈期曾经采取过一些比较极端的物理疗法,请问具体是指什么?有消息称您曾对病人使用电疗,是真的吗?"

此话一出,全场唏嘘。

电疗对患者的身体伤害极大，一旦失误很有可能导致更糟糕的情况发生。正规的医疗机构明令禁止使用这种极端的手段。

然而台上的大卫博士却不为所动，回答得极为坦荡："我所说的物理疗法有很多种，因为过程较为复杂而没有详说。当然，我的确使用过电疗。但是只要能治好病，电疗又有什么不对呢？"

中国的女教授听了大为光火："这还是一个医生应该说的话吗？"

男教授也叹了口气："这个患者也真是可怜，为了治病得遭多大的罪啊？听说还是个中国人呢。"

"中国人？"

"对啊，我美国的朋友正好参与过这个项目。"他掏出手机，指着屏幕，"你看，就是这个人，湛珂。"

女教授翻白眼："你认不认识字啊？那不读湛，读谌。谌珂。"

旁听的林枕书登时清醒了。

竟然……是他？

2018年的世界精神卫生研讨会圆满落幕，在巴黎的最后一夜，财大气粗的主办方准备了一场晚宴。

市内一家著名酒店餐厅被包下，全自助的酒水和食物不限量供应。会议结束后，各位医学界的专家们都显得格外放松，捧着酒杯四处攀谈，交流最新的研究项目。

白天记者提问的风波并没有真的过去，大卫博士，也可以称为金斯伯格博士，他的身旁围着一圈人，七嘴八舌地操着各国语言提问。有一个澳洲的年轻医生大约是喝多了有些上头，拨开人群冲到前列，大声辱骂他是医学界的败类。

"你根本不是为了救患者！你只是为了满足你的欲望！"被保安拉走时，那个年轻医生说了这样一句话。

林枕书站在人群的外围,冷眼看着中心的那个人。

金斯伯格博士没有半点生气,他气定神闲的模样反叫人瞧了害怕。他微笑着说:"我理解这位先生的好心。但是我的患者的要求就是治好病,我只是按照他的愿望来完成。患者本人都没有半分埋怨,我不认为别人就有指责我的资格。"

周围的人议论不休,不少与他价值观相同的专家纷纷为他说话。

林枕书补了补口红,努力地挤出一个得体的微笑,然后捧起两杯红酒往人群的中央走了过去。

她眉眼弯弯,用英文说:"大卫先生,您是为了饱受病痛折磨的患者们而做出重要贡献的英雄,我敬您一杯。"

金斯伯格博士大笑了一声,接过她递来的酒杯,说了一句:"Thank you, sweet girl.(谢谢你,甜蜜的女孩。)"接着一饮而尽。

"噗!"

周围的群众还没回过神来,刚才还神采奕奕的金斯伯格突然将口中的红酒全部喷了出来,圆圆的脸涨得通红。

他大吼:"你给我喝了什么?"

林枕书故作无辜:"就是红酒啊。"顿了顿,又笑道,"只不过还加了一些醋和芥末而已。您不喜欢这个味道吗?"

"你到底是什么人!"他暴怒。

她收起笑容,冷冷地说:"我是你口中那名患者的女朋友——这个世界上另一个有资格斥责你的人。"

话毕,她将剩下的半杯红酒往前一泼,稳稳地洒在了他白色的定制西服上。

另一边的自助餐桌旁。

餐厅服务员看着眼前的三文鱼刺身,疑惑地说:"怎么回事?谁把调料盘给端走了?"

酒店餐厅鸡飞狗跳。

林枕书本就只是个来打工兼职的编外人员,任凭金斯伯格吼了无数声"抓住那个亚洲女孩",却再也找不到早就从后门逃之夭夭的她。反而惹得一众亚裔的专家们很是不悦。

她才不管什么后果呢。这个老头欺负了她的男朋友,她便要欺负回来。

穿上外套溜出酒店时,她的嘴角都快扬到天上去了。

十月的巴黎夜晚天气渐凉,林枕书独自一人走在塞纳河畔,沿着绵长的街道漫无目的地游走着。依偎在岸边的情人,握着相机四处拍照的旅客,缓缓驶过河面的游船,以及对岸遥遥矗立的教堂塔尖,在这夜晚的交错光影之下,与天空的繁星交相辉映。

夜还尚早,正是浪费的时候。林枕书走走停停,像一个人间观光客,不用相机,只用眼睛,记录着不夜之城的魅影,陶醉在香氛之中。

她甚至不知道自己走到了哪里,直到不远处,一个流浪歌者的歌声远远地传来。

"A bit of madness is key, to give us new colours to see. Who knows where it will lead us, and that's why they need us……(偶尔的疯狂能使我们懂得生活,赋予人生别样的色彩。没有人知道未来的人生是什么模样,这就是为什么我们需要疯狂……)"

沉厚而富有磁性的声音,略带沙哑的磨砂质感,沉迷而忘我的情感,听来实在太过熟悉。

这人唱得真好,无论是歌声还是歌词,字字都敲打在林枕书的心上。

她循着歌声走过去。一个长发齐肩的男子背着一把木吉他,一个

简单的麦克风和效果普通的音响,吉他盒打开来摊在地上。每当有人来送钱来时,男子就会取下帽子,弯膝道谢,绅士又浪漫。

林枕书靠近了几步,夜色迷蒙,她注视着这张熟悉的面孔,好久之后才发现,那是她曾经最喜欢的歌手——流浪玫瑰的主唱,Redmayne(雷德梅恩)。娱乐新闻上说乐队解散后他便去了欧洲游历,没想到竟在异国他乡让她遇上了。

他仍旧和过去一样富有魅力。尽管脱下了精致华美的演出服,没有了绚烂的舞台,他仍在唱着歌。在塞纳河畔,一把木吉他和歌喉,音乐便在这里了。

很久之后,林枕书再想起这一幕时,才终于明白,到底是什么让流浪歌者 Redmayne 拥有比镁光灯还要璀璨夺目的魅力。

是独立与自由。

他的歌仍在唱着:"And here's to the fools who dream, crazy as they may seem. Here's to the hearts that break. Here's to the mess we make……(这首歌献给那些白日痴人,即使他们看起来愚蠢至深。这首歌送给那些心碎的人,送给我们的斑驳人生……)"

跟随着他的歌声,周围的男女们纷纷拥抱住了自己的伴侣,在河畔的街道上跳起了舞,不分年龄、性别,不在乎你跳得是否合拍,随心随欲地随着音乐扭动身体,两岸的迷人夜色自是你的美丽风景。

林枕书独自站在人群中,微笑着看着一对又一对的舞伴从身旁经过。

一个高大帅气的法国男人走到了她的身边,他优雅地伸出手,问道:"这位美丽的小姐,可以和你共度这个美好的夜晚吗?"

他在邀请她做自己的舞伴,哪怕只是露天的街道上,仍旧礼貌而浪漫。

她不是不动心,但还是摇了摇头,婉言拒绝。

男人似乎不太理解，他说："可是你看起来很寂寞。"

"我吗？"林枕书指了指自己，有些诧异地笑了起来，"不，我从来不孤独。"

他并不死心，还想要再说些什么来打动这位美丽的姑娘，一个亚洲男人却绕到他们面前，挡在了姑娘的前方。

"She is not alone（她不是一个人）."亚洲男人用英文说。

他穿着一套灰色衣服，外面披着卡其色的风衣，晚风从对岸吹来，长长的衣摆随之悠扬飘动，袖口灌满了风。他将刘海梳了上去，露出浓密的眉毛，少年气收敛，显出成熟的风度来。

林枕书的双眸在看见谌珂的那一刹点燃烟火，如同整点时分闪烁着光芒的埃菲尔铁塔，闪闪发光。

"你怎么……"她一时竟不知道该说什么，愣了好一会儿才觉得有些恼火，"你来了法国竟然不告诉我！"

谌珂握住她扬起的拳头，柔声说："抱歉，我本想给你一个惊喜。"

法国小哥看着这个男人出现，明白自己真的没有机会了，摇了摇头，转身朝着另一个单身姑娘走去。

"可以邀请你跳一支舞吗？"谌珂微微俯身，像一名优雅的骑士。

林枕书傲娇地伸出手，昂起头，说："勉强答应你吧。"

可是谌珂哪里会跳舞，不过是吃了法国男人的醋，硬是要入乡随俗一次。颠三倒四地学着旁人的样子，僵硬地左右摇晃，还把林枕书的白鞋子给踩成了灰色的。

她心中好笑，以前谌珂连做广播体操都跟不上节拍，现在跳起了舞，简直就像制造粗劣的机器人在打拳。

"咳咳……"他咳嗽了两声，"你想笑就笑好了。"

"有什么好笑的啊，谁跳舞不是从零开始的呢？"她嘴上说得冠冕堂皇，但是还没严肃几秒，就又绷不住了，索性放开了声音笑，"哈

哈哈……"

谌珂:"你稍微小声一点。"

几首歌唱完,Redmayne鞠躬谢幕,捡起满满当当的今日所得,背着木吉他消失在了黑夜里。

夜渐渐深了,人群渐渐散了开来。林枕书牵着谌珂的手,在河畔坐了下来。

她依偎着爱人的肩膀,说:"先让我怀抱希望却又失望,最后给我一个惊喜。你这次来法国,可真是够折腾我的。"

谌珂紧扣住她的手:"我原本的确没机会来,听你提起这件事后才四处打听。本来想着即使参加不了会议也要来看看你,又凑巧听院长说有个朋友正好是这次的代表,愿意带着我去参加晚宴。我以为会在晚宴上找到你,没想到……"

提到晚宴的事情,林枕书又想起了那个美国老头,不知道对方现在气成什么样子了呢。

"满场都在寻找的那个'黑裙子的亚洲女孩',就是你对不对?"他问。

林枕书看了眼自己的黑色长裙,拉了拉白色的针织衫,拒不承认:"穿黑裙子的亚洲女人多了去了,你怎么就知道是我?"

谌珂轻笑一声:"我敢打赌,全场那么多人,只有你敢在金斯伯格的红酒里加醋和芥末。"

"谁让他欺负你。"她一想到他的那些伤口就忍不住心疼。

"谢谢你。"他将林枕书揽入怀里,在她的额头上轻轻一吻,"我以后不会再让你担心了。"

她紧紧搂住谌珂的脖子,问:"那你可不可以在法国多留几天?我……"

她过分懂事，说不出任性的话来劝对方心软。

"你很想我？"他勾起嘴角。

"才没有！"

"那你为什么总和我说 Tu me manques？"

"那是……那是再见的意思！"

"所以你都不想念我吗？"他望着她，眸子波光粼粼。

林枕书憋了半天，吐出一个字："想……"

"我也很……"

"想亲你！"

她仰起脖子，用唇堵住了他的嘴。

塞纳河面荡漾着层层光亮，像是把月光揉碎了洒在了人间。情人的身后点着一盏黄色的路灯，他们的影子倒映在河面，人影皆成双。

"再等我两个月，我很快就会回国了。"

"没关系，我有一辈子的时间来等你。"

Chapter17
他的新娘

———

我失去了自己的形状,
我看见远方,爱情的模样

六年后。

清晨的雾气还未散去,Miel Pâtisserie 咖啡分店已经迎来了忙碌的一天。

数年如一日的风铃声响起,顾客们接踵而至。

"欢迎光临!"司悦展露着招牌甜美微笑,祝您快乐每一天。

一名身着黑色西装,戴着金边眼镜的男士推门而入,他眼前的刘海被梳成了中分,露出一双英气的眉毛。不微笑时他看起来很清冷,叫人不敢直视他那双没有焦点的眸子。

"一杯香草拿铁。"他熟络地走到柜台前,没看菜单一眼,似乎是个常客。

司悦问:"还是老样子,常温,加双倍炼乳?"

他点了点头。

"那个……"等待的过程中,司悦指了指他的脖子,"你的领带系歪了。"

他这才发现,手忙脚乱地调整了一番才勉强让领带正了过来,讪讪笑道:"真是不好意思,我实在是搞不好这些。"

"还不是因为一直有人帮你系领带?"她别有深意地笑道。

那男人会心一笑,浅浅地勾起嘴角,那张画一般的面庞却一瞬间活了起来,眼角的猫纹、眼中的亮光,让人看一眼便觉得温暖动心。

没过多久,他拿着打包好的香草拿铁,笑着走出了咖啡厅。

新来的兼职小妹今天第一次来分店上班，一大早遇上这么帅一个顾客，瞪得眼睛都直了。她凑到司悦的身边悄悄地问："店长，刚才那个帅哥你认识？"

司悦撩了撩头发："当然了，认识很多年了呢。"

"能不能介绍给我认识认识？"小妹恳求，"他完全是我的理想型呢！"

"别想了。"司悦敲了敲她的脑袋，"人家有交往很多年的女朋友了。"

她不屑地说："你不知道吗，越是爱情长跑很多年的情侣，越难修成正果。"

司悦摇了摇头："不，你不懂。他们不一样。"

"求求你了店长。给我个微信号就行了。"小妹仍然不死心。

司悦弯了弯嘴角，眼中却没有笑意："我是亲眼见证那个帅哥和他的女朋友一路走到现在的，你要是再多说一句，你就待在后厨洗碗，别想出来了。"

兼职小妹吓得噤了声，不懂温和的店长怎么突然这么可怕。

"那……问一下名字总行吧？我只是好奇。"

"他啊，叫谌珂。隔壁医院的胸外科医生。"

新区的这家医院前两年才正式建成，离大学城不远，招收了不少渝大医学部的学生。而其中，刚毕业两年的谌珂最受院长和主任的器重。

谌珂刚刚踏进医院大门，消息就从一楼传到了四楼心胸外科，护士台的小护士们纷纷从包里拿出气垫和口红开始快速补妆。过两分钟，谌珂从电梯里走了出来，目不斜视地往办公室走。

"谌医生早上好！"两名小护士甜甜地打了声招呼，撩了撩鬓角的头发。

湛珂听见声音,看了她们一眼,礼貌地点了点头,步伐一丝都没有落下。

两个小护士看着他走远的身影,失望地叹了口气。

"看见没有,看见没有!湛医生刚刚冲我笑了!"

"笑屁啊!他一直都是那个表情好不好。"

"我明明看到他嘴角弯了一下啊!"

"你自己照照镜子——你口红涂歪了。"

"啊!你怎么不早提醒我啊!"

小护士们一大早上什么工作也不干,光顾着照镜子了。

科主任远远地就听见这两个小姑娘的对话了,他摇了摇头,严肃地走了过去。

"都在干吗呢?去病房检查过病人的情况了吗?"他双手叉腰,故作威严地提醒,"说了多少次,少放点心思在湛医生身上,人家早就有女朋友了。"

小护士撇撇嘴:"那不是还没结婚呢嘛。"

"嘿!"主任惊了,"你们现在的小姑娘啊,啧啧啧。"

他皱着眉,一脸嫌弃地摇着头离开了。

主任走进湛珂的办公室时,他刚换上白大褂,在查看病人昨天的检查报告,一只手不住地扯着自己的领带,刚才在咖啡厅调整的时候勒得太紧了。

"你怎么回事啊?这么大人了,领带都系不好。"主任往沙发上一坐,跷起了二郎腿。

"主任好。"湛珂礼貌地打了声招呼,讪讪地把领带给摘了下来,他翻着报告跟对方汇报情况,"三号床病人手术恢复得很不错,再留院观察两天就可以出院了。七号床病人的手术给您安排在了明天下午。

另外，今天下午……"

主任抢先说："今天下午十号床的手术，你跟我一起去。"

谌珂抱歉地说："我正想跟您说，今天我朋友结婚，我得请个假。"

"请假？"主任挑眉，"我以为你自己结婚那天才会请个假呢。哪个朋友这么重要？"

"高中的老朋友了。"

"只是这样？"主任是个老狐狸，知道没这么简单。

谌珂挠了挠头："枕书下午的飞机回国，我想去机场接她回来。"

"又是这位林小姐。"主任啧啧了两声，"从你进我们医院开始，我就不断听到这位林小姐的名字，可从没见她来看看你啊。"

"枕书平时工作挺忙的，满世界地跑，不常回国。"他微笑。

主任却不是很满意，摇着头说起老一套的话："以后都是要成家的人，还是安稳一点比较好。你说你女朋友老是不在身边，多少小姑娘想往你身边钻啊。我都替她担心你。"

谌珂的性子虽最是平和内敛，仍旧架不住一张招惹桃花的脸，他又不是会跟人撕破脸的性子，怎么赶也赶不走。其他男医生真是想不通，同样是穿白大褂戴眼镜，怎么只有他显得那么温文儒雅。病人也好，护士也好，都挡不住他的制服魅力。

"也该早点成家啦。"主任拍拍他的肩膀，"我像你这么大的时候，孩子都有了。"

谌珂心中有话，却只含蓄地说了两个字："快了。"

离林枕书的航班到达还有半个小时左右，谌珂请了假来到机场。

他在星巴克里打发了一会儿时间，打包了一杯抹茶星冰乐，早早地到了出口外等待着对方。这些年来，谌珂已经记不清来了机场多少次，每次不是接她回来，就是送她离开。

飞机准点抵达，陆陆续续地开始有乘客提着行李箱往外走着。谌珂身旁站了不少接机的人，或焦急地朝前张望着，或高高地举起了姓名牌不停摇晃。

终于，林枕书走了出来。

她刚从北京回来，仍穿着早上开会时的黑色长裙，只在外面套了一件开衫。她扎着丸子头，戴着墨镜，脚下七厘米的高跟鞋，一边快速往外走，一边打着电话。俨然行程紧凑的职业女性。

但若凑近了，听到她在说什么，刚才的美好形象则会瞬间被打破。

"啥呢？这么容易就让伴郎进门了？不是说好的吗，起码要拔他十根腿毛才行！"林枕书不知在跟谁打电话，遗憾又生气。

谌珂朝她挥了挥手，绿色的饮料杯格外醒目。

"行了，不跟你说了，晚上再见。"她匆匆挂掉电话，朝着前方奔了过去。

前方的爱人微笑着张开双臂，想要给她一个大大的拥抱。

林枕书也朝着他抬起手臂——一把接过了饮料杯，从他身边径直走过，一步不停。

回到公寓里，林枕书简单地收拾了行李，又洗了个澡，仔仔细细地化了个妆，精致但不惹眼。

她在化妆台前认真地化着眉毛，谌珂倚在一旁静静地看着她。

林枕书朝他眨了眨眼，问："半个月没见，是不是觉得我又变漂亮了？"

"十七天。"

"嗯？"

"我们十七天没见了。"

谌珂算得仔细。他的床头柜旁摆着一个小台历，每晚睡觉前都会

仔细地计算着还有几天才能见到对方。但他没有任何抱怨,只是走过去,替她简单地收拾被搞得乱七八糟的桌面。

林枕书搂住他的脖子,笑道:"我这次有一个星期的假期,全待在渝城陪你好不好?"

"不去见阿姨吗?"他提醒道,"你妈妈在医院躺了一个月了。"

人上了年纪之后反而会变成小孩子,越发地任性。当初是刘琦死活要把女孩送到法国,想要她出人头地。可是现在自己年纪大了,反而天天巴望儿女待在身边。

她撇了撇嘴:"我妈就是爱作怪,感冒而已,非要住院。"

"她是想要见你。所以才会赖在医院不走。"谌珂感同身受。

"你这么懂事?难道不想我多陪陪你?"林枕书在他耳边轻轻地吹了口气。

"你……"谌珂浑身一震,赶紧放开了这个烫手的小祖宗,"你赶紧换好衣服出来吧。"

这么多年了,他还是经不住林枕书逗,一阵风似的溜了出去。

她看着对方慌张的背影,捂着嘴偷笑。

没过多久,伴娘林枕书穿着一身水绿色的纱裙走出了房间,她提起裙边轻轻地转了个圈,裙摆飘扬,银色镶边在灯光下一闪一闪,好似粼粼波光。

"好看吗?"她兴奋地问。

"咳。"谌珂咳嗽了一声,"你不冷吗?我给你找件外套。"

林枕书奇怪得很:"六月份大热天的,冷什么冷?"

她低头看了自己一眼。这条长裙是抹胸款,露出了肩头一大块雪白的肌肤。她本就身材好,四肢纤瘦但曲线玲珑,穿上这身,典雅又性感。

很快,谌珂就从她的房间里出来,拿着一件随手找到的披肩递给她。

林枕书摇头拒绝:"我不,我不要穿这个。"

"不行,这件礼服……"他看了两眼,欲言又止。

口是心非。她的皮肤白皙又细滑,颈部曲线也极美,但平日里酷爱宽松卫衣,什么身材也看不出来,只有穿上这种设计精致的礼服才能凸显出气质。

可是……干吗要其他男人看见?

谌珂匆匆别过头去,说得冷漠:"礼服一点也不好看。"

林枕书双手叉腰,捍卫审美:"水绿裙子配上红色披肩才不好看呢!"

最终,双方各退一步,她换了另一件白色开衫穿上,两人正式前往婚宴现场。

今天结婚的人,是乔松和苏晓冉。

他们走到这一步也算极不容易,这些年也分分合合过不少次,也被各种各样的难关阻挡过,无数次放弃,又无数次回到彼此的身旁。

能够最终赢得乔母的同意,举办这场婚礼,自然离不开他们这些年的努力。

当然,还有另一个原因。

苏晓冉怀孕了。

"说到底还是为了孩子啊。"林枕书得知此事,不屑地说,"怪不得那个老太婆肯松口。巴不得抱孙子呢。"

陶薇劝她善良:"别这么说。其实乔松妈妈也只是想找个台阶下,不然去年他们偷偷领证,你真以为乔家的人都不知道?"

林枕书不再作声,嗑着瓜子,摇了摇头。

谌珂将刚剥好的一盘瓜子仁递给她:"吃这个。"

陶薇酸溜溜地吸了口气："我们谌医生握手术刀的手竟然在这里给你剥瓜子，暴殄天物啊。"

林枕书瞪她："前两年你感冒都不敢找他开药，现在怎么一口一个谌医生？"

"胡说，我一直很尊重谌珂的。"陶薇很是狗腿。

其实她原本不了解谌珂的情况，听说他学了五年才从渝大毕业，还很是不屑，怪不得每年跑国外看病，传说中的学霸竟然还延迟毕业了一年。

后来被科普了一番才知道，谌珂的专业本硕博连读，普通人要七八年才能正式毕业呢。

"你虽然是做娱乐媒体的，但还是要多关心一下社会和国家。"林枕书拍拍她的大腿，暗暗嘲笑。

"不过。齐城怎么没一起来？"谌珂突然想起什么，插了句话，"上次说的体检，拖了好几个月了。"

提起这事儿，陶薇就叹气："哎，你们也不是不知道他，事业心强得要死，今天还在北京陪客户应酬。说是想再打拼几年，不用以后为了还按揭忧心。"

林枕书安慰道："他也是想给你更好的生活。"

"我挺好的啊。"她摊手，"缺钱的话入赘我家好了，我爸正愁公司没人接手呢。"

林枕书："你爸还缺个女儿吗？我这样的。"

陶薇微笑："你走开。"

她们正聊得开怀，宴会厅的灯光却渐渐暗了下来。

这场婚宴定在了渝城最好的一家酒店，一整层楼都是他们宴请的亲朋好友，唯恐别人不知道他其实是个暴发户。因为苏晓冉有了三个月的身孕，吐得厉害，减免了很多琐碎的流程。

但是有些仪式是必不可少的。

多少女生都曾经幻想过,有一天她会身披白纱,在父亲的牵引下沿着红毯,缓缓地将她交到丈夫的手里,他们彼此宣誓、交换戒指,从此厮守一生。

苏晓冉的父亲早就不在了,她由母亲牵着手,领着她往人生的前路走去。

她今天分外地美。长发绾成了发髻,晶莹的水晶头饰插在发间。她的这件婚纱是当季最新款,鱼尾裙摆上手工缝上了数不清的名品水晶,镁光灯聚焦之下,随着她缓慢的步伐浮光跃金,美得好似一场童话。

那是她期盼多年的童话结局。

乔松穿着一身白色西装站在红毯的尽头。他一个粗糙的男人,一大早就起来折腾发型和妆面,傻呵呵地笑了一整天。可他其实紧张得不行,手心里全是汗。新娘子走完一半红毯时,他已经没出息地流下了眼泪。

所有人都说乔松是个没心肝的浪荡子,仗着家里有钱把女孩子的真心当游戏。

才不是这样。可他从来不解释。

这个世界上,只要有一个苏晓冉明白,乔松是一个有爱的能力的人,那就足够了。是她让他明白,爱不是天赋,而是一种能力。

乔松抹了抹眼泪,重新扬起了嘴角,迎接这个世界上最美丽的,他的新娘。

他们彼此宣誓、交换戒指,戒指戴上无名指,因为无名指的血管连通心脏。

多少女生都曾经幻想过的这一天,她终于如愿以偿。

台下的女生们大都已泪眼蒙眬。

林枕书一边仰着头擦眼泪,一边喃喃自语:"不能哭不能哭,今

天的眼妆可好看了,不能哭花了。"

谌珂笑着将她搂入了怀中。

"这么开心的日子,干吗要哭?"他温柔地为她拭去眼泪。

她哽咽着说:"因为开心最重要也最难得。"

顿了两秒,她拍开了谌珂的爪子,嫌弃地说:"有你这么擦眼泪的吗,把我粉底液都快抹没了。"

谌珂看了看手上黏糊糊的东西,呆呆地说:"怪不得你脸上这么脏。"

两天后。

林枕书走到医院大门口时,正看见一瘸一拐往外走的沈淼和拦着不让她离开的骆铭。远远地,就听见了两个人的对话。

"你干吗急着出院?伤筋动骨一百天,你应该在医院里多养养身体。"骆铭抓住了她的拐杖,不让她走。

沈淼皱着眉瞪她:"我今天有课要上。"

"缺一次课又不会怎么样!"

"你能不能有点公德心。我既然当了他们老师,就得为学生着想。"沈淼想从边上窜过去,还是被拦住了。

骆铭回怼:"我看你的学生巴不得你别去上课。"

她举起拐杖就要揍他。

林枕书走过去,咳嗽了两声,笑道:"我这刚来呢,你们怎么都出院了?"

昨天沈淼出去爬山的时候不小心受了伤,她听闻消息匆匆赶了过来。没想到骆铭比她早得多,他还是老样子,真诚又傻气。

骆铭见来了人,立马拉住她:"你来得正好,帮我劝劝,她现在这样子可不能出院。"

林枕书看向沈淼,被对方一记眼刀给吓得缩了回去。

沈淼冷哼:"我的事情你就不用管了,上楼看看你男朋友吧,到处都有女病人缠着揩他的油呢。"

"我哪敢管您啊。"林枕书狗腿地一笑,看向骆铭,"那就只能麻烦你了哦,拜拜。"

她飞也似的离开了修罗场。

但她没离开医院,她还有件事要做。

查房的谌医生又遇上了难缠的女病人。

"手术很成功。您还有哪里不舒服吗?"谌珂为病人调整了输液管的流动速度,仔细检查了她的恢复情况。

"我觉得胸口好疼哦。"女病人故作柔弱地说。

他问:"具体是哪里能指给我看看吗?"

女病人指着自己的胸部,说:"这里痛,医生你要摸摸看吗?"

旁边的小护士极轻地骂了一句。

谌珂面不改色地说:"抱歉,我医术有限,不如我替您找主任来帮您看看?"

提到那个严肃的老头子,女病人连忙摇头:"不不不,我觉得其实也不是很疼呢。"

"那就好。祝早日康复。"谌珂微笑着往病房外走。

刚走出病房,就听见一个娇滴滴的女声传了过来。

"医生,人家也好痛哦……"

谌珂看过去,林枕书正坐在病房外的椅子上,捂着腰噘着嘴,一副戏精上身的模样。

"哪里疼?"他故意不揭穿她,陪着她演下去。

她指着自己的腰:"人家这里疼啦!"

说完,她就强硬地拉住谌珂的手,揽住了自己的腰。

刚摆脱一个又来一个,小护士涨红了脸,忍不住插嘴:"这位女士,请你自重一点。我们谌医生已经有女朋友了!"

"哦?"林枕书歪着头看向谌珂,问,"你不缺女朋友啊?"

谌珂点了点头。

"那怎么还有那么多女的缠着你?"她说话时看向小护士,眼神犀利。

小护士目光闪躲,假装自己不是"那么多女的"的其中一个。

谌珂摇了摇头,表示不知道。

林枕书站了起来,双手揽住他的脖子,笑道:"看来女朋友还不够,你还缺个老婆。要不我当你老婆,好不好?"

"那可说定了。"他突然发力,将她揽入怀中,"不准反悔。"

小护士目瞪口呆。

这……这是什么情况?

林枕书笑着向她伸出手,娇俏一笑。

"忘了自我介绍,我叫林枕书。以前是谌珂的女朋友,现在呢,是他的未来老婆。"

渝大附医全院上下可都传遍了,谌珂的正牌女友来砸场子了!

跟佛系的谌医生可不一样,他的女朋友极有手段,一早上的工夫把心胸外科那些蠢蠢欲动的女护士和女病人们收拾得服服帖帖。据说这个正牌女友虽长得漂亮大方,未语先露三分笑,但是一双眸子凌厉得很,任何有不良想法的人都能被她盯得心中发毛。

林枕书在渝大附医待了一整天,也不打扰谌珂的工作,一趟又一趟地给他的同事们送咖啡送下午茶,和护士们聊聊天,慰问慰问他的领导。实在无聊的时候就待在谌珂的办公室里歇着,特别识大体,同科室的男医生们嫉妒得眼红。

下午的时候,谌珂进了手术室给主任做副手,一连几个小时站在手术台上,好在最后手术成功,也算对得起病人家属。

一出手术室,谌珂匆匆换了衣服奔向了办公室。

林枕书早就躺在沙发上睡着了。中央空调的温度设得很低,她只穿着一件蓝色的连衣裙,睡梦中吹得发冷,抱着自己缩成了一小团,贴着沙发往角落钻。

谌珂从衣架上取下自己的外套,轻轻地披在了她的身上。

"唔……"林枕书一下子就行了,揉了揉眼睛,"你手术结束了?"

"没事,你困了就再睡会儿。"他蹲在沙发旁,替她将碎发拨到了耳边。

她伸了个懒腰,坐了起来:"不睡了。我们回家吧。"

"先不忙回去。"他说,"我带你去个地方。"

江水滔滔。

渝城有山有水,长江的支脉贯穿这座城市。除三座跨江大桥和江面日夜不息的轮船之外,江面之上,还有极富特色的跨江索道。

谌珂和林枕书乘坐着最后一趟缆车,沿着绵长的索道缓缓地往对岸行进。

夜晚的渝城极美。两岸的灯火在入夜后悉数点亮,耸立的高楼滚动着五光十色的 LED 画面,细密的荧光萦绕成不息的橙红光辉。站在缆车上,两岸风格尽收眼底,轻轨从跨江大桥的隧道上飞速驶过,像划过天际的一道流星。

"我第一次在晚上来这里呢。"林枕书趴在窗前,惊喜地说。

自从跨江索道变成了旅游景点之后,每逢节假日都人满为患,在当地生活的人只好绕道而行。而平日的夜晚很少有人来这里,整个缆

车里只有她和谌珂两个人,整个空间和风景,都是属于他们两个人的。

谌珂说:"我是前两年偶然经过这里,才发现这里的风景真的很美。那时候我就想,如果你也在这里就好了。"

林枕书挠了挠头:"其实我已经决定了,这几年在国外攒的经验够多了,是时候把工作重心放回国内了。"

这几年她做法语翻译,中国法国两头跑,不仅不能好好陪在爱人身边,自己也累得不轻。

他不善于表达内心,但是那些思念和不舍,她通通都知道。

谌珂点了点头。

缆车驶到索道中央时,谌珂忽然开口问:"你早上说的话,还算不算数?"

"什么话?"林枕书装作忘记了。

早上不过是为了做给别人看,什么话都说得出口,其实到了下午的时候,她已经后悔得不行了。

"做我未婚妻的话。"他提醒道。

她讪讪笑道:"哎呀,开玩笑的话,别太当真。"

"不。"他却固执了一回,"这一次,我偏要当真。"

很久之前,他曾问过她——那你从前说喜欢我的话,也不算数了吗?她也曾否定过。

但这一次——

"说定了的,你不能反悔。"

林枕书嘴巴利索,想了满肚子的话想要逃脱责任,侧过身看向他,却瞧见一个闪着光的物件在昏暗的缆车里分外耀眼。

谌珂拿出了一个四四方方的红丝绒小盒子,盒子里面,是一枚戒指。

她愣住了。

她不是没有预料过这一刻。

谌珂单膝跪地,将戒指举在了她的面前。缆车朝着对岸驶去,漫天的灯火铺天盖地地照耀着,将他的面庞染成了橙色,连同那枚戒指,也反射着五彩光芒。他的身后是滚滚江水,他的前方是花火绚烂。

是他所定义的未来。

谌珂说:"林枕书,嫁给我吧。你是我唯一想要共同生活的人,我愿意赌上我的余生。"

从十六岁到二十六岁,他所认定的那个人,从来都不曾改变。

寂静的黑夜里,林枕书听见自己的声音在说——

"我愿意。"

他们脚下是昼夜不息的江水,上方是浩瀚无际的星空。两岸光辉烙印在他们的眼眸,天地间却不过他们两个人。

"要是我没答应你怎么办?"

"那就把戒指扔进江里。"

"真的?"

"真的。"

"那不行,现在它是我的了。"

"没错。我也是你的了。"

缆车行驶到了索道的尽头,而他们的未来还有很长的路要走。

【全文完】

Extra episode
番 外

——

小小谌

"吃饭。"

"我不吃。"

"你昨天不是说想喝南瓜粥吗,我特意给你买的。"

"我今天想喝豆浆!"

"嘿,你这个小丫头!"

林枕书叉着腰怒视着小乔,难得遇上了一个比自己还厚脸皮的小屁孩,一大早就不安生,怎么都不肯吃早饭。

小乔把头一扭,哼了一声:"你要是敢凶我,我就跟爸爸告状。"

一想到乔松这个女儿奴,林枕书不禁翻了个白眼。

小乔是乔松和苏晓冉的女儿,今年三岁半。从小娇生惯养,被她爹捧在手心上供养,虔诚地焚香,竟养出了一个骄纵爱折腾的主,只怪乔松的基因太强大,没能让女儿遗传到她亲妈的半点文静优雅。

苏晓冉的妈妈摔伤了腿,乔松陪着她回了襄津,女儿丢在渝城交给林枕书照顾。可这对夫妻刚刚离开,小乔就生了病,在医院输了两天水。

临危受命的林枕书此刻放下碗,跟这个小祖宗妥协,问:"到底怎么样你才肯吃饭?"

"带我去见谌哥哥!"小丫头眨巴眨巴大眼睛。

谌珂结束了查房,刚从病房里走出来,一个身高只到他膝盖的小

娃娃就扑了过来,一把抱住他的大腿。

小乔甜滋滋地说:"谌哥哥!"

谌珂一把将她抱了起来,和蔼地笑道:"你怎么在这里?"

她答:"是林阿姨带我来的。"

几米开外的林枕书冲了过去,愤愤地说:"你喊他哥哥,喊我阿姨?"

小乔做了个鬼脸:"你就是阿姨。"

"喊他谌叔叔!"每一个女孩子对阿姨的称呼都十分敏感,她幼稚地计较起这件事情,重复道,"喊叔叔!"

"哥哥!"小乔抱紧谌珂的脖子。

"叔叔!"

"哥哥!"

"叔叔!"

"爸爸!"小乔清脆的声音在走廊里回响。

从病房里出来的主任刚巧听见了最后这一声,呆在原地半晌,愣愣地走上前来,打量着熟练抱娃的谌珂,犹疑地问:"你们……啥时候添的女儿?"

谌珂咳嗽了一声:"不是我的。"

主任心里"咯噔"了一下,他转过头上下打量着林枕书,内心复杂地问:"你们……婚姻状况还好吗?"

林枕书连忙摆手,解释:"不不不,您误会了,这孩子不是我生的。"

"不是你们的啊。"主任这才松了口气,差点以为他的好徒弟头上堆满了青青草原。

"小乔,快跟叔叔问好。"林枕书拽了拽小乔的手。

小丫头笑嘻嘻地说:"爷爷早上好!"

今年四十九岁的主任："咳咳，那什么，我先走啦。"说完，他捂着自己秃了半边的脑袋，垂头丧气地走了。

小乔天真地问："这个没头发的爷爷怎么不开心？"

林枕书抚额："您可住嘴吧。"

谌珂一路抱着小乔，送她回了儿科。

回去了之后才知道，这个小丫头哪里只是想见一见他就够了，撒娇耍赖喊着"谌哥哥"的名字要他给自己喂饭吃，谌珂无奈答应了之后，小乔还得意地朝着正牌老婆使眼色。

林枕书仰天长叹，她的情敌怎么上至三四十岁的已婚女性下至三岁半的小屁孩呢？

吃完饭后，林枕书把碗筷拿出去清洗，留下谌珂陪着小姑娘做游戏。

她回来时，在门口正听到这一大一小两个人在谈心。

小乔问："谌哥哥，我很喜欢你，我长大了能跟你结婚吗？"

林枕书的头上飞过无数只乌鸦。这个乔松的教育肯定有问题，一天到晚都给小朋友看什么乱七八糟的电视剧呢？

谌珂轻笑了一声，摇了摇："不行哦，我已经和你林阿……林姐姐在一起了。你看。"他伸出手，阳光下的婚戒正闪着亮光。

小丫头很少看到别人的婚戒，满怀好奇地凑了过去，小手指在婚戒上摸来摸去，把手上的油渍全蹭在了他的戒指上。

"那你们为什么没有小孩？"她奇怪地问，"爸爸说我是从超市里买来的，你们怎么不买一个小孩回家？"

小姑娘把玩笑话当了真，用格外认真的语气说着，谌珂听见"超市"两个字时就忍不住捂着嘴偷笑了起来。但是谌珂不愿意打破小姑娘对这个世界天真的幻想，他思考了很久，顺着她的话回答道："因

为去超市里买小孩也有条件的哦。像我这样的人,也许只能带一个生病的小孩回家。"

门口的林枕书蓦地心悸,"生病"二字像一道无形的咒语。

原来他是在担心这个。

"如果随随便便就带小孩回家,他长大后也许会吃很多苦。"谌珂的笑容渐渐淡了下来,目光往下看,有些伤感,"我不希望我的小孩会过得这么辛苦。"

"可是……"小乔皱紧了眉头,她似乎并不同意这个说法,可是一时也组织不了完整的语言来反驳他。

谌珂捏了捏她的脸,转移话题:"行了。不说这个了,我陪你画画好不好?"

小孩子健忘,很快就抛下了刚才的聊天内容,兴奋地握住了画笔。

林枕书始终站在门口,很久都没能推开那扇门。

口袋里的手机突然振动了起来,她蓦地回过神来,迅速地跑到了别的地方,接起了电话。

"你的报告结果出来了。"电话那头是沈淼的声音,"我等会儿拍下来发给你,你自己看看。"

林枕书点点头,"麻烦你了。"

"不过……"沈淼欲言又止,"这件事你为什么从我这里走?难道你打算瞒着谌珂?怎么说他也……"

她打断对方的话,坚定地说:"暂时先不要告诉他。拜托你了。"

小乔闹腾了一整天,但到底还生着病,到了晚上很快就没了力气,刚回了公寓没多久,早早地就沉入了梦乡。

林枕书读童话故事读到一半时,发现吐槽的声音不见了,目光从童话书上移开,这才发现她已经抱着枕头睡着了。

到底还是个小孩子，虽然调皮捣蛋了一点，但是安静下来时还是可爱得不行，粉嘟嘟的一张小脸，长长的睫毛像蝴蝶翅膀一样垂着。林枕书给她盖好被子，擦了擦枕头上的口水，把房内的灯给关掉，只留床头一盏小夜灯。

她伸了个懒腰，刚刚放松了心情，房间大门忽然嘎吱一声响起，一个人影从背后温柔地抱住了她。那人身上淡淡的消毒水的味道传到鼻尖，她就已辨认了出来。

"谌……"

她刚说了一个字，剩下的话却被一个吻给深深堵住。昏暗的房间和静谧的环境，只听见布料的摩擦和粗重的呼吸声刺激着荷尔蒙，林枕书沉醉在这个吻里，缓缓搂上了他的脖子。

"妈妈……"小乔翻了个声，嘴里喃喃地喊着妈妈。

林枕书被吓了一跳，还以为她醒来了，慌忙撒开了手。谌珂却淡定得很，搂着她的腰不放手，双唇在她的耳垂游走。

"小乔还在呢。"她娇嗔地推了推他，心中却有只小猫在挠痒。

"跟我回卧室？"他的声音沉在底端，不像是个问句，倒像是故意在诱惑对方。

她有那么片刻真的被蛊惑了，好在迅速清醒过来，轻轻推开了他，她咳嗽一声："我……我得在这儿守着小乔呢。"

成年男性没有跟小姑娘抢人的道理，谌珂留恋地抱着爱人好一会儿，才缓缓放开了她。

林枕书悄声问道："你觉得……如果我们有小孩的话，是不是和小乔一样可爱？"

沉默了一阵后，谌珂垂着头，喃喃道："我只害怕……我们的孩子，也许会和我一样。"

作为一名医生，他深知，精神病的遗传概率非常高，如果因为他，

而让他的孩子也和他一样生病的话,对他而言,实在太残忍。

早就猜到会是这个答案,林枕书苦笑了一下,没有继续追问什么。

谌珂看着她失落的模样,不知想起了什么,从床头柜的抽屉里翻出了一张画纸。那是白天的时候小乔所画的。那画的内容很稚嫩,歪歪扭扭地站着三个人,两个高个子的是爸爸和妈妈,中间牵着的是一个孩子。

小乔说,这就是她的家。

"不过……"谌珂看着画,缓缓地说,"离开医院之前,小乔把这幅画送给了我。她说,虽然生病很可怕,但是如果不被爸爸妈妈带回家的话,小孩子就不能画画、不能吃好吃的了。如果是这样的话,还是先吃饱了玩开心了更重要。"

林枕书接过那幅画,用五颜六色的彩笔在纸上一顿涂抹,画出了一道彩虹的形状。

"小孩子都懂的道理,我怎么一直都没想明白呢?"谌珂温柔地笑了起来,画上的彩虹倒映在眼眸中,"我希望能让我的小孩亲眼看一看这世界的模样。即使有病痛,我也会和他一起克服。"

不知何时,林枕书已经红了眼眶。她勾住谌珂的脖子,问:"所以,你想通了?"

他点点头,说:"想通了。"

话毕,谌珂一把将她拦腰抱起。

林枕书惊呼一声,急忙搂住对方。她瞪大了眼睛,压低了声音问:"你要干吗?"

他俯下身,在她的耳畔轻声说:"去造人。"

"噗……"她捂着嘴笑出声,眼角弯弯地看着他,"谌先生,别着急。我先告诉你一个好消息。"

"什么?"

她指了指自己的小腹。

"小小谌就在这里哦。"

睡梦中,小乔翻了个声。

谌哥哥家里怎么这么吵呀?

本书由林返景委托长沙大鱼文化传媒有限公司正式授权贵州人民出版社,在中国大陆地区独家出版中文简体版本。未经书面同意,本书的任何部分不得以图表、电子、影印、缩拍、录音和其他任何手段进行复制和转载,违者必究。

大鱼文化 & 小花阅读
面向全国招聘兼职签约作者
长期有效哦！

公司介绍：

　　大鱼文化是中国一线青春文学图书策划公司，多年来与数十家国内出版社深度合作，每年向市场推出三百余个品种的青春类畅销图书，每年签约推出新人作者近百名。
　　其中公司子品牌"小花阅读"立足传统纸质出版，引导青年休闲阅读风向，主力打造和发掘新人创作者，采用编辑指导创作模式，创作出适合市场的优质阅读产品。
　　现面向全国各高校招聘兼职新作者。

我们的工作说明：

　　还未毕业？有其他正式工作？看清楚了，我们这次招的就是兼职！
　　从未有过发表史？国内一线青春编辑亲自教你点滴成文！
　　想要出版一本属于自己的图书？国内一线出版公司专业签约护航！
　　想要一份收入稳定岁月静好的兼职工作？做做白日梦写写小说最适合不过。

兼职的要求及待遇：

　　年龄不限，学历不限；爱看小说，想要创作。
　　每天只要2~3个小时，日过稿只要三千字，宅在室内，风雨不惊，月兼职收入不低于三千元！

我们需求的题材　　清新恋爱、青春校园、都市言情、甜宠萌文、古风言情、悬疑推理、奇幻武侠、科幻冒险……

应聘的流程：

　　1. 上网下载一份标准简历模版，按自己的真实情况填写。
　　2. 自行构思一个自己最想创作的长篇故事内容，撰写三百字内容简介，将故事分为12~20个章节，每个章节用100字以内说明本节讲述的主要情节（内容简介和章节内容加起来不超过2000字）。
　　3. 将上述内容用WORD文档整理好，格式清楚，一起发送到以下邮箱：dayuxiaohua@sina.com （两周内百分之百回复，如两周内未收到回复则可视为发送途中邮件丢失，可再次投递）。
　　4. 简历和创作大纲如有合作可能，公司将于两周内派出专业编辑一对一联系，进行下一步沟通，指导创作、签约等流程。如暂时不符合合作条件，则可再次努力。
　　5. 一经签约，作品将按国家出版规定签订标准出版合同，成为正式出版物，所有程序遵守国家法律法规要求。

其他说明：

　　了解大鱼文化图书产品风格类型，有助于提高签约成功率。

了解途径：

　　公司产品广布于全国各大新华书店青春文学专架、全国各大网络书城、淘宝大鱼文化图书专营店及各大天猫书店
　　微信公众号**"大鱼文学"**和**"大鱼小花阅读"**均有签约作者作品试读。
　　关注新浪微博官方号**"大鱼文学"**，有每月产品即时消息发布。

图书在版编目（CIP）数据

初恋的小美好 / 林返景著. -- 贵阳：贵州人民出版社，2019.10
ISBN 978-7-221-15612-9

Ⅰ.①初… Ⅱ.①林… Ⅲ.①长篇小说-中国-当代 Ⅳ.①I247.5

中国版本图书馆CIP数据核字(2019)第218842号

初恋的小美好

林返景/著

出版统筹：	陈继光
选题策划：	大鱼文化
责任编辑：	唐　博
特约编辑：	雪　人
装帧设计：	颜小曼　西　楼
封面绘制：	顾小屿
出版发行：	贵州人民出版社（贵阳市观山湖区会展东路SOHO办公区A座邮编：550081）
印　　刷：	长沙鸿发印务实业有限公司
开　　本：	880×1230毫米 1/32
字　　数：	227千字
印　　张：	9.125
版　　次：	2019年10月第1版
印　　次：	2019年10月第1次印刷
书　　号：	ISBN 978-7-221-15612-9
定　　价：	36.80元

贵州人民出版社微信

版权所有　盗版必究。举报电话：策划部0851-86828640
本书如有印装问题，请与印刷厂联系调换。联系电话：0731-82755298